Veronika Engler

Darker Sins

Nathan

Erotic Romance

Impressum
1. Auflage 2020, München (Germany), Veronika Engler, Triester Str. 52.

Facebook: https://bit.ly/2IqP7Xb
Amazon: https://amzn.to/2LaZtbv
Instagram: https://bit.ly/2wT45zK
Twitter: https://twitter.com/VeronikaEngler
Website: http://veronikaenglerromane.de/
YouTube: https://bit.ly/2Y6f2u0
Pinterest: https://bit.ly/2XPGOXA

Lektorat und Korrektorat: BBBooks
Coverdesign: Michael Troy/MT Design
Titelbild: eBook + Print © SayHope, www.shutterstock.com

ENGLER ROMANE

ISBN: 9798617758797
Imprint: Independently published

Für Gerald, meinem dunklen Ritter
Mit dir … bis in alle Ewigkeit

Veronika Engler wurde 1982 in der wunderschönen Landeshauptstadt München geboren. Auch heute lebt und arbeitet sie dort zusammen mit ihrem Ehemann und dem gemeinsamen Sohn. Die Liebe zum Lesen brachte sie eines Tages auf die Idee, einen Roman ganz nach ihren Wünschen zu verfassen. So entstand 2014 ihre erste Liebesgeschichte, die noch im selben Jahr veröffentlicht wurde. Heute begeistert sie mit ihren erotischen und New Adult Liebesromanen eine breite Leserschaft in allen Altersklassen.

“Darker Sins: Nathan” ist der zweiundzwanzigste Roman der Autorin und der zweite Teil der DS-Reihe.

Handlung:

Was, wenn du der Liebe endgültig abgeschworen hast, das Schicksal jedoch andere Pläne für dich hat?

Ein Jahr ist vergangen, seit Nathan seine erste und einzige Liebe für immer gehen ließ.
Wäre da nicht plötzlich diese attraktive, selbstbewusste und gleichsam verzweifelte junge Frau aufgetaucht, deren Problem zufällig genau in sein *Fachgebiet* fällt: die Kunst hingebungsvoller Leidenschaft.

Entgegen jeder Vernunft vermag Nathan es nicht, sich Ellys unvergleichlicher Anziehungskraft zu entziehen.

Doch während Lust und Liebe die Oberhand zu gewinnen scheinen, brauen sich am Horizont bereits dunkle Machenschaften zusammen, die den sonst so herrischen Einzelgänger erneut an seine emotionalen Grenzen treiben.

Mögen die *Spiele* auf Walsh-Manor ein weiteres Mal beginnen …

Eine unabhängige Fortsetzung des Bestsellers "Dark Sins - Bis an deine Grenze".

Spannend, heiß und voller Gefühle.

Für Moralapostel nicht geeignet!

Vorwort

Nathan

Ein Jahr ist mittlerweile vergangen, seit ich die einzige Frau, die ich je glaubte zu lieben, in die Hände eines anderen Mannes übergeben habe.
Eine Entscheidung, die mir nicht leichtgefallen ist.
Die einzig richtige Entscheidung.
Doch leider hat sie auch alles mit sich gerissen, was mich bislang ausgemacht hat.
Nun sitze ich hier allein, wie so oft, als SIE unerwartet in mein Leben tritt - mitreißend und geheimnisvoll - und etwas in mir bewegt, dass unwiederbringlich verloren schien.
Mögen die Spiele auf ein Neues beginnen …

Elly

Verzweiflung ist neuerdings mein zweiter Vorname.
Etwas, dass mich letztlich auch dazu verleitet hat, mich in einer bekannten Dating-App anzumelden, um dem lästigen Umstand meiner Jungfräulichkeit ein Ende zu setzen.

Allerdings konnte ich nicht ahnen, dass das Schicksal zu diesem Zeitpunkt längst seine anmutigen Finger nach mir ausgestreckt hat.
Denn plötzlich finde ich mich in einem Abenteuer der Leidenschaft wieder, an das ich mich nicht einmal in meinen kühnsten Träumen heranzuwagen traute.
Bis zu jenem Tag, der alles veränderte.
Als ich IHM begegnet bin …

Prolog

Elly

Die meisten Menschen haben irgendein Talent. Eines, das ihnen Ansehen oder sogar, im besten Fall, jede Menge Geld einbringt. Sänger zum Beispiel. Oder Schauspieler. Aber auch Mrs. White, die nette Konditorin, die mir beinahe täglich die herrlichsten kleinen Köstlichkeiten zu meiner geliebten heißen Schokolade serviert, während ich in ihrem wunderschönen Pub, dem *Cloverleaf,* in der Dubliner Innenstadt sitze und die Mittagspause genieße. Was sich leider allmählich auch auf meinen Hüften abzeichnet …
Gut, mit meinen vierundzwanzig Jahren bin ich natürlich auch nicht mehr so gertenschlank wie mit sechzehn. Doch mein Job als Mediengestalterin verlangt mir viel ab, sodass ich hin und wieder eine Portion Nervennahrung gut vertragen kann.

Ich würde ja gerne sagen, meine genialen inneren Werte benötigen einfach mehr Platz. Tatsächlich genieße ich jedoch die leckeren Seiten des Lebens schlichtweg viel zu sehr.
Aber zurück zum Thema.
Auch ich habe ein Talent. Leider ist es weder ruhmfördernd noch gewinnbringend. Eigentlich ist es sogar ausgesprochen ärgerlich, um nicht zu sagen, dämlich, wenn ich ehrlich zu mir bin.
Denn ich, Elly O'Leary, habe die außergewöhnliche Begabung, zielsicher an die falschen Männer zu geraten. Klar, den einen oder anderen Reinfall hat bestimmt schon jede Frau auf der Suche nach ihrem Mr. Right erlebt. Doch leider muss ich gestehen, dass in meiner Vergangenheit nicht ein einziger Mann dabei gewesen wäre, der zumindest ansatzweise zu einer richtigen Beziehung getaugt hätte. *Oder auch nur für einen ausgewachsenen One-Night-Stand.*
Wo ich bei meinem zweiten, grundlegenden *Problem* angekommen wäre: meiner Jungfräulichkeit!
Tatsächlich konnte ich mich in all den Jahren nicht hinreißen lassen, mit einem Mann diese einmalige Erfahrung des ersten Mals zu teilen. Zwar bin ich im Grunde nicht prüde, aber auch nicht so unvernünftig, mich gleich dem Erstbesten an den Hals zu werfen oder ihm mein Höschen zu schenken. Auch nicht dem Zweiten oder Dritten …
Anwärter gab es einige. Allesamt schreckliche Idioten. Ebenfalls Gelegenheiten und auch so manches lauschiges Stündchen bei Kerzenschein. Aber wenn ich mich dann mal für jemanden begeistern konnte, hatte derje-

nige nur Augen für die großgewachsenen, atemberaubend schönen Blondinen dieser Welt, mit denen ich - weiß Gott - niemals mithalten kann.
Doch leider drehe ich mich mit meinem Anspruchsdenken und dem Wunsch, endlich das große Geheimnis um den Sex zu lüften, im Kreis, bis mir *schwindelig* ist.
Gründe dafür gibt es keine. Oder hunderte. Wer weiß das schon?
Vielleicht liegt es daran, dass meine Eltern sich bereits scheiden ließen, als ich noch ein Kind war. Keine meiner liebsten Erinnerungen, als Dad eines Abends seine Koffer packte und meiner Mum, meinem jüngeren Bruder Brian und mir eröffnete, er würde ausziehen.
Damals habe ich mir geschworen, mir und meiner künftigen Familie würde so etwas nicht passieren, sofern ich nur eine gründliche Auswahl bezüglich des Vaters meiner Kinder träfe.
Und daran habe ich mich gehalten.
Bis heute.
Dabei bin ich weder schüchtern noch ein Mäuschen. Nur eben … nun ja … wählerisch.
Aber Sex bedeutet nicht, gleich heiraten zu müssen oder gar Kinder zu bekommen. Letztendlich muss ich meine längst überholten Ansichten von damals allmählich über Bord meiner kindlichen Vorstellungen werfen und die Möglichkeiten des einundzwanzigsten Jahrhunderts in Betracht ziehen.

Während ich mir noch einen herrlichen Chocolate Chip Cookie genehmige, scrolle ich durch Tinder, eine Da-

ting-App, die ich mir vor nicht allzu langer Zeit auf mein Smartphone geladen habe.
Ein klein wenig armselig, ich weiß. Aber vielleicht auch der perfekte Masterplan für mein Problem?
Schließlich kann ich mir dort alle Männer vorab ausführlich ansehen, sie vergleichen und Prioritäten setzen. Außerdem werde ich keinen Hehl daraus machen, um was es mir eigentlich geht: Verzweifelte Jungfrau sucht Hüfte schwingend einen Mann, der sich ihres prinzipbehafteten *Problems* annimmt.‘
Spaß beiseite.
Dennoch habe ich bereits einige Männer in die engere Wahl gezogen - fünf um genau zu sein - und mir fest vorgenommen, mich heute Mittag für einen zu entscheiden. Jeden von ihnen habe ich vorsorglich mit einem grünen Herz in der App versehen, die ich - und das macht die Sache nicht weniger verzweifelt - sogar als brav zahlender Premium-User nutze.
Mittlerweile wurden von mir alle fünf informiert, dass ich weder auf der Suche nach einer Beziehung noch interessiert an weiteren Dates bin. Vorerst zumindest. Mir ginge es einzig und allein darum, endlich die letzte Hürde zu meinem Erwachsenendasein zu nehmen. Möglichst mit einem Mann, der weiß, was er tut. Denn ein Part reicht völlig aus, der mit absoluter Unerfahrenheit glänzt …
John, dem Banker, habe ich bereits abgesagt, da unsere Vorstellungen von einem ersten Mal doch ziemlich differierten. Ebenfalls Cole, der mir immer mehr den Anschein machte, noch problembehafteter zu sein als ich.

Bleiben noch Samuel, seines Zeichens Versicherungsfachmann, Kilian, der Makler ist und Brandon, einem blonden Lehrer mit großen blauen Augen, dessen süßem Lächeln ich nur schwer widerstehen kann.
Schön sachlich bleiben, Elly. Schließlich geht es hier um deine …
Ja, ja, schon gut!
Immer wieder sehe ich mich im Raum um, aus Angst, es könnte plötzlich jemand aus der Agentur hinter mir stehen und zusehen, wie ich mir auf Tinder die Mittagspause vertreibe. Ich bin ganz sicher kein Mauerblümchen, sondern stehe mit beiden Beinen fest im Berufsleben und habe mir meine Position als Leiterin eines kleinen Teams in kurzer Zeit durch harte Arbeit gesichert.
Aber jetzt durch einen dummen Zufall die nackten, nicht jugendfreien Tatsachen zu offenbaren, die sich in Wahrheit hinter den Kulissen meines Einzelschlafzimmers abspielen, wäre alles andere als hilfreich für mein Ansehen.
An meiner heißen Schokolade nippend, scrolle ich ein weiteres Mal durch die Profile der übrigen drei Männer, während ich die anderen beiden bereits mit einem dicken roten Kreuz aus der engeren Wahl katapultiert habe.
Gutaussehend sind sie alle auf ihre Weise. *Aber welcher ist nun der Richtige für meine kleine, zugegeben reichlich verruchte, Mission?*
In Ordnung. Der süße Brandon fliegt nun auch raus. Er ist tatsächlich ein Augenschmaus, aber das Letzte, was ich suche, ist ein Mann, in den ich mich unsinnigerweise vielleicht sogar verlieben könnte. Für so etwas

habe ich aktuell wirklich keine Zeit, schließlich fordert mich mein Job momentan zu sehr, als dass ich mich in irgendein Techtelmechtel hineinmanövrieren könnte. *Nur keine Romantik aufkommen lassen*, denke ich nebenbei und mache mich daran, auch den vorletzten Mann aus meiner gnadenlos objektiv beurteilten Liste zu löschen. *Immerhin sind das hier knallharte Verhandlungen um meine Jungfräulichkeit und keine Avancen bezüglich eines Dates.*

Mit den Fingern zwirbele ich eine kinnlange, dunkelbraune Haarsträhne meines Ponys, die sich aus dem bürotauglichen Dutt gelöst hat und überlege. *Kilian oder Samuel? Makler oder Versicherungsfachmann? Lässig elegant oder stattlich adrett?*

„Kann ich Ihnen noch etwas bringen?"

Ich fahre vor Schreck zusammen, weil ich Mrs. White, völlig in Gedanken versunken, nicht habe kommen sehen.

In meiner Paranoia, bloß nicht bei meinem Exkurs auf Tinder erwischt zu werden, will ich eilig das Etui meines Smartphones zuklappen, bleibe dabei jedoch am Henkel der großen Tasse daneben hängen und übergieße den Bildschirm sowie alles Umliegende unmittelbar mit dampfend heißer Schokolade.

„O nein! So ein Mist!", stoße ich aus und krame sofort in meiner Handtasche nach einem Taschentuch, um dem Desaster Einhalt zu gebieten. *Na immerhin ist die Sicht auf die App nun vollkommen verwehrt*, versuche ich, dem Ganzen etwas Positives abzugewinnen, bin mir dem Paradoxon der Situation dabei jedoch durchaus bewusst. *Schönen Dank auch!*

„Warten Sie, Liebes. Ich mach das schon. Ach, herrje! Das schöne Gerät", ereifert sich Mrs. White freundlich und beginnt, mit dem weißen Geschirrtuch, dass sie ohnehin über den Unterarm gehängt trug, zu retten, was zu retten ist. Immer wieder streift sie energisch über den Bildschirm.
„Aber nein. Das ist doch nicht nötig. Lassen Sie nur. Ich bin manchmal einfach zu ungeschickt", versuche ich sie davon abzubringen, jedoch ohne Erfolg.
Letztlich bleibt mir nur noch, das Gesicht in den Händen zu vergraben und inständig zu hoffen, der Schaden möge nicht allzu groß sein. *Oder auch die Erkenntnis, die Mrs. White möglicherweise gleich daraus zieht, sobald das Handy wieder freigewischt ist.*
Wobei ich mir nicht sicher bin, was meinem Mobilphone unter Umständen mehr geschadet hat: die Schokoladendusche, oder das doch sehr grobe Malträtieren des empfindlichen Alleskönners mit dem Geschirrtuch.
Was für eine Katastrophe.
Und obendrein alles andere als unauffällig, wie mir scheint. Denn eigentlich wollte ich nichts mehr vermeiden, als in den Mittelpunkt der Aufmerksamkeit aller möglichen Leute zu geraten. *Das hat ja super funktioniert*, fluche ich insgeheim und rolle mit den Augen.
Endlich schaffe ich es, die überaus betroffene, gar unglückliche Mrs. White davon zu überzeugen, dass das Missgeschick nicht ihre Schuld ist, worauf sie einen Moment innehält. Eben diesen nutze ich dazu, ihr das Smartphone unter den Händen regelrecht wegzureißen und es zuzuklappen.

„Ich bin wirklich untröstlich“, unterstreicht sie ihren mitleidenden Gesichtsausdruck mit Worten, bis ich beinahe ein schlechtes Gewissen bekomme, die arme alte Dame derart aus der Fassung gebracht zu haben.
„Ist doch nicht schlimm. Wenigstens ist nichts auf meinem Kostüm gelandet“, versuche ich, die Situation etwas zu entschärfen, wodurch sich nach wenigen Sekunden tatsächlich wieder das typisch herzliche Lächeln auf dem zartfaltigen Gesicht von Mrs. White abzeichnet.
„Oh, ich weiß, was dagegen hilft …“
Mir schwant nichts Gutes, schließlich habe ich heute schon reichlich gesündigt und bereits jetzt das Gefühl, die Kalorien auf meinen Hüften spüren zu können. *War der Bleistiftrock eigentlich am Morgen auch schon so eng?*
„Nein, nein, das ist wirklich nicht nötig. Ich muss ohnehin zurück ins Büro“, wage ich einen halbherzigen Versuch, obwohl ich natürlich weiß, dass dieser kläglich scheitern wird.
„Bin gleich wieder zurück“, flötet Mrs. White, und ich ergebe mich erneut meinem zuckersüßen Schicksal.
Binnen weniger Augenblicke, die ich wie auf glühenden Kohlen ausharre, da ich viel lieber nach dem Befinden meines Smartphones sehen würde, ist sie auch schon mit einem großen Stück Cheesecake, sowie einer neuen Tasse heißer Schokolade zurück. *Oje. Das ist der Untergang meiner Selbstbeherrschung*, denke ich und bedanke mich herzlich bei der alten Dame.
„Das geht selbstverständlich aufs Haus“, fügt sie noch an und trollt sich anschließend besänftigt wieder hinter den Tresen des Pubs.
Ich atme hörbar aus.

Was für ein Mist!

Das war ein Zeichen, Elly. Du solltest diesem Quatsch ein Ende bereiten und die Mission Tinder ernsthaft abblasen, sage ich in Gedanken zu mir selbst und fasse einen Entschluss: Ich werde alle Männer löschen und aufhören, mich in diese fixe Idee des inszenierten One-Night-Stands zu verrennen. Zumindest so der Stand meiner daraus gewonnenen Erkenntnis.

Daher ziehe ich das Handy aus der Tasche, um diesen nervenaufreibenden Irrsinn, der meine Freizeit schon viel zu lange in Beschlag nimmt, zu beenden.

Endlich finde ich auch die Packung Feuchttücher, die ich grundsätzlich bei mir trage, und entferne damit den letzten Rest der klebrigen Sünde aus allen Ritzen und Rillen.

Sieht jetzt eigentlich ganz gut aus. Der Sperrbildschirm lässt sich entsperren und auch sonst scheinen alle Funktionen, wie durch ein Wunder, noch einwandfrei zu funktionieren. Also öffne ich letztlich erneut die Tinder-App, die längst durch das hingebungsvolle Wischen von Mrs. White in den Hintergrund geschoben wurde, um mich endlich von dem Druck zu befreien.

Und … da sehe ich ihn!

Klein, aber nicht minder eindrucksvoll.

Einen blauen Stern.

Oh, verdammt …

Allem Anschein nach hat Mrs. White mir die Entscheidung, welcher Mann letztlich den Zuschlag erhalten soll, mit ihrem Anfall von Putzwahn abgenommen und Kilian, dem Makler, eine Zusage erteilt, indem sie ihn favorisiert hat. Und nicht nur das. Irgendwie hat sie es

auch noch geschafft, ihm eine unmissverständliche Nachricht in Form eines kleinen, jedoch nicht weniger fatalen, roten Herzens zu schicken.
O nein, o nein, o nein …
Gerade jetzt, wo ich die ganze Sache doch endgültig verwerfen wollte! Nach dem Wink mit der heißen Schokolade des Schicksals!
Gerne würde ich, ob dieser rasanten Wendung der Ereignisse, erneut ausgiebig mit den Augen rollen. Aber dafür bleibt keine Zeit. Ich muss zusehen, dass ich das rückgängig mache, ehe …
Es ist zu spät … Eine Nachricht erleuchtet den Bildschirm, die Kilian mir daraufhin geschickt hat, als ich immer noch damit beschäftigt war Mrs. White von der Beseitigung des Malheurs sowie dem Cheesecake abzubringen. *Na toll!*

Hi Babe, ich freue mich, dein Auserwählter zu sein. Wann und wo treffen wir uns? Oder darf ich Ort und Zeit vorschlagen? Kilian

Allmählich bekomme ich schon Kopfweh vom Augenrollen. *Babe? Ehrlich?* Vielleicht hätte ich doch bessere Recherchen betreiben sollen. Andererseits ist das Ganze auch vergleichbar mit dem Abreißen eines Pflasters. Es kostet kurz Überwindung, und dann war es eigentlich gar nicht schlimm.
Noch hast du die Möglichkeit, diese kolossale Fehlentscheidung rückgängig zu machen, höre ich mich selbst immer wieder in Gedanken an meine Vernunft appellieren. Allerdings

wäre ich auch einfach froh, dieses lästige Thema endlich ad acta legen zu können.
Zumal vermutlich niemand anderes sich so viele Gedanken darüber machen würde. Einfach einmal loslassen, unüberlegt über eine Klippe springen, ohne zu wissen, wie weit es anschließend nach unten geht. *Eine beängstigende, jedoch gleichsam aufregend faszinierende Vorstellung.*
Doch ich bin eindeutig eher ein Kopfmensch. Jeder Schritt in meinem Leben wird akribisch geplant und durchdacht. Dadurch habe ich wohl zu sehr versucht, auch die schönste Nebensache der Welt bis ins kleinste Detail zu planen.
Und was habe ich nun davon? Ein Date mit einer möglicherweise hyperaktiven Nervensäge. *Oh, Mann!*
Da hilft wohl nur noch tief durchatmen und das Einzige tun, was so gar nicht meinem Naturell entspricht: Augen zu und durch!
Der Blick auf meine Armbanduhr verheißt nichts Gutes, da ich die Mittagspause schon reichlich überstrapaziert habe.
Also tippe ich eilig eine Nachricht an Kilian und hoffe, dass ich das nicht schon bald bereuen werde.

Hi. Ja, ich würde mich gerne mit dir treffen. Wie wäre es mit heute Abend? Ich erwarte dich um 20:00 Uhr in der Lobby des *Ritz Carlton*, wenn das in Ordnung für dich ist? Elly

Kurz hege ich die merkwürdige Hoffnung, Kilian mit meiner direkten Zusage möglicherweise verschreckt zu haben. Doch im nächsten Augenblick folgt auch schon seine Antwort:

Geht klar. Bis später. K.

Ich weiß nicht, was mich mehr irritieren würde: Seine Zusage, oder wenn er mir abgesagt hätte?
Gott, ist das alles verworren. Und wenn ich eines nicht leiden kann, dann sind es unvorhergesehene Komplikationen oder Dinge, deren Verlauf man schwer vorhersieht. *Selbst schuld, würde ich sagen. Außerdem klingt das nicht gerade hingebungsvoll leidenschaftlich, oder? Schon gut, schon gut.*
Letztlich füge ich mich dem Schicksal, wobei ich meinem Lieblingsgetränk, der heißen Schokolade, wohl zukünftig lieber etwas misstrauischer gegenüberstehen sollte. Schließlich hat sie mich soeben an einen fremden Mann verraten. *Hinterlistiges Stück!*
Aber gut. Heute Abend werde ich mich elegant gestylt in der Lobby eines der schönsten Hotels in Dublin einfinden, den ein oder anderen Drink genießen und hoffen, dass Kilian sich nicht als der absolute Reinfall entpuppt.
Auf ins One-Night-Stand-Abenteuer! Aber zuvor werden der Cheesecake sowie die zweite Tasse heiße Schokolade und ich noch ein ernstes Wörtchen miteinander reden müssen …

Kapitel 1

Nathan

Zeit ist relativ, wenn man jede Menge davon hat. Seit ich auf eigenen Beinen stehe, basierend auf dem Vermögen meiner verstorbenen Eltern, habe ich genügend Gelegenheiten, mich den schönen Dingen des Lebens zu widmen.
Köstlichem Essen, ansprechenden Gesprächen oder auch guter Musik. Und obgleich ich all diesem wirklich viel abgewinnen kann, so gibt es doch eine Facette in meinem Leben, der ich einen exklusiven Teil davon gewidmet habe: den Frauen.
Schon lange bin ich begeistert von deren Eleganz … deren Anmut, und so habe ich vor Jahren einen ganz besonderen Club, wenn man so will, ins Leben gerufen, der es seinen Mitgliedern ermöglicht, sich ohne Reue,

ungestört in diskreten und angemessenen Räumlichkeiten fantasievoll ausleben zu können.
Hierzu stelle ich für gewöhnlich eigens den Ballsaal des alten Walsh-Anwesens, meinem Zuhause, zur Verfügung, um die Menschen dieses elitären Kreises für einige Stunden glücklich zu machen.
Selbstverständlich alles gut getarnt durch den Deckmantel der Verschwiegenheit, absolut diskret und unter der Prämisse, dass sich alle geladenen Gäste der exquisiten Veranstaltungen ebenfalls daranhalten. Getreu dem Motto: Nichts muss, alles kann.
So wurden schon viele anregende Nächte verbracht, wir haben diese manchmal auch über den Maßen genossen sowie neue Horizonte der Leidenschaft gemeinsam und ohne störende, gesellschaftliche Grenzen erkundet.
Doch all dies gehört nun der Vergangenheit an.
Seit mein Leben nicht mehr das ist, was ich glaubte, dass es war.
Seit mit einem Mal plötzlich alles anders war.
Seit ich *sie* kennengelernt habe …

Mittlerweile ist ein Jahr vergangen, nachdem ich meine erste und einzige Liebe Josefine zum Altar schreiten gesehen habe und mit ihrem Ja-Wort auch die letzte Chance auf eine gemeinsame Zukunft zunichtegemacht wurde.
Oh, ich war dem ganz sicher nicht abgeneigt. Im Gegenteil. Eigentlich war ich es sogar, der sie in guten Händen - Colins Händen - wissen wollte und ihr zu diesem Schritt geraten hat. Josefine und ich, wir waren nie füreinander bestimmt. Denn sie war zu gut für mei-

ne verruchte Welt, in der des Nachts hinter hohen, unüberwindbaren Mauern, Lust und Sinnlichkeit herrschten.
Sie ist eine Frau, die es verdient, von ihrem Mann vergöttert zu werden. Zu heiraten und eine Familie zu gründen. Und all das kann ich mir bei meiner bewegten Vergangenheit einfach nicht vorstellen.
Josefine und ich, wir haben ebenfalls keine unbefleckte Vergangenheit. Haben uns auf ungewöhnliche Weise geheilt, vermutlich gegenseitig, und uns Wege der Leidenschaft eröffnet.
Womit dieses Wort auch für mich eine ganz neue Bedeutung bekommen hat. Leiden und Leidenschaft liegen einfach zu nah beieinander, und so durfte auch ich in meinem Leben letztlich erfahren, was es heißt, zu leiden.
Ja, die Liebe hat es nicht gut mit mir gemeint. Denn wenn ich zuvor glaubte, nicht dafür gemacht zu sein, setzte mir das Schicksal ungefragt diesen kleinen rothaarigen Wirbelwind Josefine vor die Nase, den ich niemals haben oder beherrschen sollte.
Für einige wenige kostbare Nächte, sicher. Aber keinesfalls für ganz. Da ich ihr unter keinen Umständen verwehren würde, was Josefine sich insgeheim immer gewünscht hat: Eine eigene Familie mit dem Mann, der sie über alles liebt.
Und so sitze ich hier erneut an einer Bar, trinke edlen Scotch, während zarte Klänge eines Flügels die heutigen Gäste unaufdringlich erfreuen. Ohne Plan, ohne Ziel. Einfach nur unter Leute kommen und doch die Einsamkeit in angemessener Eleganz genießen.

Doch ich bin kein Mann, der seinen Kummer ertrinkt, oder gar exzentrisch ausleben würde. Die traurige Romantik des Leidens habe ich längst überwunden. Mir dabei jedoch einen kleinen Funken der Liebe im hintersten Eck meines Herzens bewahrt, damit es nicht Gefahr läuft, zur Gänze zu erkalten.

Josefine und ich, das ist Geschichte, und ich selbst habe persönlich den letzten Funken Hoffnung bereits im Keim erstickt, ehe er zu einem nicht kontrollierbaren Feuer hätte entfachen können.

Dennoch ist nichts mehr so, wie es war. Die erfüllten Nächte, in denen ich jede der anwesenden Frauen meiner geheimen Veranstaltungen haben konnte - haben wollte - sind Geschichte. Zumindest vorerst, da mir nicht mehr der Sinn danach steht.

Zwar finden diese Treffen immer noch in unregelmäßigen Abständen statt, jedoch ohne, dass ich ihnen beiwohnen würde.

Selbst die mehr als eindeutigen Avancen von Ivy, Josefines bester Freundin, habe ich unmittelbar abgewehrt und ihr sehr schnell zu verstehen gegeben, nicht interessiert zu sein.

Warum jemandem etwas vorspielen, dass es definitiv niemals geben wird? Eben.

Also nutze ich meine Zeit, um mir über einiges klar zu werden. Sicher, ich war noch nie ein Kind von Traurigkeit und ganz bestimmt werde ich auch nicht anfangen, enthaltsam zu leben oder nach höheren Werten hinsichtlich gesellschaftlicher Zwänge zu streben. Dennoch ist einfach zu viel ins Wanken geraten, und nun warte ich für unbestimmte Zeit, bis die Wogen sich wieder glätten und ich den Sinn von allem am Horizont über die Wellen hinweg wieder sehen kann.

Den ganzen Abend über fällt mir eine junge Frau auf, die sich ebenso wie ich, die Stunden allein an der Hotelbar im *Ritz Carlton* vertreibt. Sie ist mittelgroß, ohne die Heels vermutlich sogar eher klein, und in ein schwarzes elegantes Cocktailkleid gekleidet. *Ein Klassiker*, wie ich finde.
Ihr dunkelbraunes, fast schwarzes Haar trägt sie in einer lockeren Hochsteckfrisur.
Und sie scheint nervös zu sein.
Immer wieder sieht sie auf ihr Handy, und wenn ich raten müsste, würde ich sagen, sie wurde eiskalt versetzt.
Wobei der Kerl, der diese kurvige Schönheit hat sitzen lassen, sicher nicht alle Sinne beieinanderhaben muss. Schließlich gibt es für einen Mann so viele Möglichkeiten, eine Frau wie diese zu genießen.
Ich achte darauf, ihr nicht das Gefühl zu geben, sie anzustarren oder gar zu mustern. Dennoch scheint sie mein Interesse an ihrer Situation bemerkt zu haben.
Sie steht auf, greift nach Handtasche und Mantel, sowie dem Cocktail vor ihr, und kommt Hüfte schwingend auf mich zu. Dabei scheut sie den direkten Blickkontakt zu mir nicht, was mich noch neugieriger darauf macht, was sie heute Abend hier ganz allein zu suchen hat.
Normalerweise halte ich die Menschen schon aufgrund meiner Ausstrahlung gebührend auf Abstand. Höflich, jedoch distanziert und - vor allem - für gewöhnlich

nicht interessiert an flüchtigen Bekanntschaften außerhalb gewisser gehobener Kreise.
Und doch hat diese Frau etwas an sich, dass zu erforschen mir nur allzu viel Vergnügen bereiten würde. Einen Hauch von Einsamkeit oder Verlorenheit, gepaart mit Stärke und Selbstsicherheit, die zu kontrollieren mich schon immer gereizt hat. *Walsh, vergiss nicht! Die Zeit ist noch nicht reif für derartige Spiele, ehe du dir nicht vollkommen darüber im Klaren bist, was du wirklich willst!*, warne ich mich in Gedanken, doch da ist mein Instinkt auch schon entfesselt, als die junge Dame mich unverhohlen anspricht.
„Bitte entschuldigen Sie. Ich möchte Sie gar nicht stören. Aber Sie sind nicht zufällig Kilian?“
Damit habe ich nicht gerechnet. Die kleine dunkle Fee wartet allem Anschein nach also wirklich auf jemanden. *Ein Blind Date? Interessant. Überaus interessant!*
Ich wende mich auf dem Barhocker ihr zu und blicke in die hellsten grünen Augen, die ich je gesehen habe. Strahlend und tiefgründig wie lupenreine Smaragde.
„Ich fürchte, ich muss Sie enttäuschen“, gebe ich wahrheitsgemäß zum Besten, obwohl es mir sicher ein Leichtes wäre, sie zu meiner Kurzweil auf die falsche Fährte zu locken.
Augenblicklich lässt sie die Schultern sinken. Kaum merklich, jedoch ist ihr die Enttäuschung deutlich ins Gesicht geschrieben.
„Verstehe. Aber ich dachte, ich nutze meine letzte Chance, um …“ Die Frau hält plötzlich inne. „Bitte verzeihen Sie. Schönen Abend noch“, antwortet sie,

stellt ihren Cocktail auf den Tresen und geht zum Ausgang.

Kurz sehe ich ihr nach und widme meine ungeteilte Aufmerksamkeit schließlich wieder dem Scotch vor mir, sowie dem talentierten Pianisten, dessen Klänge mich nur allzu gekonnt entspannen lassen. Als mir plötzlich ein angenehmer, gar lieblicher Duft nach Zitrusblüten in die Nase steigt. Frisch und belebend, der sofort von mir Besitz zu ergreifen scheint.

„Bitte, nur noch eine Frage“, wird der Duft von jener melodisch klingenden Stimme begleitet, die sich unmittelbar bei mir Gehör verschafft.

Wieder drehe ich mich um und erblicke erneut die kleine Fee, die mich nun dem Anschein nach draufgängerisch, jedoch in Wahrheit vermeintlich schüchtern, zu durchleuchten versucht.

Meine Manieren lassen mich, wie immer, nicht im Stich. „Selbstverständlich. Wie kann ich Ihnen behilflich sein?“

Eine zarte Röte überzieht ihre sonst so Elfenbein blassen Wangen.

„Nun ja. Es ist sicher albern, aber ich habe mich gefragt, ob Sie heute Abend vielleicht auch ohne Begleitung hier sind? Ich meine, wir sitzen nun schon länger separat an dieser Bar, und eigentlich steht mir nicht der Sinn danach, nun nach Hause zu gehen.“

Einige Augenblicke sehe ich sie lediglich an. Meine Miene verrät nichts darüber, welchen inneren Kampf ich gerade mit mir ausfechte. Einerseits würde ich gerne, einfach nur zum Zeitvertreib, etwas über diese junge Lady erfahren. Andererseits möchte ich nicht noch

mehr durcheinanderbringen, als es ohnehin schon der Fall ist.
„Ja, ich bin allein hier", antworte ich. „Immer", füge ich noch hinzu, um keine Zweifel daran zu lassen, dass ich an Bekanntschaften nicht interessiert bin.
Große runde Augen sehen mich auffordernd, gar flehend an, den Abend durch meine offenkundige Abweisung nicht noch schlimmer zu machen. Daher atme ich tief durch und gebe mir einen Ruck. *Was soll schon passieren?*
„Bitte, setzen Sie sich. Ich bestelle Ihnen einen neuen Drink. Champagner?", frage ich, während ich ihr den Mantel abnehme und beiseitelege.
„Gern", antwortet sie, obwohl ich wetten möchte, dass sie normalerweise eher zu leichteren Mischgetränken greift.
Auf mein Zeichen hin wird ihr eine gekühlte Flasche des besten Champagners serviert, den das Haus zu bieten hat.
„Aber da steht nur ein Glas. Trinken Sie nicht mit?", will sie wissen.
„Ich bevorzuge Scotch", versichere ich ihr, während sie auf dem Barhocker neben mir Platz nimmt und nach dem dargereichten, bereits vom aufmerksamen Barkeeper gefüllten, Glas prickelnden Glücks greift.
„Na dann, auf uns, die wir uns die Nächte allein in Hotelbars um die Ohren schlagen", lässt sie verlauten und trinkt, ohne auf meinen Zuspruch zu warten, beinahe das ganze Glas leer.

Ein Zeichen von fehlenden Manieren oder ausgewachsener Verzweiflung? Dennoch bin ich gewillt, mehr darüber zu erfahren. Zu meiner eigenen Verwunderung.
„Sie missverstehen mich. Ich bin gern allein", lautet meine Antwort auf ihren Vorstoß.
Die junge Frau, deren Namen ich immer noch nicht kenne, hält in der Bewegung inne.
„Wirklich?"
Ich nicke.
„Vermutlich die richtige Einstellung. Wobei ich auch nichts dagegen habe. Wenn ich nicht eigentlich zu zweit hier sein sollte. Sie verstehen?"
Ja, das tue ich.
„Männer, die nicht wissen, was sie wollen, sind es nicht wert, ihnen nachzuweinen", spreche ich meine Einschätzung laut aus.
„Da ist was Wahres dran. Doch ich bin gar nicht traurig darüber, ihn hier nicht angetroffen zu haben. Es ist … kompliziert", entschließt sie sich dann doch dazu, die Sache vorerst nicht weiter auszuführen.
Wieder nicke ich und versuche etwas Raum in die angestaute negative Atmosphäre zu bringen.
„Ich bin Nathan", biete ich ihr an und reiche ihr meine mit einem Lederhandschuh verhüllte Rechte.
Kommentarlos nimmt sie diesen Umstand zur Kenntnis, obwohl sie sich vielleicht fragt, warum ich sie hier drinnen noch trage.
Weil ich sie immer trage, wenn ich nicht allein bin …
Bewusst spare ich jedoch meinen Nachnamen aus, da dieser hier in Dublin entweder wissendes Staunen oder gar Angst hervorruft. Denn um mich und meine Vor-

fahren ranken sich auch heute noch die wildesten Gerüchte, und im Grunde kann ich dies den Menschen auch gar nicht vorwerfen. Angefangen von dem großen Herrenhaus vor den Toren der Stadt, dem parkähnlichen Garten drum herum, bis hin zu der Tatsache, dass man mich selten unter tags irgendwo antrifft.

Wie heißt es doch so schön? Solange die Menschen reden, machen sie nichts Schlimmeres.

Und außerdem hält es mir - zumindest die meiste Zeit - lästige Reporter oder sonstige Anfragen vom Hals.

„Elly. Elly O'Leary. Schön, Sie kennenzulernen."

Das wird sich erst noch herausstellen, denke ich und nippe daraufhin an meinem Scotch, während der Barkeeper Ellys Glas wieder auffüllt.

Sie lächelt. Eigentlich das erste Mal an diesem Abend. Aber was mich wirklich in seinen Bann zieht, ist das Leuchten in ihren Augen. Beinahe so, als könnte sie es bewusst anschalten.

„Dann sind Sie oft hier im *Ritz Carlton*, Nathan?", will sie wissen.

Gut, dann versuchen wir uns an etwas Small Talk.

„Ab und an. Ich schätze den Service und die elegante Atmosphäre", erkläre ich wahrheitsgemäß.

„Ah, ein Mann mit Prinzipien", folgert sie absolut richtig.

„Selbstverständlich. Ein Mann ohne Prinzipien ist nichts weiter als ein Mann, der sein Leben nicht im Griff hat."

Gespannt darauf, wie sie die kleine Anspielung auf ihre eigene Situation aufnimmt, warte ich ab, ob sie diese überhaupt damit verknüpfen kann.

Und Elly kann!
Sie senkt den Blick und nippt am Champagner.
„Ja, da haben Sie wohl recht. Männer! Aber vermutlich liegt es gar nicht an ihnen."
Ich werde hellhörig.
„Was liegt nicht an den Männern?"
„Na, dass sie alle Idioten sind. Ich bin einfach zu wählerisch."
Normalerweise würde ich das als Komplimente-Hascherei abtun. Nicht jedoch bei dieser jungen Frau, die weniger verzweifelt ist, als dass sie die Situation nur analysieren will. *Eine sehr reizvolle Facette*, wie ich finde, wobei ich ja immer noch keine Ahnung davon habe, was eigentlich wirklich passiert ist. Wurde sie versetzt, und nun lässt sich das mit ihrem möglicherweise beachtlichen Ego nicht vereinbaren? Oder steckt tatsächlich mehr dahinter?
„Für meine Begriffe gibt es so etwas wie *zu wählerisch* nicht. Niemand sollte sich unter Wert verkaufen, und vor allem ist es nicht verwerflich, stets nach Höherem zu streben", steige ich tiefer in die Sache ein, als eigentlich beabsichtigt.
„... greife immer nach den Sternen", flüstert Elly kaum merklich.
„Wie bitte?"
„Ach, nichts. Schon gut. Ich habe nur laut gedacht."
Ohne es zu ahnen, spielt diese kleine Fee Spielchen mit mir und ich neige doch tatsächlich dazu, darauf einzugehen. Sie gibt sich zart und verletzlich, gleichzeitig aber auch stark. So, als würde sie genau wissen, was sie will.

Wenn sie sich dadurch nicht einmal die Finger verbrennt an einem Mann, der es vermag, ihr Innerstes bis ins kleinste Detail zu erforschen, weil er dies wie kein anderer versteht. *Einem Mann wie mich …*

Der Abend ist gerade um einiges attraktiver geworden. Abwarten und genießen, lautet die Devise.

Kapitel 2

Elly

Zum Glück kann ich mich an dem Champagnerglas festhalten, da ich ansonsten dazu neigen würde, ständig mit den Händen herum zu wedeln oder an meinen Haaren zu spielen. Vor allem, weil mich dieser düstere Mann außerordentlich und unerwartet nervös macht.
Mit seinem eleganten Anzug, dem dazu passenden Halstuch und der gewählten Ausdrucksweise, wirkt er beinahe wie aus einer anderen Zeit. Nicht altmodisch. Ganz und gar nicht. Eher überaus stilvoll und stets darauf bedacht, seinem Gegenüber in angemessener Weise zu begegnen.
Elly! Weißt du nicht mehr? Du ziehst die Freaks magisch an, und auch dieser Mann ist alles andere als konventionell, versu-

che ich, mich wieder auf den Boden der unangenehmen Tatsachen zurückzubringen.
Aber ein Gefühl in meinem Inneren - ein gewisses Prickeln in der Bauchgegend - hat gerade erst angefangen, den Abend richtig zu genießen. *Aus dir spricht sicherlich nur der Champagner, und du solltest in jedem Fall zusehen, dass du Land gewinnst!*
„Sie haben leicht reden. Aber wenn man erst einmal verstanden hat, ein Freak-Magnet zu sein, dann wird es schwer, eine Wahl zu treffen."
„Vielleicht ist ja auch Ihr Kopf das Problem, Elly? Ständige Vergleiche anzustellen führt möglicherweise auf die falsche Fährte?", wagt Nathan einen Vorstoß.
Das gibt mir zu denken.
„Gut möglich. Aber ich will Sie wirklich nicht mit meinen Problemen langweilen. Schließlich habe ich Ihnen schon reichlich viel Zeit gestohlen", gebe ich offen zu, da ich mich ihm regelrecht aufgedrängt habe. Doch etwas an diesem Mann hat meine Aufmerksamkeit erregt, mich sprichwörtlich angezogen, und je mehr Worte über seine vollen Lippen kommen, desto schwieriger wird es, mich seiner Anziehungskraft zu entziehen. *Elly!!! Aber wenn es doch wahr ist?*
„Wenn ich genug habe, dann werden Sie es als Erste erfahren. Es gibt keinen Grund, Ihre Gesellschaft länger als nötig zu genießen. Also machen Sie sich keine Sorgen, Elly", sagt er tatsächlich knallhart, ohne den Ansatz eines Lächelns im Gesicht.
Mir ist, als könnte ich die Macht oder Dominanz, die Nathan mit jeder Faser seines gut gebauten Körpers ausstrahlt, regelrecht auf der Zunge schmecken.

Ja, auch das habe ich mittlerweile insgeheim ausgiebig abgecheckt. Na und?

Außerdem möchte ich wetten, dass ihm nur selten bis niemals jemand widerspricht.

„Nicht ganz so beruhigend wie erhofft, dennoch absolut einleuchtend“, gebe ich offen fasziniert zu, weil ich das Gefühl habe, dass es ohnehin keinen Sinn macht, diesem Mann etwas vorzuspielen.

Vorsicht! Mit seinen eisblauen Augen durchbricht er locker deine Fassade und sieht dir bis in dein geschundenes Herz.

Ich atme hörbar aus.

„Er hat mich nicht nur versetzt“, platze ich zusammenhanglos heraus, da ich es leid bin, ständig um das unheilvolle Gespenst namens Enttäuschung, das die ganze Zeit über uns zu schweben scheint, herum zu reden.

Doch Nathan hört einfach nur zu. Drängt mich nicht, und plötzlich habe ich das Gefühl, mich diesem Fremden anvertrauen zu können. *Du hast nichts zu befürchten, weil du ihn nie wiedersehen wirst. Aber willst du wirklich deine intimsten Geheimnisse vor ihm ausbreiten? Ja?*

„Es sollte ein One-Night-Stand werden, okay?“, habe ich schneller ausgesprochen, wie mir lieb ist.

Nathan quittiert meine schonungslose Ehrlichkeit mit einer hochgezogenen Augenbraue.

„Und wo ist dann das Problem? So etwas kommt öfter vor, als Sie vielleicht denken, und dadurch kann Ihnen dieser Feigling ohnehin noch mehr egal sein. Es geht ja nicht um ein romantisches Date.“

Ich würde ihm ja zu gerne recht geben.

Wäre da nicht diese winzige Kleinigkeit mit dem Drama um meine hartnäckige Jungfräulichkeit!

Schnell trinke ich auch das nächste Glas auf ex, um mich damit für das zu wappnen, was ich unter Umständen gleich sagen werde.
„Sie haben ja keine Ahnung, Nathan“, seufze ich, während ein fast verärgertes Funkeln über seine Züge huscht.
Unerwartet beugt er sich zu mir herüber, sodass ich in dem betörenden Duft seines teuren Aftershaves regelrecht baden kann. *Ohhhh, verdammt!*
Seine Lippen streifen bereits fast mein Ohr, als er mir in sinnlichem Bariton entgegen raunt: „Seien Sie sich da nicht zu sicher.“
Aus mir unerfindlichen Gründen fährt mir seine samtige Stimme unmittelbar in mein Innerstes.
In mein Höschen!
Während wohliges Kribbeln sich an Stellen bemerkbar macht, die sich auf diese Weise bisher nur selten gemeldet haben. *Oder noch nie?*
Doch viel zu schnell zieht er sich auch schon wieder zurück, und der Spuk ist vorbei.
„Ich bin noch Jungfrau!“, platze ich plötzlich mit der unzensierten Wahrheit ans Licht. Und möglicherweise auch etwas zu laut, wie ich dem vielsagenden Blick des Barkeepers unmissverständlich entnehmen kann.
Diesmal bleibt Nathans Augenbraue an Ort und Stelle, doch sein lodernder Ausdruck spricht mehr als tausend Worte es je könnten. Allerdings bin ich mir nicht im Klaren darüber, ob er das nun merkwürdig, aufregend oder gar abstoßend findet.
„Was denken Sie jetzt?“, frage ich kleinlaut, weil ich es mir nicht selbst zusammenreimen möchte. Lieber gleich

ein Missverständnis aus der Welt schaffen, ehe es entsteht. Allerdings würde mich auch interessieren, warum mir das, was dieser Fremde jetzt denken könnte, überhaupt wichtig ist? Aber darüber kann ich nur imaginär mit den Schultern zucken.

Nathan greift seelenruhig zu seinem Scotch und lässt sich einen weiteren Schluck davon genüsslich auf der Zunge zergehen.

„Herrgott! Sie können einem echt den letzten Nerv rauben", fahre ich ihn an, weil mich seine ruhige Art irgendwie auf die Palme bringt.

Eisblaue Augen mustern mich eindringlich, gefolgt von einem Lächeln, das mir sofort wieder dieses neuerliche Kribbeln in tieferen Regionen beschert.

„Sie scheinen aufgrund dieses Umstandes unter enormem Druck zu stehen."

Ich seufze.

Gerne würde ich behaupten, mir wäre die ganze Sache absolut nicht wichtig und dass ich fest der Meinung wäre, irgendwann auch für mich den richtigen Mann zu finden. *Jeder Topf findet seinen Deckel, Blabla.* Doch das wäre eine reine Lüge. Denn mit vierundzwanzig Jahren würde ich allmählich gerne auch mitreden können, wenn es um die vermeintlich schönste Nebensache der Welt geht. Daher bleibe ich schlichtweg bei der Wahrheit.

„Was Sie nicht sagen", antworte ich flapsiger als beabsichtigt und befeuchte meine mit einem Mal trockene Kehle mit Champagner.

Nathan schüttelt den Kopf.

Ich muss sehr aufpassen, nicht erneut, aufgrund seiner schier undurchdringlichen Fassade, aus der Haut zu fahren.
„Was soll das nun wieder heißen?", verlange ich, umgehend zu wissen.
Abermals dieses unerhört sinnliche Lächeln. *Oh, Elly!*
„Ich wundere mich."
„Ach, ja?"
„Ja."
„Und darf ich auch erfahren, worüber?", keife ich wenig damenhaft zurück.
Doch Nathan lässt sich dadurch nicht im Geringsten beirren, wie mir seine entspannte Haltung, sowie das erklingende, männlich tiefe Lachen versichern.
„Selbstverständlich. Wenn Sie Ihre Ungeduld ein wenig besser im Zaum halten können", fügt er tatsächlich noch hinzu, was mich fast bis aufs Äußerste reizt.
Warum nur habe ich das Gefühl, längst in dem Spiel dieses Fremden gefangen zu sein? Ist das eine Art Lektion?
Meine Alarmglocken schrillen zusammen mit den Warnungen in meinem Kopf um die Wette, während ich auf unerklärliche Weise völlig hingerissen bin von dem Mann, der mir so unverhohlen Paroli bietet.
„Nicht Ihr Ernst", wehre ich mich weiter dagegen, mir von Nathan die Zügel aus der Hand nehmen, geschweige denn irgendwelche Vorschriften machen zu lassen.
Du solltest austrinken, dir Mantel und Tasche schnappen und gehen! Sofort! Du bist schon viel zu weit in der Sache vorgedrungen, und nichts davon geht diesen Kerl etwas an. Also …

Ich bleibe und labe mich weiter an der mysteriösen, erotisierenden Art des düsteren Fremden, dessen Lederhandschuhe seiner Ausstrahlung einen Hauch von Gefahr beimengen.
„Ich beliebe nicht, zu scherzen. Nie. Daher werden Sie sich wohl zügeln müssen. Es liegt ganz bei Ihnen, Elly." Dabei betont er meinen Namen mit einem tiefen samtigen Unterton, der meine Knie sofort weich werden lässt. *Himmel! Was geht hier denn gerade vor sich? Du wirst doch nicht etwa …?*
„In Ordnung. Ich bin ganz ruhig. Würden Sie mich nun freundlicherweise aufklären, was an meinem Geständnis entweder komisch ist oder Ihnen Entsetzen bereitet?", bemühe ich mich um Contenance und Höflichkeit.
„Schon besser. Aber da gehen Sie falsch in der Annahme. Ich bin weder belustigt darüber noch entsetzt. Ich habe mich nur gefragt, was eine junge attraktive Frau in Bezug auf ihre Unerfahrenheit so in Bedrängnis bringen könnte. Schließlich haben Sie keinen offensichtlichen Grund zur Panik."
Jetzt bin ich sprachlos. Mein Mund klappt auf, aber keines der möglichen, sinnvollen Worte, die ich Nathan gerne entgegensetzen würde, findet seinen Weg nach draußen.
Sollte das eine Art Kompliment sein?
„Panik ist noch gar kein Ausdruck", gebe ich zu. „Oder wäre ich sonst so weit gegangen, mich bei einer Single-Börse anzumelden, nur um meine Jungfräulichkeit dort zur Ausschreibung einzustellen?"
Jetzt ist es auch schon egal. Wobei mir der Champagner anscheinend gewaltig zu Kopf steigt.

Nathan legt den Kopf schief wie ein Raubtier, das seine Chancen abwiegt, indem es die Reaktionen seines Opfers bis ins kleinste Detail analysiert.
„Das ist so armselig“, stöhne ich resigniert, weil ich nichts davon mehr schönreden kann.
„Ganz und gar nicht“, entgegnet Nathan.
„Ach, nein? Was könnte man an meiner Unfähigkeit, mich mit den Eigenheiten anderer Menschen anfreunden zu können, nicht armselig finden? So armselig, dass ich auf die letzte aller Möglichkeiten, einem geplanten One-Night-Stand unter dem Motto *Mein erstes Mal* zurückgreifen muss? Da sehen Sie es!“
Ich trinke aus und rutsche vom Barhocker, ohne ihm die Gelegenheit zu geben, mir zuzustimmen oder zu widersprechen.
Mit einem Mal ist meine Laune unterirdisch, und ich will nur noch nach Hause.
„Vielen Dank für Ihre Zeit und Ihr Ohr. Ich sollte nun gehen“, sage ich und greife nach meinen Sachen.
Nathan scheint nicht im Geringsten überrascht.
„Einen Augenblick noch!“, erbittet er sich, winkt einen der Hotelbediensteten herbei, die für alle Gäste unaufdringlich zur Verfügung stehen und bespricht etwas mit ihm, jedoch außerhalb meines Hörbereiches.
Ich habe keine Ahnung, was ich davon halten soll, während meine Ungeduld allmählich ins Unermessliche ansteigt und ich kurz davor bin, einfach auf dem Absatz kehrt zu machen.
Dann steht Nathan auf und greift nach meiner Hand.
Elektrisierende Blitze schießen durch meine Finger, dort wo das Leder mich berührt.

„Was soll das werden?“, will ich überrascht wissen.
„Wir werden dein *Problem* beheben.“
Äh, was!?
Dabei ist die Tatsache, dass Nathan plötzlich zum informellen *Du* gewechselt hat, noch die kleinste Veränderung, bei der ich gedanklich irgendwie nicht mithalten kann.
„Ich habe uns soeben eine Suite reserviert. Wenn du willst, werde ich dafür sorgen, dass du dich wenigstens heute Nacht entspannst.“
Oh! Mein! Gott! Was ist das? Ein unmoralisches Angebot? Nun aber wirklich nach Hause!
„Du, Du meinst, du übernimmst nun das Date anstelle des Typen, der mich versetzt hat?“, stammele ich verunsichert und bin gleichzeitig von mir selbst genervt, über so viel Naivität.
„Nein“, lächelt Nathan. „Glaub mir, so ein Stümper bin ich mit Sicherheit nicht. Wenn du dich auf mich einlässt, dann wirst du erleben, was es wirklich heißt, von einem Mann geführt zu werden. Seine eigenen Vorlieben auszuloten und vielleicht auch Grenzen zu erforschen.“
„Grenzen erforschen?“, überlege ich laut.
„Nicht heute. Du bist weit davon entfernt, bis dorthin zu gehen. Dennoch verspreche ich dir, du wirst es nicht bereuen, wenn du dein erstes Mal zu etwas Besonderem werden lassen willst.“
Völlig verdutzt stehe ich da, immer noch seine Hand haltend und lasse mir das Gesagte durch den Kopf gehen. Alles ist wie in einem Traum. Denn im realen Le-

ben passieren derartige Dinge nun einmal nicht. *Oder doch?*
Natürlich wäre ich reichlich dumm, das Angebot zu einem One-Night-Stand eines x-beliebigen Mannes anzunehmen. Dennoch kommt es mir die gesamte Zeit über so vor, als würde ich etwas verpassen, wenn ich es ausschlüge. Etwas, dass mir so im Leben nie wieder geschehen wird.
Ich glaube an Schicksal und Vorsehung. Trotzdem fände ich es reichlich weit hergeholt, den Korb, den ich mir heute von Kilian eingehandelt habe, als wegweisendes Ereignis zu bezeichnen.
Und doch … Etwas an Nathans Angebot macht es mir einfach nicht möglich, mich seinem Einfluss zu entziehen.
Die Sekunden verrinnen, und ich bin mir sicher, Nathan wird nichts wiederholen oder mich gar darum bitten, einzuwilligen. Allerdings weiß er auch, wie wählerisch ich in Bezug auf Männer bin, wodurch er mir vermutlich die kleine Bedenkzeit einräumt.
Aber meine Entscheidung, so sehr ich mich auch dagegen wehre, ist längst gefallen. Und was noch viel schlimmer daran ist: Er weiß es!
„Komm, lassen wir dich dieses unschöne Erlebnis mit deinem unzuverlässigen Verehrer vergessen. Wir werden diese Erinnerung überschreiben, und ich verspreche dir, morgen wirst du keinen Gedanken mehr an ihn oder dein sogenanntes *Problem* verschwenden."
Ohne meine Antwort, oder etwaige Einwände abzuwarten, bringt er mich zum Lift, wo uns der Angestellte des Hotels von geradeeben bereits in Empfang nimmt.

Kommentarlos überreicht er Nathan eine entsprechende Chipkarte für die soeben gebuchte Suite.
Verunsichert starre ich ihn an.
Vielleicht sogar in der Hoffnung, er möge sich an mich erinnern, falls ich dieses Hotel nie wieder lebendig verlassen würde. *Elly! Jetzt mach aber mal halblang! Wenn du dir ernsthaft Sorgen um die Absichten dieses Fremden machst, dann gibt es dafür eine ganz einfache Lösung: Geh schlichtweg nicht mit ihm mit!*
In Wahrheit bereitet es mir jedoch nicht die geringsten Sorgen, und das ist es im Grunde auch, was mich ängstigt. Keine Angst zu haben. *Ist das grotesk? Oh, ja. Mehr als das.*
Die Türen des Lifts gleiten auf, und wir treten ein. Ein Concierge begleitet uns nach oben, bis wir schließlich im letzten Stockwerk des *Ritz Carlton* ankommen.
Über einen Flur gelangen wir zu einer der wenigen Türen, hinter welchen sich die Suiten befinden.
Noch nie zuvor hat mein Herz einen derartigen Tango veranstaltet wie in diesem Augenblick, als ich glaube, es könnte mir sprichwörtlich aus der Brust springen. Doch Nathan hingegen scheint die Ruhe selbst zu sein. *Hat er etwa Erfahrung mit derartigen Dingen? Frauen an einer Hotelbar aufzureißen und anschließend ein Zimmer zu buchen? Mach dich nicht lächerlich, Elly. Schließlich hast du ihn angequatscht, und er war nicht wirklich begeistert davon!*
Tausende Gedanken tummeln sich in meinem Kopf. Angefangen von meinen Arbeitskollegen, die niemals von dieser Aktion erfahren dürfen, bis hin zu meiner Mum und meinem Bruder, die mir ordentlich die Levi-

ten lesen würden, wüssten sie, was ich gerade im Begriff bin zu tun.
Völlig unsinnig, zumal ich meine Mum seit Jahren nicht gesehen habe.
„Wenn wir nun durch diese Tür treten, ist es wichtig, dass du deinen Kopf ausschaltest. Hier regieren nur Empfindung und Verlangen. Hast du das verstanden?“, will Nathan auf dominante Art wissen.
Den Kopf ausschalten? Einmal nur den Bauch bestimmen und mich von einem Mann in eine andere Welt einführen lassen, den ich gerade in einer Hotelbar kennengelernt habe?
Keine leichte Aufgabe für jemanden wie mich. Möglicherweise sogar die Schwerste überhaupt. Das Ruder abzugeben ist mir noch nie leichtgefallen, da ich schon früh gelernt habe, auf eigenen Beinen zu stehen und …
Himmel! Kopf aus, Elly!
Ich nicke bestätigend, wobei ich mir nicht annähernd im Klaren darüber bin, welche Auswirkungen meine Entscheidung mit sich bringen wird. Aber für Vorwürfe und Reue ist morgen noch genug Zeit.
Das Pfeifen der Schließanlage ertönt und fungiert gleichsam als Startschuss für das Abenteuer meines Lebens.
Nathan öffnet die Tür und lässt mir den Vortritt in den dunklen Raum.
„Bereit?“, will er wissen, während ich mich weiterhin rücklings an seine Hand klammere.
„Ähm, ich weiß nicht“, gebe ich offen zu, als auch schon das Licht erstrahlt und das schönste Hotelzimmer offenbart, das ich jemals gesehen habe. *Und sicher jemals sehen werde …*

Ruckartig wende ich mich Nathan zu.
„Das ist … o mein Gott! Als du sagtest, du hättest eine Suite gebucht, dachte ich, das wäre nur so eine Redensart, aber das hier …“, stoße ich, völlig überwältigt von so viel Eleganz und Schönheit, aus.
„Ich habe dir doch gesagt, dass ich niemals scherze. Und Sprücheklopfen zählt obendrein nicht zu meinen Gewohnheiten.“
Er tritt näher und nimmt nun auch meine andere Hand in seine.
„Wenn ich etwas sage, dann meine ich das auch so. Ohne Kompromisse“, stellt er unmissverständlich erneut klar, und diesmal nehme ich ihn beim Wort.
„In Ordnung“, hauche ich, leicht außer Atem.
Neugierig drehe ich mich um.
Der gesamte Raum ist in angenehm hellen Creme-Tönen gestaltet. Teilweise durch Akzente in Gold untermalt und überaus hochwertig eingerichtet. In der geräumigen Suite befinden sich diverse Sitzgelegenheiten, bestehend aus halbrunden Sesseln, sowie einer Couch. Weiche, helle Teppiche unterstreichen die heimelige Atmosphäre, während jeder Winkel durch unzählige Lampen perfekt ausgeleuchtet und in Szene gesetzt ist.
Ein gigantisches Panoramafenster mit Blick über die grüne Umgebung des schlossähnlichen Hotels lässt mein Herz obendrein höherschlagen. Doch was meine Aufmerksamkeit wirklich erregt, ist das ausladende, hohe Doppelbett, das auf einem kleinen Absatz von zwei Stufen gut sichtbar mittig im hinteren Bereich der Suite thront. Das Kopfteil besteht aus elegant abge-

steppten, ebenfalls cremefarbenen Polstern, und die zahlreichen Kissen in Creme und Gold laden sofort zur ausgiebigen Benutzung ein.
Natürlich wurde auch an teurer Technik, wie einem gigantischen Smart-TV, nicht gespart.
Ich widerstehe dem Impuls, quietschend vor Begeisterung durch alle Winkel der Suite zu laufen, da ich nicht noch mädchenhafter auf Nathan wirken möchte. Vermutlich hält er mich ohnehin schon für naiv. Dabei würde ich zu gerne sehen, wie erst das Badezimmer aussehen muss, wenn alles andere ohne Probleme sogar Adeligen würdig ist.
Aber ich benehme mich und überlasse Nathan die Führung, ganz so, wie es mir angeraten wurde.
Kopf aus!
„Möchtest du etwas trinken?“, will Nathan wissen.
„Nein, danke. Ich denke, ich habe bereits mehr als genug für heute“, gestehe ich, da der Champagner mich immer noch stark im Griff hat. Und schließlich möchte ich nicht morgen aufwachen und mich dank eines Filmrisses an nichts mehr erinnern können.
Nathan nickt nachsichtig, nimmt mir Tasche und Mantel ab und führt mich weiter in den Raum.
Meine Heels versinken in der wunderschönen Auslegware und ich hoffe, dadurch nicht auf überaus peinliche Weise aus dem Gleichgewicht zu geraten. Doch Nathan hält mich fest in seinem Griff, und allein diese kleine Geste gibt mir auf unerklärliche Art den nötigen Halt, um meine Aufregung im Zaum zu halten.

Einen Moment lang verlässt er mich, kehrt jedoch schnell wieder zurück und mit ihm unaufdringliche, klassische Musik aus dem Hintergrund.
Augenblicklich fühle ich mich schon viel wohler.
Nathan kommt näher.
Pirscht sich langsam an, und sein sinnlicher Ausdruck raubt mir buchstäblich den Atem. Dunkel, verlockend und unverschämt anziehend. *Das perfekte Raubtier*, denke ich noch, als Nathan mich halb umrundet und lange Finger in Lederhandschuhen sich von hinten um meine Schultern legen.
Nur der dünne Stoff des Cocktailkleids trennt das Leder von meiner Haut.
„Wie weit bist du je mit einem Mann gegangen?", raunt Nathan mir ins Ohr, und wäre ich nicht so gefangen in seiner Anmut, gäbe ich mich sicherlich schockiert über die direkte Frage. Doch hier in dieser surrealen Welt, hoch oben im Himmel meiner unerfüllten Träume, gelten nun einmal andere Regeln.
Seine Regeln …
Es fällt mir schwer, Nathans Frage im Detail zu beantworten, daher versuche ich mich an einer nichtssagenden Umschreibung.
„Ich hatte noch nie Sex, wenn du das meinst."
„Davon gehe ich aus", entgegnet Nathan, und ich weiß, er wird mich nicht damit durchkommen lassen.
„Ein flüchtiger Kuss hier, ein bisschen intime Zweisamkeit dort. Nicht der Rede wert", antworte ich ausweichend, da ich das Ausmaß meiner Prüderie nicht auch noch im Detail beschreiben will.

„Dann ist alles Neuland für dich. Es wäre mir eine Ehre, dieses gemeinsam mit dir zu erkunden“, schließt Nathan daraus, und wieder fühle ich mich durch ihn in ein anderes, eleganteres Zeitalter versetzt.
Dieser Mann scheint wirklich nicht von dieser Welt zu sein, sinniere ich überaus angetan und warte gespannt darauf, dass unsere Entdeckungsreise ihren Lauf nimmt.
Seine geübten Hände gleiten meine Oberarme hinab, und ich lasse meinen Kopf automatisch an Nathans Brust sinken, da er mich um einiges an Größe überragt.
„Egal, welche Gedanken sich nun in deinen Geist drängen wollen, entspann dich. Das ist meine oberste Regel für dich“, weist Nathan mich an, und ich gebe mir selbst das Versprechen, es wenigstens zu versuchen.
Daher nicke ich kaum merklich und folge mit jedem meiner Sinne aufmerksam dem Weg, den seine Finger auf mir zurücklegen.
Auf meinem Rücken verharren sie für einen kurzen Augenblick, ehe sie den Reißverschluss meines Kleides öffnen. Dabei weiche ich automatisch einige Zentimeter zurück, da ich plötzlich Bedenken habe, ich könnte ihm ohne das schicke Kleid nicht mehr gefallen. Schließlich habe ich an so manchen, entscheidenden Stellen das ein oder andere Pfund zu viel, eben keine klassische Kleidergröße 38. *Eher 40, an guten Tagen.*
Doch Nathan lässt mich nicht einen Augenblick lang gewähren und zieht mich bestimmend zurück in die ursprüngliche Position.
„Weiche niemals vor mir zurück, das werde ich nicht dulden. Es gibt nichts, wofür du dich schämen müss-

test“, sagt er leise, jedoch lässt sein Tonfall absolut keinen Raum für Widerworte.
Und obwohl meine naturgegebene Sturheit unmittelbar auf Hochtouren rebelliert, füge ich mich seinen Anweisungen. Zumindest für den Moment …
Millimeter um Millimeter, in denen der Stoff von meinem Körper weicht, verliere ich auch Stück für Stück die Scheu vor der fremdartigen Berührung, die ich leichter akzeptieren kann als jemals gedacht.
Letztlich gleitet das Kleid zu Boden, sodass ich nur noch in schwarzen Spitzendessous sowie halterlosen Strümpfen und Heels vor Nathan stehe. Inmitten einer teuren Hotelsuite über den Dächern Irlands.
Mit schnellen Griffen löst er anschließend die wenigen Klammern aus meinem Haar, sodass es in langen Wellen über die Schultern, bis hin zu meinen vor Aufregung bebenden Brüsten, fällt.
Nathan nimmt es zurück, damit es keinen Zentimeter von meiner Blöße verhüllt.
Immer noch stehe ich beinahe regungslos da, auch, als er sich hinunter kniet und ich auf sein Drängen hin, nacheinander aus den Heels und dem Kleid steige. Nathans Hände gleiten an meinen Beinen nach oben, während er sich wiederaufrichtet.
Jeder seiner Griffe geschieht völlig ruhig und ohne Eile, wodurch die Anspannung allmählich immer mehr von mir abfällt.
Er entfernt sich erneut kurz, um das Licht zu dimmen. *Woher hat er gewusst, dass es mir Unbehagen bereitet?* Aber er scheint sich generell unglaublich schnell und gut auf die Bedürfnisse seines Gegenübers einzustellen. Gar so, als

ob er in jeder meiner Gesten, in meiner Mimik und selbst aus der kleinsten Bewegung lesen könnte wie in einem Buch. *Beängstigend, aber auch unglaublich sexy …*
„Beuge dich vor und ziehe nacheinander die Strümpfe aus.“, verlangt Nathan ohne Rücksicht auf mein naturgegebenes Schamgefühl. Schließlich steht er hinter mir und ich bin mir meiner Rundungen, die etwas üppiger um die Hüften ausfallen, überaus bewusst.
Doch auch hier lässt er meinen aufkeimenden Bedenken nicht die geringste Chance, sich in meinem Kopf festzusetzen. Stattdessen zwirbelt er mein langes Haar zu einem dicken Strang, zieht sacht daran und zwingt mein Genick zielsicher in überstreckte Position, bis ich wieder an seiner Brust lehne.
„Hab Vertrauen und stelle nichts infrage. Ich werde dich führen. Wenn du willst, bis in den sinnlichen Nachthimmel deiner Fantasie“, fügt er hinzu, und seine Stimme ist kaum mehr als ein Flüstern. Ein Flüstern, das jedes meiner in Aufruhr geratenen Nervenenden empfindlich reizt, gar zum Entzünden bringt.
Erst jetzt merke ich, dass ich die Luft angehalten habe, um keines seiner Worte zu versäumen. Daher atme ich hastig ein und aus und komme dann Nathans unmissverständlicher Anweisung nach.
Gemächlich beuge ich mich nach vorne und streife den seidigen spitzenbesetzten Stoff langsam ab, während ich seine Blicke trotz des gedimmten Lichtes deutlich auf meiner erhitzten Haut spüren kann. *Er beobachtet dich, mustert jeden Quadratzentimeter deines Körpers und scheint sein Revier, wenigstens für diesen einen Abend, regelrecht mit Blicken abzustecken*, halte ich mir dabei unzensiert vor Augen.

Schier erleichtert, finde ich zurück in eine aufrechte Haltung, immer noch darauf wartend, was mich auf merkwürdigem Weg hierhergeführt hat.
Aber Nathan drängt es auch weiter nicht zur Eile, als wolle er alles in vollem Maße auskosten und mir wahrhaftig zu einem unvergesslichen Erlebnis verhelfen.
Seine behandschuhten Hände legen sich auf meine Hüften und drehen mich mit bestimmendem Druck um hundertachtzig Grad.
Kurz überrascht, zucke ich zusammen, als wir uns vor einer großen Spiegelwand wiederfinden, die mir bisher gar nicht aufgefallen ist.
Mich so zu sehen, nur in schwarze Spitzendessous gekleidet, während dieser große dunkle Mann sich hinter mir wie ein unheilvoller Schatten aufbaut, lässt eine kleine Bombe in meinem Inneren explodieren. *Es ist wahr!*
Ich fantasiere nicht, sondern befinde mich tatsächlich hier. Inmitten meiner ungeahnten Träume.
„Nathan, ich …“, setze ich an, ohne genau zu wissen, was ich eigentlich sagen oder bezwecken will.
„Du bist wunderschön“, entgegnet er jedoch, wodurch ich wieder den Eindruck habe, er wüsste besser über mich Bescheid als … als ich selbst.
Und ich glaube ihm.
Vielleicht mag auch das am Alkohol liegen, aber für den Moment scheint alles perfekt zu sein. *Perfekt in einer unwirklichen Blase.*
Meine Hände zucken automatisch zu den Brüsten, unterdessen Nathan sich anschickt, mich meines BHs zu entledigen, der sich praktischerweise vorne öffnen lässt.

Zwar bin ich eigentlich nicht der Typ Frau, der sich grundlos geniert, dennoch konnte ich den Reflex nicht aufhalten.
Unmittelbar werde ich in die Schranken gewiesen, als seine Finger nach meinen Händen greifen und sie wieder nach unten zwingen.
Es bedarf keiner Worte. Nathan wartet augenscheinlich ab, bis sich meine Muskeln entspannen, dann gibt er mich wieder frei. Anschließend lässt er die Träger meiner Unterwäsche langsam von den Schultern gleiten.
„So wunderschön", wiederholt er noch einmal und beginnt dann, meine Brüste von hinten mit seinen Händen zu umgreifen.
Schwarzes Leder auf meiner Haut.
Warm und glatt.
Gefährlich und dennoch absolut heiß.
Über den Spiegel, der sich vor mir befindet und an der Wand befestigt ist, sehe ich Nathans lodernden Blick, als er auch schon beginnt, meine Brüste anzuheben und zu massieren. Zunächst ganz sacht und dann eindringlicher.
Als er einen Nippel zwischen Daumen und Zeigefinger nimmt, ihn zwirbelt und leicht daran zieht, entfährt mir ein leises Stöhnen.
Ich schließe die Augen und ergebe mich den neuerlichen Empfindungen mit Leib und Seele.
„Halte die Augen geschlossen. Eine Verfehlung werde ich nicht akzeptieren", warnt mich Nathan bereits im Vorfeld, und auch hier begehre ich zunächst geistig auf gegen seine für mich ungewohnt harsche Dominanz. Doch schon seine nächste Handlung bringt meinen

Widerstand ins Wanken und lässt mich unwillkürlich aufkeuchen.
Während die eine Hand meine Brust fest im Griff hält, schiebt sich die andere in meinen Slip.
„Oh! Nathan …“, stoße ich hervor, wage es jedoch nicht, die Augen zu öffnen. Alles spielt sich ohnehin bereits sehr deutlich vor meinem inneren Auge ab, wodurch ich keinen Spiegel mehr benötige.
„Wenn du dich benimmst, werde ich dich Stück für Stück dorthin führen, wonach es dich so sehr sehnt“, treibt er sein Spiel um Lust und Macht auf die nächste Stufe und mich damit etwas tiefer in den Irrgarten der Sinnlichkeit, in dem ich mich möglicherweise jetzt schon unwiederbringlich verlaufen habe. *Verloren in den Fängen der Leidenschaft*, schießt es mir passend durch den Kopf, als ein elektrisierender Blitz durch meinen Unterleib fährt und meine Knie weich werden lässt.
Nathan teilt meine Scham und umkreist mit einem Finger meine empfindliche Perle, was mir das Stehen plötzlich immens erschwert.
„So ist es gut. Entspann dich und genieße“, bemerkt er sofort und sein unterschwelliges Lob, mich bis jetzt gut zu schlagen, erfreut mich zutiefst.
Und wenn ich bisher geglaubt habe, mein Kopf wäre einfach all die Jahre noch nicht bereit gewesen, mein Körper war es offensichtlich längst.
Die Kombination aus der abwechselnd zärtlichen und fast schon groben Massage an meiner Brust sowie seinen Fingern, die sich im Schutz des glatten Leders an meiner bereits feuchten Mitte gütlich tun, bringt mich schier um den Verstand.

„Nathan!", rufe ich laut den Namen meines vermeintlichen Peinigers, der meinem überforderten Geist von der ersten Sekunde an viel abverlangt. Viel, da ich mit der Flut an Empfindungen erst umgehen lernen muss, während diese einen unerbittlichen Kampf in meinem Inneren ausfechten. Einen Kampf, den ich unweigerlich verlieren werde. *Für immer verloren im Reich der Sinne …*
Doch das ist erst der Anfang, wie mir bald bewusst wird.
„Du darfst nun deine Augen wieder öffnen. Für einen Moment", gestattet Nathan mir, während ich mir zunächst nicht sicher bin, ob ich dies überhaupt möchte. Denn gefangen, wo nur absolute Tiefenentspannung regiert, erscheint mir im Augenblick schlichtweg einfacher.
Aber ich habe keine Wahl.
Er lässt sie mir nicht.
Daher wage ich einen vorsichtigen Blick in den großen Spiegel und hätte mit vielem gerechnet. Aber nicht damit, was sich mir hier präsentiert: Eine Frau, deren Rücken aufreizend durchgebogen ist, halb lehnend an dem starken Mann hinter ihr, der sie allein mit seinen Händen nach allen Regeln der Kunst verwöhnt und ihr damit eine verräterische Röte auf die Wangen zaubert. *Eindeutig, trotz des schwachen Lichtes. Wunderschön!*
„Ich habe es dir gesagt. Also stelle mich nie wieder infrage", warnt Nathan bedrohlich, ohne mich jedoch damit zu ängstigen.
Immer noch gefangen von dem Anblick, nicke ich nur und bin fast enttäuscht, als Nathan sich von mir löst

und nichts als Leere in meinem bebenden Körper hinterlässt.
Er führt mich hinüber zu dem großen, edlen Bett und bedeutet mir, darauf Platz zu nehmen. Der Moment rückt näher, auf den ich seit Jahren gewartet habe, und das freudige Prickeln in meiner Brust zeigt mir, dass ich mehr als bereit dazu bin.
Nathan drückt meine Knie zusammen und sieht mir tief in die Augen, während seine Hände zu meinen Hüften wandern und mich langsam meines Höschens entledigen. Augen so blau wie das Gletschereis der Arktis, gleichzeitig feurig leuchtend. Dennoch gibt seine Mimik nichts preis.
Regungslos, abgesehen von meiner Atmung, die meine Nervosität verrät, sitze ich da. Abwartend, und trotzdem mit einer Art Vertrauen erfüllt, das ich mir weder erklären kann noch will.
Alles an Nathan strotzt vor Selbstbewusstsein und der Zuversicht, mich bei ihm sprichwörtlich in guten Händen wissen zu können. Er weiß exakt, was er tut und strahlt dies mit all seinen Worten, seinen Handlungen aus. Genau diese Sicherheit ist es, die ich nun am meisten brauche.
Ungeachtet lässt er meinen Slip auf den Teppichboden fallen und macht sich dann mit seinen kundigen Fingern daran, langsam auf der Innenseite meiner Schenkel empor zu gleiten.
„Spreize deine Beine“, lautet Nathans knappe Forderung, der ich, auch aufgrund des bestimmenden Drucks seiner Hände, unweigerlich nachkomme.

Meine Brüste heben und senken sich, da ich es einfach nicht schaffe, meine Aufregung im Zaum zu halten. Aufregung, gepaart mit brennender, alles verzehrender Lust.
Er steht auf und ich werde Zeuge, wie er sich zunächst geschmeidig aus Sakko und Hemd und schließlich auch aus allen übrigen Kleidungsstücken schält. Und selbst dabei bewegt er sich so elegant, wie ich es im Leben nicht könnte, ohne mich vor Aufregung erst zu verheddern und anschließend darin gefangen zu Boden zu stürzen. Aufmerksam verfolge ich all seine Handlungen, während mir das Wasser dabei sprichwörtlich im Munde zusammenläuft.
Stählerne Muskeln zieren die Brust und auch den übrigen Körper des Mannes, der jetzt nur noch in teuren schwarzen Shorts vor mir steht.
Ich hatte ja schon im Anzug erkannt, dass Nathan gut gebaut ist, aber diesen Anblick habe ich mir nicht zu träumen gewagt. Wobei sich mir meine eigene, figurtechnische Unzulänglichkeit wieder ungeschönt in den Geist drängt. *Kopf aus, Elly. Kopf aus!*
Und obwohl man mir die aufkeimende Unsicherheit mit Bestimmtheit längst ansieht, lässt Nathan es gar nicht erst dazu kommen, dass sie erneut von mir Besitz ergreift.
Ohne darauf einzugehen, kommt er auf mich zu.
Da erst bemerke ich das kleine, glänzende Päckchen in seiner Hand. Kondome!
Na, wenigstens hat einer von uns beiden mitgedacht, rolle ich imaginär mit den Augen und sehe fasziniert zu, wie er meine Hände an den Bund seiner Shorts führt.

Natürlich verstehe ich sofort und ziehe den feinen Stoff langsam, jedoch nicht zaghaft, über seine wohl definierten Lenden nach unten, bis ich sein bereits erigiertes Glied aus seinem engen Gefängnis befreie. Nur wenige Zentimeter vor mir ragt es auf, als Nathan auch schon das Päckchen aufreißt und seinen großen Schwanz mit dem Kondom überzieht.
Fasziniert und geängstigt von seiner Größe lasse ich zu, dass Nathan sich langsam zu mir herabbeugt und mich mit seinem Körper allmählich weiter auf das Bett drängt.
Der berauschende Duft seiner Haut ist nun noch viel präsenter als zuvor. Hüllt mich ein und trägt mich hinfort an einen Ort, an dem weder Zweifel noch Unvermögen existieren. Denn Nathan gestattet mir, absolut auf ihn zu vertrauen, mich fallen zu lassen, ohne meine Unerfahrenheit selbst zur Schau tragen zu müssen.
Allein der Blick in seine Augen hält mich. Stützt mich und versichert mir, loslassen zu dürfen. Denn das Einzige was Nathan heute Abend je von mir verlangt hat, ist, mich zu fügen.
Mich ihm zu fügen.
Nicht immer leicht, jedoch eine Form von Sicherheit.
Seine warme Haut auf meiner zu spüren ist das schönste Gefühl auf Erden. Mich auf ihn verlassen zu können und gleichzeitig genießen zu dürfen, ohne mich dabei unzulänglich zu fühlen.
„Schlinge deine Beine um meine Hüften", raunt Nathan in mein Ohr. Sofort spüre ich seinen harten, drängenden Schwanz an meiner feuchten Mitte.

Nathan hält meine Handgelenke fest über meinem Kopf auf dem Bett fixiert, als er seinen Schwanz in Position bringt.
Gleich ist es soweit!
Er blickt mir noch einmal tief in die Augen und dringt schließlich mit einem einzigen, langsamen Stoß seiner Hüften tief in mich ein.
Beim Durchstoßen meines Jungfernhäutchens entfährt mir ein erschrockener Schmerzensschrei, den Nathan jedoch sofort mit seinen warmen weichen Lippen versiegelt.
Es ist vollbracht.
Noch während unseres ersten Kusses beginnt er, sich vorsichtig in mir zu bewegen. Schon kurz darauf weicht der sengende Schmerz brennendem Verlangen. Verlangen nach … mehr!
Bereitwillig empfange ich seine heftiger werdenden Stöße und vergehe dabei laut stöhnend unter dem Mann, der Herr über all meine Sinne zu sein scheint.
„Jetzt, Kleines. Lass los!"
Und ohne es kontrollieren zu können, reißt mich plötzlich unerwartet eine gigantische Woge der Lust mit sich, ergreift von mir Besitz und lässt Millionen kleiner Sterne in meinem Kopf und Unterleib zu einem gigantischen Sternschnuppenregen explodieren.
Gefangen in einem Meer aus funkelnden Lichtern, die heute Nacht nur für mich zu leuchten scheinen, nehme ich nichts mehr um mich herum wahr. Hervorgerufen durch einen fremden Mann, mit dem mich nun für alle Zeit etwas ganz Besonderes verbinden wird.
Meinem Meister der Leidenschaft …

Kapitel 3

Nathan

Elly hat sich zweifelsohne übernommen. Die neuen Erfahrungen, die ungewohnte Umgebung und ich, der ihr nicht zu viel, jedoch deutlich über ihr Maß an Toleranz gegenüber mentaler Dominanz hinaus abverlangt hat, zeichnen sich nun in totaler Erschöpfung ab.
Nachdem ich ihr die Strapazen der Nacht unter einer heißen Dusche abgewaschen habe, konnte Elly ihre Augen nicht mehr länger offenhalten. Wobei ich denke, dass auch der Champagnergenuss eine nicht irrelevante Rolle dabei gespielt hat. Am Ende ist sie binnen weniger Minuten selig in dem großen Kingsize-Bett eingeschlafen, welches ich ihr heute Nacht nur allzu gerne überlasse.

Doch für mich ist der *Exkurs* hiermit vorbei.
Ich habe mir noch die Zeit genommen, etwas an ihrem Bett zu wachen. Diese vielschichtige junge Frau zu studieren, die es geschafft hat, mich wenigstens für eine Nacht aus meiner momentan sehr undefinierten Welt ohne Ziel und Auftrieb zu befreien.
Allerdings habe ich nicht vor, erneut gegen meine Prinzipien zu verstoßen. Denn für gewöhnlich umgebe ich mich nur mit Menschen innerhalb des expliziten Kreises meiner nächtlichen Veranstaltungen und nicht mit Personen außerhalb dieser Diskretion. Das verbieten mir allein schon mein Name, sowie die Vergangenheit meiner Familie, die in Dublin bekannter ist als die meisten anderen. Und doch gelingt es mir nicht, Elly aus meinem Kopf zu verbannen. Kurzweil hin oder her. Irgendetwas rührt an meiner Neugier, an meinem Inneren und so vermag ich es nicht, diese kleine dunkle Fee hinter mir zu lassen. *Noch nicht.*
Spätestens nach Josefine habe ich mir geschworen, mich nie wieder derart tief in eine zwischenmenschliche Beziehung hineinziehen zu lassen. Natürlich bin ich weit davon entfernt, mich selbst zu bemitleiden. Absolut nicht meine Art. Trotzdem habe ich nun das Gefühl, mich auf gefährlich glattes Eis begeben zu haben, denn Elly spukt mir auch jetzt, nachdem ich das *Ritz Carlton* in den frühen Morgenstunden verlassen habe, immer noch im Kopf herum.
Ihr nach außen hin gut zur Schau getragenes Selbstbewusstsein, gepaart mit ihrer innerlichen Unberührtheit, ist eine fatale Kombination für einen Mann wie mich,

für den Dominanz, Besitz und Genuss stets oberste Priorität genießen.
Eigentlich hatte ich nicht vor, der jungen, schier verzweifelten - oder besser gesagt - enttäuschten Frau zu helfen. *Warum auch?* Und ich hätte sie niemals zurückgeholt, wäre sie einfach von der Bar gegangen.
Leider hat sie sich letztlich selbst mehr als bereitwillig in meine *Fänge* begeben, bis ich dem Verlangen, ihr durch meine Kunst endlich Erlösung zu verschaffen, nicht mehr widerstehen konnte.
Aber damit habe ich etwas nicht bedacht: die schwerwiegende Tatsache, durch mein impulsives Handeln nun irgendwie mit Elly verbunden zu sein. *Du wirst als ihr erster Mann für immer einen ganz besonderen Platz in ihren Erinnerungen haben*, weise ich mich wieder und wieder in Gedanken darauf hin. *Aber war das nicht der Sinn dieser Sache? War es nicht das, was du wolltest?*
Unentwegt sehe ich ihren unberührten Leib vor meinem inneren Auge, wie er sich vor Ekstase unter meinen Händen windet. Sich bereitwillig all den fremdartigen Berührungen gefügt hat, längst bereit für Lust und Leidenschaft.
Gefolgt von dem Moment, als ich mich tief in Ellys wunderschönem, kurvig straffem Körper verewigt habe, indem ich ihre Grenze mit meiner Männlichkeit durchbrach. *Nicht zu vergessen, dass du dich ganz sicher für alle Zeit in ihrem Kopf verewigt hast!*, mahne ich zum Nachdenken, mich nicht noch mehr in diese Grübeleien zu verrennen.
Und obwohl ich für gewöhnlich niemals küsse, konnte ich in diesem einmalig besonderen Moment nicht an-

ders, als ihren Schmerzensschrei mit meinen Lippen zu versiegeln.
Gerne würde ich mir einreden, dass Elly ohnehin nicht zu mir und meinen Vorlieben passt. Doch leider konnte ich den Funken der Neugier, der nur darauf wartet, entfacht und gelenkt zu werden, deutlich in ihren smaragdgrünen Augen leuchten sehen. *Sie weiß nicht, wer du bist. Mach es nicht noch komplizierter*, warne ich mich erneut, jedoch bei Weitem nicht bereit dazu, alles auf sich beruhen zu lassen.
Ich habe Blut geleckt. Fährte aufgenommen, obwohl ich weder auf der Suche nach einer Gespielin noch nach Sex war.
Beides wurde mir unverhofft vor die Nase gesetzt, und nun kann ich zusehen, Beherrschung und Vernunft so schnell wie möglich zurückzuerlangen, ehe ich die nächste unbedachte Handlung vornehme. Eine Handlung wie das Hinterlassen meiner Visitenkarte auf Ellys Nachttisch im Hotel …

Kapitel 4

Elly

Langsam finde ich aus dem Zustand der absoluten Tiefenentspannung zurück, in dem ich nur allzu gerne noch viel länger verweilt hätte. Einem Ort, an dem es keinen Stress, keine umherirrenden Gedanken und auch keine Sorgen gibt. Am Ende verliere ich jedoch den Kampf und öffne die Augen.

Draußen ist es bereits helllichter Tag. Ich schrecke hoch.

Wo bin ich?

Im ersten Moment glaube ich, immer noch zu träumen, als ich mich in dem feudalen Raum umsehe. Auf groteske Weise fühle ich mich völlig fehl am Platz in dem Berg aus cremefarbenen und goldenen Kissen und Decken, indem ich mich befinde. Und dennoch kommt

mir nichts davon fremd vor. Mit einem Mal ist alles wieder da: Die Suite. Der Champagner. Der Fremde …!
Oh mein Gott!
Der Sex!
Panisch schwinge ich mich aus dem übergroßen Bett. *Oh, verdammt!* Ich bin nackt. Splitterfasernackt!
Daher hechte ich zurück, um mich sogleich in eine der weichen Decken zu hüllen.
Aber was nun?
Die Größe des Raumes macht es mir nicht möglich, mich zu orientieren.
Wo ist Nathan?
Wie soll ich ihm nur gegenübertreten?
Ganz ruhig, Elly. Jetzt mach dir mal nicht ins Hemd, denke ich beschwichtigend, mir darüber hinaus sehr wohl bewusst, dass ein Hemd gerade nicht zur Verfügung steht.
Leider!
Ich bin sicher nicht die erste und auch nicht die letzte Frau, die einen One-Night-Stand zu ihrem Sex-Repertoire zählen darf. Daher entschließe ich mich, jetzt einfach Ruhe zu bewahren und so zu tun, als wäre es das Normalste auf der Welt für mich.
Schon klar. Er kennt deine Vorgeschichte …
Trotzdem liegt mir nichts ferner, als nun wie ein aufgescheuchtes Huhn überstürzt die Flucht zu ergreifen. Daher straffe ich die Schultern, kratze all das Selbstbewusstsein zusammen, das ich ansonsten normalerweise direkt auf dem Revers trage und schreite erhobenen Hauptes vom Tatort - dem Bett - hinweg.

In der Suite ist es völlig ruhig. Ein flüchtiger Blick ins angrenzende Badezimmer bringt jedoch auch keinen Aufschluss. Es ist leer.
Weniger leer hingegen sieht es in meinem Kopf aus, indem sich hunderte von Bildern tummeln. Sinnliches Kino voller Lust, losgelöst jeglicher Realität und fremd. Nathan, der mich dazu bringt, meinen entblößten Körper vor dem Spiegel anzunehmen. Der mich in die Kunst seines eindringlichen Spiels um Macht, Dominanz und Lust einführt und all meine Zweifel ausräumt. Nathan, der meine erhitzte Haut mit einem weichen Schwamm und herrlich duftendem Duschgel von allen Sünden befreit, sie von mir abwäscht und damit auch die Spuren meines alten Lebens beseitigt.
Denn das ist es, was ich empfinde.
Ich fühle mich wie neu geboren. Gewachsen und neugierig auf all die unzähligen Möglichkeiten, die er mir damit eröffnet hat.
Auf Zehenspitzen schleiche ich weiter über den flauschigen Teppich, immer darauf gespannt, wie Nathan mir gleich gegenübertreten wird. *Abweisend? Gastfreundlich oder gleichgültig?* Alles im Bereich des Möglichen. Schließlich kenne ich ihn nicht, und meine Erinnerung mag mich an der ein oder anderen Stelle vielleicht sogar trügen.
Doch dann fällt mir etwas ins Auge. Klein, schwarz und in starkem Kontrast zu dem hellen Tisch, auf dem unter anderem ein üppiges Frühstück, bestehend aus Croissants, Bagels, Ei, Speck, Marmelade, Obst, Müsli und Joghurt sowie Saft und Kaffee, arrangiert ist. Zumindest soweit ich das auf die Schnelle erkennen kann.

Aber was mich wirklich interessiert, ist die Visitenkarte, die mich regelrecht magisch anzieht.
Klein und lackschwarz liegt sie da. Scheint mich zu sich zu rufen. Vorsichtig gehe ich darauf zu. Dabei sehe ich mich immer wieder um, da ich fürchte, Nathan könnte jeden Moment hereinschneien. Aber mein Gefühl sagt mir, der schwarze unheilvolle Engel hat die Suite längst verlassen.
Bedächtig nehme ich das edle Papier in die Hände. Darauf ist weder ein Name noch eine Adresse vermerkt. Lediglich eine Telefonnummer in goldenen Ziffern ist zu erkennen.
Verdutzt wiege ich sie in der Hand, während ich mir gleichzeitig einen Schluck des frischgepressten Orangensaftes genehmige.
Meine Kehle ist trocken. *Ob dafür das mulmige Gefühl in meiner Magengegend verantwortlich ist? Vielleicht kommt es ja auch davon, dass du dir letzte Nacht sprichwörtlich die Seele aus dem Leib gestöhnt hast? Ja?*
Doch ich höre gar nicht erst auf mein Unterbewusstsein. Vorwürfe sind gerade das Letzte, was ich gebrauchen kann.
Einem Instinkt folgend wende ich die Karte und bin mehr als erstaunt, auf der weißen Rückseite eine handschriftliche, feinsäuberliche Notiz vorzufinden:

In dir steckt mehr, als du ahnst …
N.

Ohne darauf Einfluss nehmen zu können, macht mein Herz einen gewaltigen Satz. Freude? Staunen? Oder was auch immer der Grund dafür sein mag, es führt unmittelbar dazu, einen kleinen lodernden Feuersturm in meinem Unterleib zu entfachen. Prickelnd und überaus reizvoll.

Elly! Was ist nur mir dir los? Willst du dich wirklich von einem Fremden derart um den Finger wickeln lassen? Finger die du noch nicht einmal zu Gesicht bekommen hast, Herrgott!, versucht meine Moral, mir auf sehr wenig überzeugende Art, eine Standpauke zu halten. Aber auch diese ignoriere ich, setze mich auf einen der ausladend bequemen Stühle und greife stattdessen nach einem Croissant.

Fragen über Fragen spuken in meinem Kopf herum. *Was bezweckt er mit dieser Nachricht?* Schließlich gibt es keine Adresse oder auch nur einen Nachnamen darauf. Allerdings hinterlässt man auch kaum eine Telefonnummer, wenn man keinen Kontakt möchte. *Oder?*

Zumal ich nicht sehr verwundert gewesen wäre, wenn Nathan sich einfach aus dem Staub gemacht hätte. Denn ein One-Night-Stand verpflichtet zu nichts. Auch wenn es insgeheim ein wenig schmerzt.

Trotzdem habe ich keinen blassen Schimmer, was ich hiermit anfangen soll. Letzte Nacht galten andere Voraussetzungen. *Hochprozentige und auch ein wenig verzweifelte Voraussetzungen.*

Letztlich bin ich ihm in jedem Fall dankbar, mir diese schöne und einmalige Erinnerung geschenkt zu haben, und obendrein wurde ich nicht knallhart danach abserviert. Nicht direkt.

Einige Minuten genieße ich noch das opulente Frühstück, wie es nicht anders in einem Hotel dieser Kategorie zu erwarten ist.

Anschließend ziehe ich mich an, wobei mein Cocktail-Kleid jetzt unter tags sicher völlig unpassend ist. *Egal.* Kurz überlege ich noch, ob ich das Bett wenigstens etwas in Ordnung bringen soll, kann es dann aber plötzlich nicht mehr erwarten, diesen surrealen Traum hinter mir zu lassen.
Daher verlasse ich eilig das Hotel, ohne mich noch einmal bei der Rezeption zu melden. Flucht ist alles, an was ich denken kann. Vor Nathan, der fremdartigen Welt und … vor mir selbst!

Während ich mich bereits in einem Taxi auf dem Weg nach Hause befinde, werfe ich einen Blick auf mein Handy. Die letzten Stunden habe ich alles um mich herum gekonnt ignoriert, und nun tummeln sich fünf Nachrichten vom Büro und sagenhafte elf meines Bruders Brian darauf. *Es ist Wochenende! Hat Frau denn nie ihre Ruhe?*
Genervt rolle ich mit den Augen.
Seit unsere Eltern sich scheiden ließen, habe ich es mir zur Aufgabe gemacht, stets für meinen Bruder da zu sein. Als seine große Schwester habe ich mich immer schützend vor ihn gestellt und sogar damals schon versucht, all den Kummer nicht an ihn herankommen zu lassen. Selbst als unsere Mutter sich letztlich vor einigen Jahren irgendwohin in die U.S.A. absetzte und der Kontakt zu ihr abbrach, weil sie jemanden kennenlernte, war ich immer für ihn da.
Und er für mich.

Brian ist meine einzige Familie, und ich liebe ihn wirklich über alles. Obwohl er mich die meiste Zeit zur Weißglut treibt.
Auch heute noch kommt es mir manchmal so vor, als wäre Brian im Geiste ein Kind geblieben. Selbst mit seinen einundzwanzig Jahren hat er es nicht geschafft, sein Leben in den Griff zu bekommen. Gelegenheitsjobs hier, irgendwelche Geschäfte da. Genaues weiß ich nicht. Was ich hingegen sehr wohl weiß, ist, dass elf Nachrichten von Brian nichts Gutes bedeuten. *Mist! Eigentlich bräuchte ich nun jemanden, dem ich manches anvertrauen kann*, denke ich noch, öffne die erste Mitteilung und stelle meine Bedürfnisse vorerst hintan.
Wie erwartet, möchte mein kleiner Bruder unbedingt vorbeikommen. Er will etwas besprechen, schreibt er. Was genau er mit *besprechen* meint, schwant mir leider auch schon.
Also gut. Wenn ich eines kann, dann ist es, Dinge zu organisieren oder ins Reine zu bringen.
Daher schalte ich um in den Geschäftsfrauen-Modus und widme mich noch während der Fahrt den Mitteilungen aus dem Büro. Aktuell haben wir viele größere Projekte zu betreuen, wohingegen wir in meiner Abteilung der Marketingagentur dafür zuständig sind, Marken völlig neu aufzustellen und bei den Kunden zu etablieren. Hierfür sind stets viel Fingerspitzengefühl und eine gute Beobachtungsgabe gefragt. Nur wer den Markt und die Konsumenten versteht, wird auch eine hervorragende Werbekampagne erschaffen können. Dazu zählen natürlich die Spots in allen öffentlichen Medien sowie gute Kontakte zu Influencern. Aber auch

die Produktgestaltung an sich. Angefangen von einer ansprechenden Verpackung, über die Analyse der vielversprechendsten Zielgruppe und die Berücksichtigung des aktuellen Zeitgeists.

Und genau hierfür komme ich auf den Plan. Wann immer es bei Projekten zu Schwierigkeiten oder Ideenblockaden kommt, springe ich für mein Team ein. Koordiniere die Aufgaben oder lasse Arbeitskräfte entsprechend ihren Fähigkeiten in den einzelnen Bereichen rotieren. Leider zählen dabei keine Wochenenden und auch kein Ladenschluss.

Daher verschaffe ich mir kurz einen Überblick bezüglich der Probleme und entscheide dann kurzfristig, was zu tun ist. Meine Vorschläge fasse ich schnell und prägnant in einem Online-Dokument zusammen, auf das jeder meiner Mitarbeiter Zugriff hat. Anschließend informiere ich über den Sachstand und weise noch einmal vorsorglich darauf hin, die entsprechenden Ergebnisse kommende Woche pünktlich zu erwarten. Das ist mein Metier, das ist meine Welt. Dort fühle ich mich sicher, weil ich weiß, mit meinem Wissen punkten zu können.

Ganz anders, als ich es bei zwischenmenschlichen Beziehungen vermag, werfe ich gedanklich ein und wundere mich ein weiteres Mal darüber, warum ich dieses Selbstbewusstsein nicht auf alle Facetten meines Lebens übertragen kann. Wo ich ansonsten immer überaus selbstständig agiere, benötige ich dort die Hilfe eines Mannes, der mich an die Hand nimmt und auf den ich mich in Liebesdingen vollkommen verlassen kann.

Einen Mann wie Nathan …

Doch bevor ich abdrifte und möglicherweise das reale Leben in den Hintergrund rückt, erinnere ich mich daran, was nun wirklich wichtig ist.
Daher atme ich noch einmal tief durch und mache mich schließlich daran, meinem Bruder Brian mitzuteilen, dass ich in spätestens einer halben Stunde Zeit für ihn habe und er mich bei mir zu Hause treffen kann.
Und mit dem überaus flauen Gefühl im Magen, heute noch einen emotional anstrengenden Tag vor mir zu haben, biegen wir in die Straße ein, in der sich meine kleine Dachgeschosswohnung befindet …

Als ich oben ankomme, finde ich Brian bereits vor meiner Wohnungstür sitzend vor. Kein gutes Zeichen. Unsere Blicke treffen sich.
Er steht auf und mustert mich, doch mir ist nicht danach, mich für meinen overdresseden Aufzug zu rechtfertigen. Dabei überragt er mich um zwei Köpfe. Brian ist und bleibt ein Herzensbrecher. Groß, stattlich, leuchtend grüne Augen und etwas längeres, dunkelbraunes Haar, das er sich normalerweise locker hinter die Ohren streift. Dazu einen ordentlichen Bizeps und überaus ansprechende Tattoos, zumindest aus dem Blickwinkel der großen Schwester heraus beurteilt. Ein Womanizer, wie er im Buche steht. Eher vom locker lässigen - oder besser gesagt - coolen Typ.
„Wie lange wartest du schon hier?“, will ich ohne Umschweife wissen, da mich sein oft zu impulsives Verhalten ab und an nervt.
„Eine Weile. Wo warst du?“, versucht er, von sich abzulenken, und so manches Mal habe ich das Gefühl, er

würde mir gegenüber den Beschützer nur allzu gerne zur Schau stellen.

„Schon gut, beruhige dich. Ich war unterwegs, und es wurde spät. Da habe ich die Nacht in einem Hotel verbracht.“

Brian runzelt die Stirn.

„Jetzt lass uns erst einmal reingehen. Mir ist nicht nach einer Diskussion im Flur und außerdem würde ich es sehr begrüßen, wenn ich nun endlich diese gemeinen Schuhe loswerden könnte. Danke schön“, ersticke ich seinen Versuch sofort im Keim, mich weiter auszufragen.

Drinnen werfe ich besagte Heels erst einmal in eine Ecke, gefolgt von meinem Mantel und der Handtasche und schlürfe hinüber in die kleine, aber fein eingerichtete Küche.

Mein Appartement ist mit seinen zwei Zimmern nicht gerade groß. Dafür besticht es jedoch durch ein Argument, das mich sofort davon überzeugt hat, es damals anzumieten: den ins Dach eingelassenen Balkon. Von dort aus genießt man einen exklusiven Blick über Dublin, wie ich ihn sonst selten gesehen habe. Da machen mir ein paar Quadratmeter weniger nichts aus.

Mein Stil ist schlicht, jedoch geschmackvoll. Zumindest würde ich ihn so bezeichnen. Die Räume sind nicht überladen, aber die einzelnen Möbelstücke dafür handverlesene Unikate, auf die ich auch ein wenig stolz bin. Eine Mischung aus Moderne und der einen oder anderen Antiquität.

„Kaffee?", rufe ich salopp von nebenan aus der Küche, während Brian es sich bereits auf der weißen Zweisitzer-Couch bequem gemacht hat.
„Nur wenn du auch Kekse hast", entgegnet er, und schon muss ich schmunzeln. Brian hat die unvergleichliche Gabe, mich innerhalb kürzester Zeit aus allen Grübeleien herauszureißen. Er ist trotz seiner anstrengenden Art mein Gute-Laune-Pol und es gibt keinen Menschen auf der Welt, der es so sehr vermag wie er, mir dieses gewisse, heimelige Gefühl zu vermitteln.
Wenige Augenblicke später betrete ich das Wohnzimmer mit zwei großen Kaffeetassen und einem Teller Shortbread im Gepäck.
„Ich würde es nie wagen, dir kein Gebäck anzubieten. Eigentlich habe ich es sogar nur wegen dir zu Hause", witzele ich und stelle alles gut erreichbar vor uns ab.
„Das sieht mir aber nicht so aus", erwidert Brian mit Blick auf meine im Cocktail-Kleid gut eingeschnürten Speckröllchen, wofür er von mir einen gespielt pikierten Klaps auf seine Schulter erntet.
„Nur nicht frech werden", warne ich ihn vorab, als ich mich neben ihm niederlasse. „Also, worum geht es", will ich ohne Umschweife wissen, da man Probleme am besten lösen kann, wenn man ihnen direkt ins Auge blickt. So meine Erfahrung.
„Eines nach dem anderen. Jetzt erzähle mir du lieber erst einmal, wo du gestern gewesen bist", greift Brian meine Andeutung von vorhin wieder auf, was mir augenblicklich ein kleines Herzstolpern beschert.

„Seit wann bin ich dir denn Rechenschaft schuldig?“, versuche ich ihn davon abzulenken, jedoch ohne Erfolg.
„Seitdem ich angefangen habe, über dich hinauszuwachsen. Wenn meine Schwester sich des Nachts irgendwo in Dublin herumtreibt, dann interessiert mich das nun einmal.“
Verdammter Beschützerinstinkt!
„Ich war aus. Nichts weiter.“
Brian hebt eine Augenbraue. „Etwa ein Date?“
„So was in der Art“, umschreibe ich gekonnt, da Lügen absolut nicht meine Art ist.
„Elly?“, fordert Brian mich mit diesem gewissen Unterton heraus, der mich unmittelbar in die Enge treibt, während er mit seinem eindringlichen Blick meine Standhaftigkeit gefährlich ins Wanken bringt.
„Sex, okay? Wir hatten Sex!“ So, nun ist es raus.
Brian verschluckt sich beinahe an seinem Keks. „Echt? So richtig? Und ich dachte schon, du kommst nie auf den Geschmack.“
Erneut schlage ich ihn auf die Schulter, und diesmal hoffe ich wirklich inständig, dass es wehtut. *Mehr als mir.* Ich reibe mir die schmerzende Hand und bemühe mich um einen strengen Ausdruck im Gesicht. Doch leider führt das nur dazu, Brian einen Lachflash zu verschaffen.
„Jetzt mach nicht so ein Gesicht wie ein beleidigter Orang-Utan. Es gibt nichts gegen körperliche Freuden einzuwenden, und ein klein wenig Entspannung kann wirklich nicht schaden. Wurde auch Zeit, dass dir jemand den Stock aus dem Hintern zieht, mit dem du

dich seit Jahren herumplagst", fügt er noch hinzu, und ich bereue es jetzt schon, überhaupt damit angefangen zu haben.

„Bist du dann fertig? Ich meine, wenn es sonst nichts gibt, würde ich mich jetzt gerne umziehen und den Tag über schlafend auf meiner Couch verbringen." Hoffentlich versteht er den indirekten Rauswurf, da ich allmählich die Schnauze gestrichen voll habe. *Nicht, dass er nicht recht hätte. Trotzdem …*

„Schon gut, schon gut. Aber ich würde wirklich gerne mehr über den Mann erfahren, der es geschafft hat, den zentimeterdicken, bleiernen Keuschheitsgürtel zu durchbrechen, den du dir selbst angelegt hast."

Was soll ich nur darauf antworten? Zum einen klingt die ganze Geschichte mehr als grotesk, und zum anderen weiß ich genau genommen nicht das Geringste über Nathan. Null.

„Na ja. Ich habe Nathan eher per Zufall kennengelernt. Tatsächlich hat mich mein eigentliches Date versetzt. Wir haben uns nett unterhalten, miteinander Champagner getrunken - okay, nur ich habe ihn getrunken - und schließlich sind wir irgendwie in der Penthouse-Suite des *Ritz Carlton* gelandet. Reicht das?"

Brian klappt die Kinnlade herunter, und für den Moment suhle ich mich in der Genugtuung, meinen Bruder einmal sprachlos zu erleben. Ein Umstand, den ich in seinem ganzen Leben sicherlich an einer Hand abzählen kann.

Doch schnell hat er sich wieder gefasst, erhebt seine Tasse und spricht feierlich: „Elly, ich ziehe meinen Hut vor dir. Wenn du etwas machst, dann richtig!"

Nun ist es an mir, laut loszulachen.

„Das fasse ich jetzt einfach mal als Kompliment auf", entscheide ich mich, da ich dieser Erkenntnis im Grunde nur beipflichten kann. *Eine positive Erinnerung der ganz besonderen Art …*
„So, genug geplaudert. Ich bin echt reif für die Couch, und wenn du nicht gleich mit der Sprache herausrückst, dann werde ich mich schlafen legen. Mit oder ohne dir in meiner Wohnung", drohe ich gespielt, wobei hinter jeder Drohung ja bekanntlich immer ein kleiner Funken Wahrheit steckt.
Brian sieht mich abschätzend an und stellt dann schließlich die Tasse beiseite.
Jegliche Farbe scheint plötzlich aus seinem Gesicht zu weichen. Keine Spur mehr von heiterer Ausgelassenheit.
„Elly? Du weißt, ich frage dich nur sehr ungern. Aber kannst du mir vielleicht noch einmal aushelfen?"
Mir ist vollkommen klar, was genau er mit *aushelfen* meint. Und obwohl ich nicht überrascht bin, muss ich erst einmal tief durchatmen, um die gemeinen, viel zu direkten Worte, die mir gerade im Kopf herumschwirren, zu verdrängen.
„Ach, Brian. Schon wieder?", nörgele ich. „Ich habe dir doch erst letzten Monat ausgeholfen? Du weißt, ich muss hart arbeiten für mein Geld. Und ich helfe dir immer. Aber ist es nicht allmählich an der Zeit, dass du deine Angelegenheiten in den Griff kriegst?" Selbstverständlich weiß ich, wie sinnlos diese Standpauke ist, denn mein Bruder hat mehr als ein Problem, wobei ich nichts im Detail weiß. *Zum Glück.*

„Ich würde dich nicht fragen, wenn es nicht wirklich dringend wäre."
Damit rührt er natürlich an mein Große-Schwester-Herz. „Um wie viel geht es?", frage ich geradeheraus, da alles andere ohnehin Zeitverschwendung ist.
„Dreitausend Euro."
Jetzt ist es an mir, mich am Kaffee zu verschlucken.
„Bitte was? Ich dachte, wir reden hier von ein paar Hundert. Brian! Wofür zum Kuckuck brauchst du plötzlich so viel Geld? Das kann unmöglich dein Ernst sein!", platze ich ungeschönt heraus, da dieser Betrag alles je Dagewesene sprengt.
Brian schüttelt nur den Kopf.
„Verstehe. Du willst also, dass ich dir einfach so dreitausend Euro leihe, ohne zu wissen, warum?"
„So sieht's aus. Du musst mir vertrauen, Elly. Eine Woche. Versprochen. Dann hast du dein Geld wieder."
Resignierend schüttele ich den Kopf. In der Vergangenheit habe ich Brian öfter aus der Bredouille geholfen. Mit kleineren Beträgen. Bisher hat er das meiste davon halbwegs pünktlich zurückgezahlt. Aber er steigert sich von Mal zu Mal, und ich habe nicht das Gefühl, ihm damit wirklich einen Gefallen zu tun. Hilfe zur Selbsthilfe wäre angebrachter.
„Du solltest dir endlich einen festen Job suchen."
„Ja, ich weiß. Aber bisher gab es nur schlechte Angebote."
Wir wissen beide, dass das nicht der Wahrheit entspricht.

„Meinst du nicht, ich würde nicht auch gerne manchmal einfach nur in den Tag hineinleben und darauf hoffen, dass mir im Ernstfall schon geholfen wird?“

„Nein, das würdest du nicht. Dafür bist du viel zu schlau, und es würde dich krank machen, dein geregeltes Leben derart aus den Fugen gleiten zu lassen.“

Auch wieder wahr.

„Elly, ich …“

„Ich gebe dir das Geld. Aber mehr ist wirklich nicht drin, verstanden? Wenn du jetzt nicht auf die Beine kommst, dann kann ich dir auch nicht mehr helfen“, erkläre ich halbherzig, weil ich mir selbst nicht sicher bin, ob ich mich im Ernstfall tatsächlich daran halten würde.

Brian fällt mir um den Hals.

„Du bist einfach die Beste.“

„Ja, ich weiß“, seufze ich, da mein Bauchgefühl mir immer noch dringend davon abrät, Brian wieder mit Geld auszuhelfen.

„Versprich mir bitte, dass du damit nicht irgendetwas Dummes anstellst, okay? Ich möchte dich nicht in noch größeren Schwierigkeiten wissen“, äußere ich abschließend meine Bedenken, die an Brian, wie gewohnt, sichtlich abprallen.

„Mach dir um mich keine Sorgen.“

Leichter gesagt als getan.

Später werde ich mit ihm zum Bankautomaten gehen. Mehr kann ich nun nicht mehr für ihn tun.

„Aber jetzt bin ich gespannt, wie es mit dir und Mr. Penthouse Suite weitergeht. Trefft ihr euch wieder?“

Wenn ich das nur wüsste …

„Keine Ahnung. Er hat mir nur seine Handynummer hinterlassen. Daher vermute ich, er würde es begrüßen."
„Klar tut er das. Wozu sonst die Nummer? Aber er ist anscheinend nicht der Typ Mann, der einer Frau den Hof macht. Daher wirst du dich schon irgendwie bei ihm melden müssen, wenn du die Sache weiterverfolgen willst."
„Ihr Männer seid einfach kompliziert", schließe ich daraus und nun müssen wir, trotz der drückenden Wolke, die über uns schwebt, beide lachen.
„Touché."

Nachdem ich Brian mit Bargeld versorgt habe, zieht es mich zurück auf die Couch. Einfach ausruhen und an nichts denken wäre angesagt.
Doch stattdessen wiege ich das kleine schwarze Kärtchen in meiner Hand, das mir stellvertretend so schwer vorkommt wie die Möglichkeiten, die es still in den Raum geworfen hat. Ich könnte es darauf beruhen lassen, das wohl phänomenalste und gleichsam verrückteste erste Mal ever erlebt zu haben. Oder aber, ich gehe noch einen Schritt weiter und finde heraus, was genau Nathan tatsächlich mit seiner Andeutung darauf gemeint hat: *In dir steckt mehr, als du ahnst …*
Und während mein Kopf noch mit sich um eine Entscheidung ringt, hat mein Bauch längst einen Entschluss gefällt. Fraglich ist nur, wer sich am Ende durchsetzen wird:
Herz oder Verstand …?

Kapitel 5

Nathan

Die letzten Tage habe ich mich damit rumgeschlagen, mein Büro auf Vordermann zu bringen. Normalerweise habe ich hierfür immer eine Sekretärin beschäftigt, die Einnahmen und Ausgaben verwaltet, sich um die Gehaltsabrechnungen der vielen Angestellten kümmert, die ich für mein Anwesen benötige, und auch dafür, mein nächstes nächtliches Exklusivevent zu planen.
Bereits demnächst soll es soweit sein, und wenn ich ehrlich bin, kann ich es kaum erwarten. *Doch woran liegt das?*
Die letzten Monate erschien es mir eher wie eine Verpflichtung an meine langjährigen Gäste, unsere Tradition fortzuführen und ihnen die Gelegenheit zu geben, ab und an völlig aus dem Alltag abzutauchen. Denn wer

bei mir zu Gast ist, für den existieren keine Sorgen, keine Bedenken und was noch viel wichtiger ist: keine Grenzen.
Dafür biete ich absolute Diskretion und Abgeschiedenheit vor den Klauen der Öffentlichkeit, die sich nur allzu gerne in unser Fleisch schlagen, wann immer wir ihnen die Gelegenheit dazu geben.
Doch heute kann ich alles wieder spüren. Das Verlangen, die Neugier und den Drang nach mehr.
Niemand versteht es wohl so gut wie ich, sein Gegenüber bis in die verborgensten Ecken seiner geheimsten Wünsche zu erkunden, diese auszuloten und möglicherweise auch zu erfüllen.
Jemand hat es geschafft, mich ins Leben zurückzuholen, auch wenn ich mir das nicht gerne eingestehe. Denn wenn ich etwas nicht leiden kann, dann sind es Abhängigkeit und Unselbstständigkeit.
Mein gesamtes Leben lang habe ich es immer geschafft, sämtliche Hürden allein und mit Bravour zu meistern. Nun … ich habe nicht vor, daran zu rütteln.
Aber etwas in meinem Inneren hat sich verändert. Sich heimlich still und leise eingeschlichen und einen Funken entfacht, den zu löschen ich aktuell nicht vermag. *Elly* …
Was auch immer diese Kleine in mir angestellt hat, es lässt sich nicht ohne Weiteres kontrollieren. Verselbstständigt sich in seiner fordernden, neugierigen und dennoch unberührten Art und bringt mich dazu, die Kontrolle über meine Gedanken abzugeben.

Einmal Fährte aufgenommen, kann ich die dunkle Seite in mir nicht mehr stoppen. Solange, bis sie bekommt, was sie will. *Elly* …
Diese vielversprechende, junge Frau zu führen, mit ihr eine Welt zu erforschen, von der sie bisher vermutlich noch nicht einmal zu träumen gewagt hat, lässt mein erkaltetes Herz höherschlagen.
Natürlich ist mir bewusst, ihr die Wahl überlassen zu haben, ob unser Weg weiter fortgeführt werden wird. Eine wahre Seltenheit, denn normal lasse ich mir die Zügel niemals aus der Hand nehmen.
Dennoch war ich der Meinung, dass das, was ich mit Elly vorhabe, ein gewisses Maß an freiem Willen erfordert, der sich im ersten Schritt dadurch äußern muss, noch einmal bereitwillig in meine Welt der Sinne einzutreten.
Ich werde sie führen, sie lenken und dabei jede Veränderung in ihrer Mimik und Gestik berücksichtigen. Winzige Nuancen, die zu erkennen mir eine wahre Freude sein wird.
Das Warten lässt meine sonst so ruhige Art stark ins Wanken geraten, denn ein gefährlicher Cocktail aus Verlangen, Dominanz und Lust formiert sich zu einem wankelmütigen Orkan in meinem Inneren, der jeden Moment droht aus mir herauszubrechen.
Daher lenke ich mich ab. Versuche das Feuer durch den notwendigen, stupiden Papierkram zu ersticken, den einst Josefine für mich erledigt hat, als sie sich damals aufgrund einer Annonce bei mir als Sekretärin vorstellte. Zumindest dem Anschein nach. Denn eigentlich ist sie Journalistin und witterte einzig eine gute Sto-

ry. *Ein folgenschwerer Entschluss, wie sich schon bald herausstellen sollte …*
Aber all das liegt weit in der Vergangenheit, und seit einigen Tagen sogar noch weiter.
Die Organisation meiner Veranstaltungen habe ich mittlerweile einem Eventmanager übertragen. Zumindest was das Essen, die Dekoration der Location sowie die Ausstattung der Gästezimmer angeht. Ansonsten wurde natürlich dafür gesorgt, dass der eigentliche Zweck der Abende - die freie Auslebung von Lust und Leidenschaft unter Gleichgesinnten - niemals an die Öffentlichkeit gerät. Auch nicht durch meine Angestellten oder die beauftragten Unternehmen.
Alles geschieht unter dem wohlgehüteten Deckmantel eines Festes der Dubliner High Society. Nichts weiter.
Elly wird sich bei mir melden. Davon bin ich überzeugt. Vielleicht nicht heute. Doch auch in ihr schwelt ein von mir entfachter Flächenbrand, dem sie sich auf Dauer nicht entziehen können wird. *Niemals!*
Also füge ich mich weiter meinem gewählten, selbstgeiselnden Schicksal und vertiefe mich in die anstehenden Aktiengeschäfte und höllisch langweilige Lohnabwicklungen.
Bis der dezente Klingelton meines Smartphones, dessen Nummer nur einem winzigen Kreis bekannt ist, mich aufhorchen lässt …

Kapitel 6

Elly

Im *Cloverleaf* ist heute die Hölle los, und allmählich beschleicht mich das Gefühl, dass mein liebster Pub zu einem gehypten Anlaufpunkt für die junge Dubliner Klientel geworden ist. Sehr zu meinem Leidwesen.

Natürlich gönne ich Mrs. White den Erfolg von Herzen, dennoch wäre ein wenig mehr Abgeschiedenheit von Job und Alltag wünschenswert.

Genervt scrolle ich in meinem Smartphone durch die sozialen Medien, und nicht einmal die heiße Schokolade vor mir kann meine Stimmung aufhellen.

Aber liegt es wirklich daran?

Der Tag im Büro war anstrengend bisher. Ein neuer Kunde im Bereich der Süßigkeiten Branche, der anstrebt, sich über die Grenzen von Großbritannien hin-

aus zu etablieren. Keine leichte Aufgabe, aber mein Team hat am Wochenende wirklich ganze Arbeit geleistet, und nun gilt es nach der Mittagspause die Herren der Geschäftsführung von der Idee zu überzeugen.
Diesen gigantischen Auftrag an Land zu ziehen, würde mir alles bedeuten, und ich bin zuversichtlich, auch diese Hürde zu meistern.
Vorausgesetzt ich schaffe es noch, mich wenigstens ein paar Minuten zu entspannen.
Also was ist es nun, dass mich derart aus der Bahn wirft? Mich beschäftigt, wodurch selbst kleine Dinge wie der Trubel um die Mittagszeit hier im Pub zu einer Herausforderung werden?
Du weißt genau, woran das liegt! Eine Entscheidung, die du immer noch nicht getroffen hast, obwohl ein Teil in dir längst weiß, was er will! Ja, ja, schon gut, gebe ich übellaunig in Gedanken zurück, da ich mir damit selbst gehörig auf die Nerven gehe.
Minutenlang versuche ich, mich weiter abzulenken. Uneins mit mir selbst und getrieben von nur einem Wunsch, der mir, so meine Vermutung, als Lösung für allen Unmut erscheint. *Nathan …*
Daher greife ich in meine Handtasche und fische das kleine schwarze Kärtchen heraus, ohne danach ernsthaft suchen zu müssen. *So, als hättest du es dir längst für diesen Moment bereitgelegt.*
Mit zitternden Fingern wähle ich die Nummer, die mir als die Antwort auf alles erscheint.
Dabei sehe ich mich immer wieder um, da ich unbedingt vermeiden will, bei diesem Gespräch von einem meiner Kollegen gestört zu werden. Gut, dass mir auf-

grund des aktuellen Lärms hier niemand zuhören kann. Versteckt und anonym im Trubel der Gesellschaft. Ein interessanter Aspekt.
Es klingelt einmal, zweimal und auch ein drittes Mal, und allmählich beschleicht mich der Verdacht, entweder gerade ungelegen zu kommen oder generell unerwünscht zu sein.
Sieh es ein. Du hast dir da was zusammengereimt, dass nicht existiert. Also lass es und …
„Hallo Elly“, unterbricht mich plötzlich eine samtig weiche Stimme in meinen Grübeleien, die sich unmittelbar Zugang zu meinem tiefsten Inneren verschafft.
„Wo … woher weißt du, dass ich es bin?“, frage ich erstaunt, weil ich damit definitiv nicht gerechnet habe.
Sein geschmeidiges tiefes Lachen ertönt. „Nennen wir es einfach Intuition“, erwidert Nathan, und schon jetzt fällt es mir schwer, das Ruder nicht aus der Hand zu geben. *Du hast ihn angerufen, daher bist du auch für die Richtung verantwortlich, die dieses Gespräch nehmen soll. Also reiß dich gefälligst zusammen!*
„Nun ja. Ich wollte mich nur für das Frühstück und den schönen Abend bedanken“, bringe ich schließlich hervor und merke, wie mir die Hitze in die Wangen schießt. *Schönen Abend? Du Luder! Die Untertreibung des Jahrhunderts.*
„Selbstverständlich“, lautet Nathans knappe Antwort.
Wie zum Himmel soll ich das nun wieder verstehen? Selbstverständlich muss ich mich bedanken? Selbstverständlich hat er das gerne für mich getan? Herrgott! Ich sollte aufhören, jedes seiner kargen Worte auf die Waagschale zu legen. Ehrlich!

„Gut, dann …“, versuche ich, einen Rückzieher zu machen, da mich plötzlich der Mut verlässt.
„Warum rufst du wirklich an, Elly?“, fragt Nathan überrascht, mit diesem gewissen, tadelnden Unterton in der Stimme, der mich sofort entlarvt.
„Ich weiß es nicht“, flüstere ich wahrheitsgemäß.
„Wo bist du?“
„Ich verbringe meine Mittagspause in einem Café.“
„In Ordnung. Ich bin in fünfzehn Minuten da. Warte draußen auf mich“, kündigt Nathan an und schon ist die Leitung tot.
Wie bitte?!
Erstens: Er hat mich nicht gefragt, ob ich ihn sehen möchte. *Weil er das längst weiß.*
Zweitens: Woher will Nathan wissen, dass ich noch Zeit habe? *Er weiß es nicht, er setzt es voraus, dass ich mir die Zeit für ihn nehme.*
Und natürlich drittens: Ich habe ihm nicht gesagt, in welchem Café ich mich aufhalte. Es sollte also schwierig werden, mich zu finden.
Dabei beschleicht mich ein mulmiges Gefühl. Ein Gefühl, das mir sagt, Nathan wird mich finden.
Im *Cloverleaf.*
In maximal fünfzehn Minuten.
Diese Erkenntnis trifft mich wie ein Schlag. Gleichzeitig überaus erregt und gespannt darauf, was nun geschehen wird, kann ich die Gänsehaut deutlich fühlen, die mir bei dem Gedanken daran, Nathan könnte meine Position orten, unnachgiebig die Arme hinaufkriecht.
Was geschieht hier nur?
Eilig sehe ich auf die Uhr.

Mir bleiben in etwa vierzig Minuten, bis das Meeting in die letzte Runde geht. Und ich habe keinen Zweifel daran, dass Nathan sein Wort halten wird. Daher bemühe ich mich schnell um die Begleichung der Rechnung, trinke meine Schokolade aus und beginne, die mitgebrachten Unterlagen sowie mein Handy zu verstauen.
Noch innerhalb des zeitlichen Rahmens stehe ich draußen vor dem *Cloverleaf* und sehe mich um. Weit und breit kein Nathan zu sehen.
Es sei denn …?
Unweit des Eingangs erhasche ich eine auffällige Limousine, die in zweiter Reihe mit laufendem Motor parkt. *Ein Rolls Royce*, wenn ich nicht irre. Standesgemäß in hellgrauem Metalliclack und schwarzer Motorhaube. Eine regelrechte Augenweide, und nur für diejenigen geschaffen, die bekanntlich an der Spitze der Pyramide unserer Gesellschaft stehen.
Nein, das kann nicht sein.
Dennoch wage ich mich näher heran, obwohl alles in mir an meine Fähigkeit zu rationalem Denken appelliert.
Aber schon im nächsten Moment werden mir die Überlegungen abgenommen, als ein Mann in schwarzem Anzug - allem Anschein nach ein Chauffeur - aus der rechten vorderen Tür aussteigt und auf mich zukommt. Nervös sehe ich mich um, ob er vielleicht nicht doch jemand anderes anvisieren könnte. Vergebens.
„Ms. O'Leary?"
„Ähm, ja?", stammele ich und klammere mich wenig elegant und obendrein völlig sinnfrei an meine Handta-

sche. *Glaubst du wirklich, dieser Mann will dich bestehlen? Und woher kennt er überhaupt deinen Namen?*
Nebenbei fällt mir sein französischer Akzent auf, der jedem seiner Worte den typisch melodischen Klang verleiht.
Die Flut an Fragen, die sich unmittelbar in meinem Kopf ansammelt, sollte mir die Antwort auf die Identität der Person im *Rolls Royce* eigentlich schon geben. Denn nur ein Mensch vermag es aktuell, mich derart zu verwirren. Ein Mann, dessen düstere Ausstrahlung mich erneut in seinen Bann zieht …
Der Chauffeur deutet eine knappe Verneigung an, nimmt mich behutsam am Ellbogen und bugsiert mich sacht zum Wagen.
Die Scheiben sind verdunkelt, sodass ich nicht ins Innere sehen kann.
Er öffnet die rechte, hintere Tür.
Verwundert nehme ich zur Kenntnis, dass diese entgegengesetzt der vorderen zu öffnen ist.
„Steig ein!", vernehme ich Nathans tiefen Bariton, der mich schier aus der Haut fahren lässt.
Ein kurzer Anflug von Wut pumpt durch meine Adern, da ich mir nur ungern etwas sagen lasse. Doch ich gehorche und rutsche ein wenig unbeholfen in meinem Wildlederrock und den Pumps auf den noblen, rehbraunen Ledersitz der Limousine.
Nathan, unglaublich elegant gekleidet und mit einer Ausstrahlung, die vermutlich jede Frau auf die Knie zwingen würde, sieht mich ohne den Hauch einer Gefühlsregung an.

Der Fahrer schließt die Tür, steigt ebenfalls ein und lenkt den *Rolls Royce* in den Dubliner Mittagsverkehr.
„Du hast es tatsächlich geschafft", wage ich einen ersten Versuch auf Konversation, da ich absolut keine Ahnung habe, wie ich mit dieser merkwürdigen und tierisch aufregenden Situation umgehen soll.
„Zweifele niemals an dem, was ich sage", entgegnet er beinahe barsch, wobei ich damit eigentlich indirekt fragen wollte, wie er das geschafft hat.
Richtig. Sein Spiel, seine Regeln …
Nathans Züge werden weicher. Wenn man das in Bezug auf ihn überhaupt sagen kann.
„Du siehst gestresst aus."
Sofort meldet sich mein naturgemäßer Trotz. „Na ja. Ich wurde gerade in meiner Mittagspause von einer köstlichen Tasse heißen Schokolade weggerufen. Da würde jeder gestresst aussehen", gebe ich zum Besten, mit dem Hauch eines Vorwurfs, der unterschwellig darin mitschwingt.
Nathans beinahe diabolisches Lächeln nimmt mir den Wind aus den Segeln. Er rutscht näher zu mir heran, während auf einmal eine undurchsichtige Trennwand zwischen uns und dem Chauffeur nach oben fährt. *Wie von Zauberhand.*
Sein typisch betörender Duft nach Sandelholz und einem Hauch Tonkabohne umschmeichelt meine Sinne, und plötzlich beschleicht mich das untrügliche Gefühl, längst nicht mehr Herr über meine Empfindungen zu sein. Denn Nathan, der Puppenspieler, hat ungefragt die Kontrolle an sich gerissen und ich habe mich gefügt, ohne den geringsten Anflug von Widerstand. *Ver-*

trau ihm. Egal was geschieht, es wird dir gefallen, höre ich eine leise, jedoch eindringliche Stimme in meinem Kopf, der ich nur allzu gerne recht geben möchte.
Nathan greift nach einer Strähne meines Haares und wickelt sie um seinen behandschuhten Finger. Eine kleine, jedoch unmissverständliche Geste, die mir zeigen soll, wer hier das Sagen hat. *Du bist nichts weiter als sein Spielzeug. Ein überaus williges Spielzeug*, bestätige ich in Gedanken, ohne auch nur den Ansatz von Reue oder Zweifel.
Seine Hand wandert weiter unter mein Kinn, während er mir tief in die Augen sieht. „Ich denke, wir sollten dafür sorgen, dass du dich etwas entspannst. So unter Strom wirst du wohl nicht mehr lange durchhalten“, mutmaßt Nathan, und wieder bin ich erschrocken darüber, wie nah diese Vermutung an der Realität liegt.
Ohne Scheu schmiege ich meine Wange in seine Hand.
„Ich muss in weniger als dreißig Minuten wieder zurück sein“, werfe ich in den Raum, um keine falschen Vorstellungen zu schüren. Schließlich wäre ein Hotel meine nahe liegendste Vermutung bezüglich Nathans unausgesprochenen Plans.
„Alles im Bereich des Möglichen, du musst dich nur darauf einlassen“, lautet seine kryptische Antwort, während ich am liebsten aus meiner Haut fahren würde, so sehr plagt mich die innere Unruhe, die ich empfinde.
Völlig unbeholfen warte ich ab, was nun geschehen wird. Schließlich habe ich absolut keine Ahnung, wie weit ich gehen soll. Wie weit es Nathan mir überhaupt gestattet.

Seine Hand wandert an meinem Bein hinauf bis unter meinen Rock. Viel zu schnell und dennoch quälend langsam. Eilig befreit er sie, außerhalb meines Sichtfeldes, von dem Lederhandschuh.
Ich habe keine Ahnung, was mich erwartet. Ich sollte das Weite suchen. Sehen, dass ich hier wegkomme, da die Anziehungskraft, die Nathan auf mich ausübt, allmählich droht, aus dem Ruder zu laufen. Und dennoch …
Dennoch verzehrt sich jede Faser meines Körpers danach, von seinen kundigen Fingern verwöhnt zu werden. Jeder Millimeter, den er berührt, gerät unmittelbar in Aufruhr.
„Nathan, ich …"
„Ja, ich weiß", raunt er leise in mein Ohr, als ich automatisch die Beine weiter spreize und ihm wie selbstverständlich Zugang zu meiner intimsten Zone gewähre.
„Knöpfe deine Bluse auf", verlangt er.
Wieder gehorche ich, lege meine bebenden Brüste frei, die jetzt nur noch durch dünne, weiße Spitze verhüllt sind.
Er beugt sich zu meinen Brüsten, die bereits gierig um seine Beachtung lechzen. Mit seinem kundigen Mund umschließt er abwechselnd die Brustwarzen durch den Stoff hindurch und nimmt sie zwischen seine Zähne. Gleichzeitig gleitet der Finger der anderen Hand in meinen Slip. Nathan umkreist neckend meine ziehende Perle und beißt dann direkt zu.
„Ahhhh", schreie ich erschrocken auf, doch der Schmerz weicht schnell einem viel intensiverem Gefühl:

Brennender Lust, die sich nur danach sehnt, von Nathan befriedigt zu werden. *Elly? Was ist nur mit dir los?* Doch jeglicher Anflug von kritischen Moralvorstellungen wird sofort im Keim erstickt.
Ich will ihn.
Will, dass Nathan mich nimmt.
Fordernd, drängend und am liebsten gleich jetzt.
Aber hier? Immerhin befinden wir uns in einem fahrenden Wagen. Mitten auf den Straßen von Dublin, während obendrein ein Chauffeur mit im Auto ist. Trotzdem scheinen all diese Umstände Nathan nicht weiter zu stören, denn er macht mir nicht den Eindruck, gleich die Notbremse ziehen zu wollen.
Der Zug an meiner Brust verstärkt sich und wieder möchte ich schreien, als er jedoch plötzlich von mir ablässt, meinen Mund im letzten Moment mit seinem versiegelt und zeitgleich mit dem Finger tief in mich eindringt.
Mein Stöhnen erstickt in diesem Kuss, während er mich vorsichtig in kreisenden Bewegungen mit der Hand fickt. *O mein Gott!*
Bereitwillig stemme ich ein Bein angewinkelt gegen die Rückenlehne, sodass er noch etwas weiter in mich gleiten kann.
„Dein Körper war längst bereit und hat seine Lektionen gelernt. Sieh nur, wie gut du deine Sache machst“, flüstert Nathan atemlos, da ihn mein Anblick offensichtlich auch nicht gänzlich kalt lässt.
Und es stimmt. Ich kann deutlich spüren, wie erregend feucht ich bereits bin. Mich danach verzehre, endlich

das zu bekommen, was mir so lange verwehrt geblieben ist.
Meine Atmung geht immer heftiger. Überaus erregt beginne ich, mich unter Nathans süßer Folter zu winden in dem Versuch, ihn noch tiefer in mich hineinzutreiben, sinnlicher Erlösung entgegen.
„Nicht so gierig, meine kleine Fee. Du wirst dich beherrschen. So lange, bis ich dir gestatte, zu kommen."
Nathans Anweisung duldet keine Verfehlungen. Das kann ich unmissverständlich spüren.
Leichter gesagt als getan.
Obendrein er sein kleines Martyrium noch intensiviert. Zu seinem Finger gesellt sich ein zweiter hinzu, während er meine Brüste aus den Körbchen hebt und erneut heftig an meinem Nippel saugt. Ungnädig und schmerzlich.
Unterdessen er immer noch völlig bekleidet wie ein Gentleman neben mir im Wagen thront, gebärde ich mich willig und leidenschaftlich direkt vor Nathans eisblauen Augen. Und es ist mir einerlei.
Es ist mir egal, mich vor ihm derart zu präsentieren.
Es ist mir egal, ob jemand mich hören oder sehen kann.
Und es ist mir auch egal, dass ich mir vermutlich schon in wenigen Minuten dafür selbst Vorwürfe mache. Zumindest, für den Moment.
Immer schneller erklimme ich den steilen Gipfel, dem nahenden Höhepunkt entgegen.
„Dreh dich um!", fordert Nathan abrupt.
„Was?", hauche ich atemlos.
„Umdrehen! Ich werde mich nicht wiederholen", lautet seine unterschwellige Drohung, und das Leuchten in

Nathans strengen Augen lässt keinen Zweifel daran, dass er es ohnehin durchsetzen wird.
Zaghaft winde ich mich aus seinen Fängen. Schließlich gelingt es mir, mich mit Blick durch die seitliche Scheibe auf die ausladende Rückbank zu knien.
„Sehr schön", folgt auch schon Nathans Lob, als er meinen knielangen Rock nach oben über mein in Spitze gehülltes Hinterteil schiebt.
Ratsch!
Der dünne, seidige Steg zwischen meinen Beinen reißt durch Nathans Zutun, und schon spüre ich etwas, dass sich drängend an meine feuchte Scham drückt.
Wie durch einen Schleier sehe ich Häuser, Menschen und Fahrzeuge an uns vorbeiziehen. Immer in der Hoffnung, dass die getönten Scheiben halten, was sie versprechen.
„Ich werde dich jetzt ficken. Schnell und hart. Erst wenn ich es dir erlaube, darfst du kommen."
Bei jedem anderen Mann hätte ich vielleicht sogar über so viel Überheblichkeit, so viel Selbstsicherheit gelacht. Doch niemals bei Nathan.
Ich glaube zu hören, wie er den fehlenden Handschuh wieder überzieht. Schon im nächsten Moment graben sich seine Hände grob in mein Hüftfleisch. Halten mich unnachgiebig in Position. *In perfekter Fick-Position*, denke ich, als Nathans großer Schwanz auch schon in mich eindringt.
Ich stöhne auf. Werfe den Kopf in den Nacken.
Sofort nützt Nathan die Gelegenheit, greift nach dem dicken Pferdeschwanz, der auf meinem Rücken liegt und zieht damit meinen Kopf zurück. Dadurch strecke

ich meine Brüste automatisch noch weiter gen Autoscheibe. Doch anstelle schockiert zurückzuweichen, fühle ich mich unglaublich sexy und begehrenswert.
Schon mit dem nächsten Stoß seiner Lenden versenkt Nathan sich bis zum Anschlag in meiner pochenden Mitte, während ich mich angestrengt an der Seitenverkleidung des *Rolls* festkralle.
Er fickt mich sprichwörtlich um den Verstand. Rammt sich immer und immer wieder unnachgiebig in meinen erhitzten Körper. Meine Haut steht in Flammen. Nicht nur dort, wo Nathans Hände ihr brennende Schmerzen bereiten.
Wogen der Lust rauschen durch mich hindurch. Lösen akribisch jeden Gedanken aus meinem Kopf und lassen mich schwerelos an einem Ort existieren, an dem weder Raum noch Zeit eine Rolle spielen.
Als der gewaltige Feuerball in meinem Unterleib ankommt, scheint Nathan das zu spüren.
„Jetzt, Baby. Komm für mich!", weist er mich an und, noch ehe mein Kopf begreift, was zu tun ist, reagiert mein Körper auch schon auf den direkten Befehl.
Ich explodiere. Vergehe in einem Sturm aus Funken, der meine Sinne benebelt und mich scheinbar unwiederbringlich mit sich reißt. In der Ferne höre ich eine Frau stöhnen. Höre sie Nathans Namen schreien in höchster Verzückung.
Doch seine Stöße nehmen sogar noch an Intensität zu. Tragen mich hinfort, bis die Schreie schließlich versiegen und ich erschöpft, jedoch glücklich auf der Rückbank zusammensinke.
Aber es ist noch nicht vorbei.

Nicht, wenn ich Nathans loderndem Blick Glauben schenken darf.

Er hat sein Versprechen gehalten. Nun bin ich an der Reihe, ihm Erlösung zu bescheren …

Kapitel 7

Nathan

Gespannt warte ich darauf, was Elly gedenkt zu tun. Sicher, ich verlange ihr viel ab in dem Wissen um ihre Unerfahrenheit. Trotzdem bin ich immer noch überzeugt davon, etwas an ihr gewittert zu haben, dass meiner Fasson von Leidenschaft sehr nahekommt. Gleich und gleich gesellt sich gern. *Ja, vielleicht.*
Vorsichtig wagt sie sich näher an mich heran. Tastet sich langsam vor, während ich einfach nur neben ihr sitze und abwarte.
Tatsächlich habe ich nichts direkt von ihr verlangt. Ihr die Art von Entspannung gegeben, die sie meiner Meinung nach heute sehr dringend gebraucht hat. *Maximale Lust. Haut auf Haut.*

Aber natürlich hat die Sache auch einen Haken, denn dadurch konnte ich mir selbst nicht erlauben, Erlösung zu finden. Was sich nun auch optisch sehr deutlich zeigt.
Wie in Zeitlupe berühren Ellys zarte Finger meinen aufragenden Schaft. Erkunden erstmals unbekanntes Terrain. Am liebsten wäre ich erneut über sie hergefallen. Wild, animalisch und ungezügelt. Doch dafür fehlt es uns definitiv an Zeit und vor allem an Erfahrung ihrerseits. Immer langsam herantasten, lautet die Devise.
Daher schließe ich lediglich die Augen und lasse sie in ihrer unbeholfenen Art gewähren. Zart umfasst sie mein Glied, streift sacht daran auf und ab. Obwohl die Zeit drängt, und ich mich nur schwerlich beherrschen kann, möchte ich sie so lange wie möglich auskosten. Allerdings wäre ich nicht ich, wenn ich das alles nicht mit einem gewissen Rahmen versehen würde. Einer Spielregel, wenn man so will.
„Ich gebe dir drei Minuten. Nicht mehr und nicht weniger", lautet meine Anweisung an Elly, in deren Augen sofort der leuchtende Funken der Erkenntnis aufblitzt.
Sie strafft die Schultern, rückt noch näher heran und fängt an, sich der Herausforderung zu stellen.
Spitzfindig, wie ich sie einschätze, wiegt sie ihre Möglichkeiten ab. Drei Minuten sind nicht viel Zeit. Daher muss sie alle Register ziehen, um die Aufgabe letztlich mit Bravour zu bestehen.
Als ihre Lippen auf meine Spitze treffen, atme ich scharf ein. Elly öffnet den Mund, schmiegt ihn eng um

meinen Schwanz und lässt ihn anschließend einige Zentimeter hineingleiten.
Ja, ganz nett. Aber noch nicht ausreichend, denke ich.
Mit jedem Mal, in dem mein Schwanz in ihren Mund stößt, nimmt sie ihn etwas tiefer in sich auf. Weiter und immer weiter. Dabei wird ihr Griff darum fester, beinahe schmerzlich eng, während sie beginnt, mich mit ihrer Zunge zu umspielen.
Sie macht das wirklich gut. Intensiv. Ist mit vollem Eifer bei der Sache. Dennoch kann ich es mir nicht nehmen lassen, auch hier die Kontrolle an mich zu reißen. Daher greife ich mit beiden Händen in ihr Haar und befehle ihr: „Sieh mich an. Du wirst die ganze Zeit über Blickkontakt zu mir halten, während ich dich in den Mund ficke. Wirst nicht zurückweichen, egal was geschieht“, warne ich sie vorsorglich, da ich nicht beabsichtige, nun noch einen Rückzieher zu machen.
Unfähig zu sprechen, erkenne ich ein schwaches Nicken in meinem Griff und verliere mich auch schon im nächsten Moment in den smaragdgrünen Fluten ihrer wunderschönen, wissbegierigen Augen. Nun kann ich mich nicht mehr zurückhalten.
Meine Hände halten Elly fest in ihrem Griff, während ich immer tiefer in ihren Hals gleite. Und obwohl ich zeitweise in ihrem Rachen anstoße, wehrt sie sich nicht gegen die schwierige Tortur.
Ihre Mundwinkel röten sich, und eine einzelne Träne findet ihren Weg über Ellys zartrosa Wangen.
Doch sie will es. Ebenso wie ich.
Trotzdem ich sie gerne noch viel länger in dieser Position, demütig und unterwürfig, zunächst weiter in ihren

Mund und dann auf alle anderen erdenklichen Arten ficken wollen würde, halte ich mich selbst ebenfalls an meine Spielregel.
Noch ehe die drei Minuten vergangen sind, lasse ich den gewaltigen, längst überfälligen Orgasmus über mich hinwegrollen.
In Ellys Mund.
Am tiefsten Punkt in ihrem Hals.
Damit schenke ich ihr den Lohn für ihre Mühen, den sie bereitwillig herunterschluckt, während ich immer noch in ihr stecke. Niemand hat gesagt, dass meine Aufgaben leicht zu bewältigen wären.
Aber Elly schafft es.
Sogar am Ende wagt sie es nicht, von selbst zurückzuweichen, sondern wartet stattdessen ab, bis ich sie freigebe. So lautet eine der wichtigsten, unausgesprochenen Regeln.
Denn ein Mann ist nur so lange ein Gentleman, bis er mit seiner Angebeteten allein ist.
Und obwohl die Frau im Grunde den Ton angibt, wird der Mann alles daransetzen, seine Frau, zumindest im Bett, stets gefügig im Griff zu halten. *Geben und Nehmen. Yin und Yang, wenn man so will.* Zur Freude und Befriedigung aller Beteiligten.
Elly ist ein Naturtalent. Einfach atemberaubend …
Bevor sie allerdings zu spät kommt, entlasse ich sie aus meinem Griff, sodass sie sich langsam wieder aufrichten kann.
Mit geröteten Wangen und wild zerzaustem Haar sowie immer noch entblößter Brust, sitzt sie da. Atemlos, erschöpft und an Erfahrung gewachsen.

„Oh! Wir sind ja wieder zurück“, stellt sie beim Blick nach draußen überrascht fest. Sehr zu meiner Freude, da sie offensichtlich komplett abschalten und alles um sich herum vergessen konnte. *So der Plan …*
„Wie spät ist es?“, fällt es ihr plötzlich siedend heiß ein.
„Alles ist gut. Dir bleiben noch fünf Minuten, um deine Klamotten wieder in Ordnung zu bringen“, umschreibe ich dezent.
Gesagt, getan. Damenhandtasche sei Dank. Denn dieses Accessoire beinhaltet normalerweise ein komplettes Waffenarsenal an nützlichen Utensilien, um gewisse Spuren zu beseitigen. *Neben jeder Menge Krimskrams, selbstverständlich.*
Elly gelingt es in Windeseile, sowohl Haare als auch Make-up und Kleidung wieder zu richten. Nur eines ist wohl unwiederbringlich verloren.
Ein erschrockenes Seufzen entfährt ihren Lippen. „Mein Slip! Du hast ihn …“
„… zerrissen. Richtig“, vervollständige ich ohne weitere Gefühlsregung ihren Satz, während auch ich mich wieder gänzlich verhülle.
„Aber … aber wie soll ich nun das Meeting abhalten?“
Bei dem Gedanken daran, wie sie in nur wenigen Minuten vor ihren Kollegen einen Vortrag halten muss, frisch durchgevögelt und obendrein ihrer Unterwäsche beraubt, muss ich lächeln.
„Ich bin sicher, du wirst auch das meistern.“
Elly erstarrt. „Nicht dein Ernst!“
„Sehe ich aus, als würde ich scherzen?“
Sicherlich hätte sie mir jetzt gerne die Meinung gegeigt. Jetzt, wo all die Unterwürfigkeit aus meinem kleinen

Kätzchen gewichen ist und ihrer gewohnt forschen Art Platz gemacht hat.
„Du musst nun gehen“, bestimme ich ohne weitere Umschweife. Denn sie soll das Erlebte erst einmal sacken lassen. Für alles andere ist später noch Zeit. Sofern sie sich darauf einlässt.
Sichtlich entspannter, aber auch ein wenig vor den Kopf gestoßen, steigt sie aus dem Wagen, als ihr Roux, mein Chauffeur, wie aufs Stichwort, die Tür von außen öffnet. *Zuverlässigkeit ist ein hohes Gut, das ich sehr schätze. Vor allem bei meinen Angestellten.*
Noch bevor Elly den Wagen verlässt, greife ich nach ihrer Hand. Dabei lege ich einen sorgsam gefalteten Zettel hinein und küsse ihr zum Dank den Handrücken. *Wieder ein erstes Mal - im Auto - das wir gemeinsam erleben durften.*
„Überlege es dir gut. Wenn du einwilligst, gelten meine Regeln. In dem Fall erwarte ich dich pünktlich am vereinbarten Ort“, füge ich noch hinzu und entlasse sie dann mit fragendem Blick, jedoch ohne Gelegenheit, darauf zu antworten, zurück in ihre Realität …

Kapitel 8

Elly

Ein Meeting ohne Höschen? Zugegeben, eine prekäre Herausforderung. Selbst für mich, die ich oft vor potenziellen Kunden und Geschäftsleuten referieren muss. Dafür hat *er* es mehr als verdient, dass ich die Wagentür derart heftig zugeknallt habe, noch ehe der Chauffeur reagieren konnte.

Nachdem Nathan mich wieder abgesetzt hatte, habe ich die kläglichen Überreste der teuren Spitze eilig auf der Toilette entfernt und anschließend einen kleinen Check-up im Spiegel durchgeführt.

Abgesehen von den deutlich geröteten Wangen und dem beinahe verräterischen Leuchten in meinen Augen, zeugte nichts von der ausschweifenden Liaison, die in Nathans Wagen unverhofft stattgefunden hat.

Gott, Elly. Echt, jetzt? Heißer Sex in einem Luxuswagen mit anschließendem Blowjob? Was hat dieser Kerl nur an sich? In einem Moment zerfließe ich in seinen Händen und im nächsten würde ich ihm gerne aufgrund seiner herrischen Art an die Gurgel gehen.
Wieder schießt mir die wohlige Wärme, gefolgt von eindeutigem Kribbeln, in den Unterleib, wann immer sich die Bilder dieses aufregenden Abenteuers in meinen Kopf schieben.
Nathan macht es mir nicht gerade leicht, fordert mich von der ersten Minute an buchstäblich mit Körper und Geist. *Aber ist es nicht vielleicht genau das, was ich will? Womöglich waren all die Männer zuvor einfach nicht für mich bestimmt? Mach dich nicht lächerlich! Für ihn bist du nicht mehr als ein interessanter Zeitvertreib. Sei dir dessen immer bewusst!*, ermahne ich mich zur Vorsicht, da ich mich ohnehin schon viel zu weit in diesem Mann verloren habe.
Jedenfalls konnte ich unseren großen Kunden auch ohne verhüllendes Utensil unter meinem Rock überzeugen, und dabei werde ich den Verdacht nicht los, dass gerade Nathans Art der Entspannungstherapie entscheidend zu meinem positiven Auftreten beigetragen hat.

Nun sitze ich hier mit einer dampfenden Tasse Blaubeertee auf meiner Couch und starre seit einer Ewigkeit auf das gefaltete Kärtchen, das mir Nathan beim Abschied während seines Handkusses untergejubelt hat. Noch habe ich diesbezüglich nichts unternommen, denn mir ist klar, wie gefährlich es für mich wäre, einen Schritt weiter zu gehen. Nathan ist ein sehr einnehmender Mann. Ein Mann, der keinerlei Widerworte duldet, hat man sich erst einmal mit Haut und Haar auf ihn eingelassen. Das konnte ich bereits bei unserem ersten, zufälligen Zusammentreffen spüren.

Es klingelt an der Tür.

Wer kann das sein?, denke ich genervt, da ich gerade durch meine Überlegungen ausreichend beschäftigt bin und diesen ereignisreichen, wenn nicht sogar aufschlussreichen Tag, gerne in Ruhe ausklingen lassen würde.

Seufzend schlürfe ich zur Tür, meiner Kuscheldecke einen letzten sehnsüchtigen Blick zuwerfend. Über den kleinen Bildschirm auf der Freisprechanlage kann ich erkennen, wer mich hier unangemeldet abends noch beehrt.

„Komm rein, ich mache dir auf", sage ich durch das Mikrofon und betätige zeitgleich den Türöffner. Anschließend öffne ich die Tür einen Spalt breit und begebe mich zurück zur Couch.

Wenige Augenblicke später betritt Brian die Wohnung.

„Hi Kleine", begrüßt er mich mit seiner üblichen Anspielung auf meine viel geringere Körpergröße, obwohl natürlich im Grunde er der *kleine* Bruder ist.

„Willst du etwas essen? Ich habe nicht viel da", rufe ich ihm entgegen, da er sich hier sowieso wie zu Hause fühlt.

„Nein, lass mal", höre ich Brian antworten, als er das Wohnzimmer meines Appartements betritt.

Irgendetwas stimmt nicht. Zumindest so mein erster Eindruck. Er sieht gestresst aus. Ein Umstand, den ich ansonsten bei ihm noch nie gesehen habe. Das längere

Haar ein wenig wirrer als gewohnt, mit Dreitagebart, und seine zerrissenen Stonewashed-Jeans sehen heute irgendwie abgetragener aus.
Skeptisch lasse ich den Blick über sein seltsames Auftreten schweifen, beschließe jedoch, ihn nicht sofort damit zu konfrontieren.
Mein fragender Ausdruck scheint ihm nicht zu entgehen, als er sich auch schon seufzend auf die Couch plumpsen lässt, tiefer in die Kissen sinkt und die Augen schließt. Die Hände immer noch in den Taschen seiner Jacke, die er nicht einmal abgelegt hat.
„Harter Tag?“, frage ich kurz.
Die Antwort lässt auf sich warten.
„Nein. Nur schlecht geschlafen die letzte Zeit“, antwortet er schließlich beiläufig, während er mir ein Kuvert entgegenstreckt.
„Was ist das?“, will ich wissen, bevor ich es an mich nehme.
„Na, wenn ich was verspreche, dann halte ich es auch“, gibt er beinahe beleidigt zurück.
Tatsächlich habe ich gar nicht mehr an das Geld gedacht, das ich ihm geliehen habe. Eine größere Summe und dennoch haben andere Dinge dies dezent verdrängt. *Oh, Elly …*
„Danke“, sage ich schließlich, als mein Blick auf die Schiene an seiner Hand fällt. Ruckartig ziehe ich sie an mich.
„Autsch! Elly! Geht’s noch?“
„Was bitte ist das?“, verlange ich zu erfahren und ertappe mich dabei, mich diesbezüglich sogar ein wenig an Nathan zu erinnern. Die große Schwester in mir

wappnet sich bereits zur Standpauke oder zum Angriff, sollte jemand anderes dafür verantwortlich sein. *Albern, ich weiß.* Aber das lässt sich nun einmal nicht kontrollieren.

Brian entwindet sich meines Griffs.

„Das? Ach, ich habe zuletzt versucht, etwas zu reparieren. Ich und Werkzeuge waren noch nie beste Freunde, und so ist der Hammer irgendwie in vollem Schwung auf …"

„Okay, okay! Keine Details, bitte", unterbreche ich ihn eilig, da mir allein die Vorstellung Gänsehaut beschert. *Nicht von der guten Sorte, wohlgemerkt.*

Also gut, dann doch die Standpauke.

„Du musst wirklich besser auf dich aufpassen, hörst du? Und wenn es nicht besser wird, gehst du ins Krankenhaus, verstanden?"

Brian salutiert ähnlich eines Soldaten, der gerade einen Befehl seines Generals erhalten hat.

Bevor ich ihn abermals schelten kann, weil er mich und meine Sorgen um ihn nicht für ernst nimmt, hat er seine Aufmerksamkeit auch schon auf etwas anderes gerichtet.

Etwas Kleines, schwarz Glänzendes, das soeben in seine große Hand gewandert ist.

„Hey, was haben wir denn hier?", will er herausfordernd wissen.

Abwiegeln oder ihm die Karte abnehmen?

Doch da hat er längst Lunte gerochen, vermutlich durch meinen zunächst entsetzten Blick.

Ganz ruhig. Nur nichts anmerken lassen.

„Ach, das ist nur eine Einladung. Ich habe eben überlegt, ob ich hingehen soll.“

Brian zieht eine Augenbraue hoch, mustert mich eingehend.

„Eine Einladung. Für dich. In das Walsh-Anwesen“, fasst er in abgehackten Worten treffend zusammen.

Ich zucke mit den Schultern.

„Kann sein. So genau habe ich mich noch nicht damit befasst.“ Was ja nicht ganz unrichtig ist, schließlich habe ich alles immer noch auf Abstand gehalten, weil ich fürchte, diesbezüglich nicht rational zu entscheiden. Ich kenne mich, und aktuell kann ich mich dahingehend nur schwer kontrollieren. *Wie ich heute sehr eindeutig auf mehr als pikante Weise gezeigt habe …*

„Das Walsh-Anwesen?“, frage ich verdutzt, weil Brian offensichtlich besser Bescheid weiß als ich.

„Na klar. Das große Grundstück mit der *verwunschenen* Villa, draußen vor der Stadt. Sag bloß, das kennst du nicht?“, stellt er belustigt fest.

„Verwunschen?“, wiederhole ich, da hauptsächlich dieses Detail in meinem verwirrten Kopf hängengeblieben ist.

„Natürlich nicht. Aber die Leute erzählen sich allerlei merkwürdige Dinge über den Hausherrn, der heute noch dort lebt. Er soll ein sehr spezieller Typ sein und sich nur sehr selten in der Öffentlichkeit zeigen. Allerlei Gerüchte grassieren. Sogar von Opferritualen oder Orgien ist die Rede. Aber das ist natürlich alles nur dummes Gewäsch. Du weißt ja, wie die Leute sind, wenn sie etwas nicht kennen und deshalb irgendwelche Geschichten erfinden. Außerdem kann ich mir nicht vor-

stellen, dass ein Verbrecher ganz offenkundig unter uns lebt, ohne dafür belangt zu werden", schließt er seine mehr als gruselige Zusammenfassung, bei der ich mich wundern würde, wenn mir der Hausherr nicht bereits sehr bekannt wäre.
„Ach, ehrlich? Was es nicht alles gibt", wage ich einen halbherzigen Versuch, dem nicht allzu viel Beachtung zu schenken.
„Und? Wirst du hingehen?", will Brian unverblümt wissen, da das Thema für ihn natürlich nicht beendet ist.
Wieder zucke ich mit den Schultern, in denen sich allmählich deutlicher Muskelkater bemerkbar macht. *Die Tage wohl ein wenig über die Stränge geschlagen, wie? Klappe jetzt!*
„Das weiß ich noch nicht. Ich meine, neugierig wäre ich schon, aber …"
„Es hat was mit deinem kürzlichen Date zu tun, stimmts?", platzt es unerwartet aus meinem Bruder heraus, und diesmal bereue ich die innige Verbindung zwischen uns beinahe, da ich gerne einmal weniger leicht dechiffriert werden würde.
Was soll's.
„Irgendwie schon. Ich bin da in so eine Sache hineingeschlittert, und nun weiß ich nicht genau, ob es mir guttut. Kannst du das verstehen?"
Er kann.
Einige Augenblicke lassen wir das Gesagte schwer über uns schweben, gar so, als ob wir uns beide damit auf die jeweilige Art identifizieren könnten.
Dann frage ich geradeheraus, was mir auf der Seele brennt: „Brian? Findest du mich komisch?"

„Komisch?“, hakt er nach.
„Du weißt schon. Merkwürdig. Anders …“
„Was ist denn das für eine Frage? Natürlich bist du das.“
Dafür erntet er einen festen Schlag auf seine Schulter.
„Hey! Du weißt genau, was ich meine. Du warst immer irgendwie anders. Aber das sollte doch eine knallharte Geschäftsfrau, die bei keiner noch so harten Verhandlung klein bei gibt, nicht weiter kümmern, oder?“
Damit entlockt er mir ein halbherziges Lächeln.
„Elly? Was ist los?“
„Nichts. Im Grunde … Ich weiß nur einfach nicht, was ich will. Das ist alles. Ich meine, vielleicht will ich ja etwas, was ich nicht akzeptieren will? Macht das irgendeinen Sinn?“
„Nein. Aber du solltest immer das machen, was du für richtig hältst und nicht darüber nachdenken, was irgendjemand oder die Gesellschaft von dir erwarten.“
Ich lasse seine Worte erst einmal sacken.
„Hast du deine Antwort?“, fragt mich Brian nach einer kurzen Gedankenpause.
Wieder muss ich lächeln. „Ich werde darüber nachdenken“, ziehe ich meinen kleinen, altklugen Bruder verschmitzt auf.
„Das ist meine Elly“, gibt er zurück und steht auf, während aufkeimende Unruhe ihn zu umhüllen scheint.
„Musst du schon los?“, frage ich grundlos besorgt, doch dieses Gefühl kann ich einfach nicht abstellen.
„Kein Sitzfleisch, du weißt doch“, versucht er beschwichtigend und macht sich auf zur Haustür.

Ja, die wenigen Momente, in denen mein Bruder einmal wirklich entspannt ist, sind äußerst selten geworden. Immer ist er auf dem Sprung, irgendwie nervös und zeitweise fahrig. Als würde er den Kopf nicht freibekommen.
„Brian?"
Er wendet sich im Gehen noch einmal kurz zu mir um.
„Ja?"
„Pass auf dich auf, okay?", sage ich ohne jeglichen Zusammenhang, da ich das Bedürfnis dazu habe.
Er schenkt mir sein strahlend schönes Lächeln, bei dem sicherlich schon die eine oder andere Frau schwach geworden oder einer Ohnmacht nahe gewesen ist.
„Klar doch."
Dann ist er fort und ich wieder allein mit einem gefährlichen Cocktail an Emotionen, der meine Standfestigkeit seit langer Zeit erstmals ins Wanken bringt. Dabei lasse ich meine Finger über die in goldenen Lettern aufgedruckte Adresse sowie den ebenfalls darauf befindlichen Zahlen-Code wandern. Ich habe keine Ahnung, was das genau für eine Einladung ist, denn schließlich handelt es sich hierbei lediglich um eine Art Eintrittskarte ohne weitere Hinweise. Eintrittskarte zu einem Event, das erst um elf Uhr nachts startet.
Doch tief in meinem Inneren weiß mein Herz längst, was es will …

Die Tage vergingen zäh und ich wäre nicht ehrlich, wenn ich behaupten würde, meine Entscheidung bezüglich Nathans Einladung nicht noch einige Male über den Haufen geworfen oder infrage gestellt zu haben.

Trotzdem habe ich ihm - wohlgemerkt im letzten Moment - heute Abend eine kurze Textnachricht gesendet, die lediglich aus einem knappen *Ja* bestanden hat.
Als Antwort hat mir Nathan eine goldene Rose geschickt. Klein und dennoch unglaublich aussagekräftig. Schon erstaunlich, wie dieses Symbol all das in sich vereint, was der elegante, mysteriöse und allsehende Nathan einer Frau gegenüber auszustrahlen scheint. *Ganz der Gentleman, solange das Spiel noch nicht begonnen hat*, denke ich und ertappe mich dabei, dem heutigen Abend tatsächlich mit Vorfreude entgegenzufiebern.
Dabei gehen mir Nathans letzte Worte immer wieder durch den Kopf: ‚Überlege es dir gut. Wenn du einwilligst, gelten meine Regeln.'
Egal was mich erwartet, ich bin mir sicher, mich bei Nathan in guten Händen zu wissen. Denn er scheint so viel mehr zu ahnen, was ich tatsächlich will, als ich es aktuell selbst vermag. Daher vertraue ich ihm. Vertraue darauf, mit meiner Einwilligung, ihn zu besuchen, das Richtige zu tun.

Gegen zehn Uhr erwartet mich eine schwarze Limousine vor dem Haus, nachdem deren Fahrer sich kurz über die Sprechanlage angekündigt hat. Damit habe ich nun wirklich nicht gerechnet.
Bevor ich meine Wohnung verlasse, schicke ich Brian noch schnell eine Nachricht, in der ich ihm mitteile, die Einladung angenommen zu haben. *Sicher ist sicher.*
Auch jetzt, auf dem Weg nach unten, hat er meine Nachricht weder gelesen noch beantwortet. Kurz überlege ich, Brian anzurufen. Nicht um meinetwillen, son-

dern weil er mir in letzter Zeit noch fahriger erschienen ist als gewohnt. Aber da ich nicht ständig im Sinne der die nörgelnden, paranoiden großen Schwester auftreten will, verwerfe ich diesen Gedanken und steige anschließend in den eleganten Jaguar, wie ich unschwer an der Kühlerfigur erkennen kann.

Für einen Moment umhüllt mich absolute Stille im Inneren des Wagens, bis auch der Chauffeur wieder Platz nimmt und wir uns schweigend in Bewegung setzen.

„Roux, Madame", lautet die knappe Ansage vom Vordersitz und wieder fällt mir sein französischer Akzent auf wie auch damals schon, als er mich vor dem *Cloverleaf* angesprochen hat.

„Freut mich, Roux."

Er scheint kein Mann großer Worte zu sein, und mir ist ohnehin aktuell nicht nach einer Unterhaltung.

All das kommt mir unsagbar surreal vor. Ich, in ein schlichtes, dunkelgrünes Abendkleid gehüllt, kutschiert in einer Limousine an einen mir bislang unbekannten Ort, während die Lichter des nächtlichen Dublins hypnotisierend an uns vorbeiziehen. Sagenhaft. Wie eine Prinzessin. Was auch das kleine Mädchen, das anscheinend immer noch in mir wohnt, frohlockend zur Kenntnis nimmt. Wobei ich mir natürlich sehr bewusst darüber bin, dass das hier sicherlich kein Märchen ist. *Obwohl … Nathan, der dunkle Prinz meiner geheimsten Wünsche? Hm, nicht schlecht.*

Nach etwa zwanzig Minuten kommen wir an meinem Bestimmungsort an. Als wir vor dem sogenannten Walsh-Anwesen vorfahren, klappt mir vor Staunen die Kinnlade herunter.

Soweit das Auge reicht, reihen sich Nobelkarossen aller Art am Tor zum Anwesen ein, um, wie ich vermute, ebenso an dem Event heute Nacht teilzunehmen. Eine nach der anderen passiert das dunkle, schmiedeeiserne Tor, das als einzige Möglichkeit zum Eintritt hinter die meterhohen Mauern fungiert.
„Miss?"
Ich schrecke zusammen, da ich für einen Augenblick tatsächlich vergessen habe, nicht allein im Wagen zu sein. *Ein Chauffeur, wie er im Buche steht. Beinahe unsichtbar und natürlich unaufdringlich*, überlege ich beeindruckt.
„Ja?"
„Ich bräuchte dann bitte die Karte mit dem Code für den Einlass."
Oh! Der Code!
„Natürlich." Ich überreiche ihm die Einladung.
„Danke, Miss."
Alles Weitere regelt er selbst, und ich werde den Verdacht nicht los, nicht der erste weibliche Gast zu sein, den er zu Nathans Haus chauffiert. Doch schnell schiebe ich diese unangenehmen und völlig sinnfreien Überlegungen von mir und betrachte weiter das Spektakel, das sich vor mir auftut.
Sobald wir die Sicherheitskontrollen am Einlass passiert haben, führt uns der Weg entlang einer ellenlangen, gekiesten Auffahrt. Gewaltige, alte Bäume säumen die mit ausladenden Feuerschalen gesäumte Straße, die uns immer weiter ins Innere dieses scheinbar verwunschenen Parks führt. Von einem Haus ist weit und breit nichts zu sehen.

Was ist das denn für ein gigantisches Anwesen? Ich komme aus dem Staunen gar nicht mehr heraus.
Natürlich habe ich versucht, es zu googeln. Tatsächlich scheint jedoch jemand sehr viel Wert darauf zu legen, dort nicht in Erscheinung zu treten. Keine Bilder, keine Berichte, nicht einmal Google-Earth funktioniert hier über diesem Stück Land, das nirgendwo zu existieren scheint.
Aber gerade der Umstand, mich nicht auf den heutigen Abend vorbereiten zu können, macht alles noch umso reizvoller. *Für eine neuerlich Leichtsinnige oder gar Verrückte wie mich.*
Erst nach einigen Minuten kommen wir in der Kolonne am Halbkreis an, der am Ende der Auffahrt vor einer großen dunklen Villa mündet. Direkt vor den Treppen zu einer lackblauen, düster anmutenden Eingangstür, werde ich von Roux aus der Limousine entlassen und gebeten, mich im Inneren des Hauses einzufinden.
Leichter gesagt als getan, wenn einem die Knie weich werden und das Herz beinahe aus der Hose springt.
Ganz recht, aus der Hose. Denn dahin ist es mir nämlich gerade gerutscht …
Doch ich schaffe es trotz weicher Knie auf meinen Heels die Stufen empor, wo sich dann die Tür bei meinem Ankommen wie von Geisterhand öffnet und ich von einem freundlichen Butler in schwarzer Livree empfangen werde.
„Guten Abend, Miss O'Leary. Herzlich willkommen im Walsh-Anwesen."
„Oh, vielen Dank", sage ich überrascht und trete anschließend ein in das wohl wahnsinnigste, atemberau-

bendste Abenteuer meines Lebens, von dem ich bis dato immer noch nicht weiß, wie dieses aussehen wird.
Ich schreite weiter in die exorbitant opulente Eingangshalle, in der mein Appartement vermutlich fünffach Platz finden würde. Die Wände dort sind allesamt in strahlendem Royalblau gestrichen, und die antiken Möbel aus dunklem Holz geschickt in Szene gesetzt.
Während mein Blick immer noch an dem großen Kronleuchter über mir hängt, bemerke ich nicht, wie sich eine weitere Gestalt unauffällig nähert.
„Wir freuen uns sehr, Sie heute hier begrüßen zu dürfen, Ms. O'Leary. Darf ich Ihnen den Mantel abnehmen?"
Ich reiche ihm meine Sachen, während ein weiterer Mann, der mir in Zusammenschau ebenso wie aus dem Clonlabor erscheint, ein Glas Champagner anbietet. Dankbar nehme ich es entgegen, da ich mir erhoffe, davon ein wenig lockerer zu werden.
Für einen Moment überlässt man mich erneut den vielen, atemberaubenden Eindrücken der altertümlichen und überaus eleganten, beinahe menschenleeren Eingangshalle.
Wo bin ich hier nur gelandet? Doch in einem Märchen, in dem der verwunschene Prinz in sein Schloss zum Ball einlädt?
Aber mir bleibt keine Zeit, den Gedanken weiter zu spinnen als mich eine leise, jedoch deutliche Stimme daraus entreißt: „Miss? Darf ich Ihnen Ihre Garderobe für den heutigen Abend überreichen?"
Ich fahre herum.
„Meine was?"

„Ihre Garderobe, Miss. Heute Abend herrscht ein strenger Dresscode. Mr. Walsh wird sie empfangen, sobald Sie bereit sind“, kündigt er an, und sein Ausdruck lässt keine Aufschlüsse darauf zu, was er wohl gerade hinter seiner wohlgehüteten Fassade denkt. Er gibt sich absolut professionell und neutral.
Damit überreicht er mir ein sorgsam gefaltetes, violettes Päckchen Stoff.
„Im hinteren Bereich der Halle finden Sie einige Zimmer, die sie nutzen können, um sich umzuziehen. Ich bringe sie gerne hin.“ *Umzuziehen?* Ich war der Meinung, überaus passend gekleidet zu sein. *Bei Gelegenheit werde ich mit Nathan wohl ein ernstes Wort reden müssen, weil er die Kleinigkeit des Dresscodes leider verschwiegen hat.*
Wortlos und etwas genervt, stapfe ich dem Bediensteten hinterher, da ich wirklich zufrieden war mit meinem Style.
„Hier ist es. Bitte bedenken Sie, Miss, dass keine sonstige Kleidung, außer dieser hier, gestattet ist. Ausnahmslos. Das betrifft natürlich auch Ihre Schuhe.“
Wieder bin ich völlig baff, was ihn jedoch nicht im Geringsten zu stören scheint. Stattdessen deutet der Mann in schwarzer Livree lediglich eine Verbeugung an und überlässt mich meinem Schicksal.
Wenn du jetzt einen Rückzieher machst, dann wirst du es vielleicht für immer bereuen. Also warum nicht einmal über den eigenen Schatten springen und es einfach auf dich zukommen lassen?
Und noch ehe ich mir völlig darüber im Klaren bin, was nun das Richtige wäre, habe ich den violetten Kapu-

zenumhang auch schon entfaltet und mich daran gemacht, mich in dem separierten Zimmer zu entkleiden. Schließlich streife ich mit meiner Kleidung auch die letzten Zweifel ab und lasse den seidigen Stoff über meine nackte Haut bis hinunter zu den Zehen gleiten. Auf ins unbekannte Abenteuer, inszeniert vom Meister meiner Lust höchstpersönlich …

Kapitel 9

Nathan

Wie mir gemeldet wurde, ist Elly soeben eingetroffen und hat sich bereits in einem der privaten Räume eingefunden. Ich kann mich nicht erinnern, wann ich das letzte Mal einem Event derart entgegengefiebert habe wie heute. Den letzten Veranstaltungen bin ich aus Desinteresse ferngeblieben, und ehrlich gesagt habe ich nicht erwartet, allzu schnell wieder Gefallen daran zu finden.

Doch mit Elly ist es anders. Sie ist unverbraucht, neugierig und allem Anschein nach das, was ich jetzt brauche. Es würde mir größtes Vergnügen bereiten, sie Stück für Stück in meine Welt einzuführen, denn bislang haben wir lediglich *vorsichtig* an der Oberfläche gekratzt. Aber ich wollte sie fordern, nicht überfordern.

Das Wissen, ihr erster Mann zu sein, gepaart mit ihrem wunderschönen drallen Körper, sowie ihrem äußerst hellen und zeitweise widerspenstigen Geist, treibt mich an den Rand des Wahnsinns. Stets kreisen meine Gedanken um sie. Wie sich ihre warmen, vollen Lippen zaghaft um meinen Schwanz legen, ihn zunächst vorsichtig und dann immer forscher massieren und ich mich stark zurückhalten muss, ihn nicht noch tiefer in ihren Hals zu rammen.
Elly weckt Gefühle in mir, die ich nur schwer kontrollieren kann. Aber ich wäre nicht ich, wenn ich selbst diese groteske Art der sinnlichen Qual nicht genießen würde. *Ist es nicht das, worauf es ankommt? Leidenschaft in all ihren schmerzenden Facetten?*
Für heute Nacht habe ich mir nichts im Detail vorgenommen, da sich meine Erwartungen stets an meinem Gegenüber orientieren. Erst wenn ich Elly tatsächlich zu Gesicht bekomme, werde ich einschätzen können, wie sie zu alledem hier wirklich steht. Schließlich habe ich ihr nichts über den Hintergrund unseres heimlichen, exklusiven Treffens gesagt, da nur eine spontane Reaktion eine aufrichtige Reaktion ist. So meine Devise.
Allerdings halte ich natürlich immer einige Überraschungen in der Hinterhand, sofern es sich ergibt. Das versteht sich von selbst.
Ein Wagen nach dem anderen schiebt sich zäh die Auffahrt herauf, um schließlich seine gut betuchten, teils prominenten Insassen auf meiner Türschwelle willkommen zu heißen. Einzelpersonen, Paare und auch eingesessene Gruppen. Alles ist vorhanden.

Aber meine Aufmerksamkeit wird heute nur einer einzigen Frau gelten, auf deren Erscheinen ich tagelang regelrecht gehofft habe. Das ist für gewöhnlich nicht meine Art, weil ich es nicht leiden kann, meine Empfindungen an andere Personen zu koppeln, mich nicht abhängig machen will.
Es ist so weit. Noch einmal rücke ich meinen Umhang zurecht, da der Kleiderzwang selbstverständlich auch für mich gilt. Schwarz für die Herren, violett für die Damen. Simple, jedoch eindrucksvoll und hilfreich, um Verwechslungen auszuschließen.
Während sich der Ballsaal, wie man mir mitteilte, weiter füllt, kann die eigentliche Veranstaltung allmählich beginnen. So begebe ich mich, innerlich gespannt und äußerlich ohne den Hauch einer Gefühlsregung, nach unten, auf der Suche nach meinem heutigen Abenteuer, das, so hoffe ich, ebenso in Vorfreude verfallend, bereits auf mich wartet.
Als ich am Fuße der Treppe in der Eingangshalle ankomme, erspähe ich sie, wie sie sich interessiert, jedoch auch deutlich eingeschüchtert, im Raum umsieht.
Meine Angestellten wurden von mir eingewiesen, Elly gebührend in Empfang zu nehmen, sie jedoch, sollte sie sich tatsächlich fügen und dem Dresscode anpassen, nicht weiter zu behelligen. Diese Aufgabe wollte ich mir nicht nehmen lassen.
Langsam wie ein schwarzer Panther, der sich seiner Beute gefährlich nähert, gehe ich auf sie zu, nichts weiter als den Umhang und meine obligatorischen Handschuhe tragend.

Erst etwa zwei Meter vor dem Erreichen meiner Beute bleibe ich stehen. Sauge ihren wundervoll erfrischenden Zitrusduft ein und labe mich wie ein Verdurstender an ihrem Erscheinungsbild.
„Wie schön. Du hast dich also entschieden", spreche ich leise, jedoch eindringlich, was Elly unmittelbar herumfahren lässt.
„Nathan!"
„So ist es."
„Ja, ich … ich weiß zwar immer noch nicht so genau, was du hier veranstaltest, aber …"
„… aber die Neugierde hat gesiegt", vollende ich ihren Satz treffend.
Elly nickt abwartend, was nun weiter geschehen wird.
So ist es richtig, kleine Fee. Hier kannst du die Führung getrost abgeben und dich einfach nur treiben lassen.
„Komm", sage ich knapp und biete Elly meinen Arm an, um sich unterzuhaken. Einen kurzen Moment zögert sie. Möglicherweise aus Unsicherheit oder auch, weil sie sich nur sehr ungern etwas von anderen sagen lässt. So meine Beobachtung.
Schließlich folgt sie mir bereitwillig, und so betreten wir als letzte Teilnehmer den großen Ballsaal, der an die Eingangshalle angrenzt. Nacheinander schlüpfen wir durch die dicken, samtenen Vorhänge, die in zwei halbrunden Bögen im Abstand von einem Meter den Eingang zum Saal verhüllen. Gewissermaßen wie zwei Schleusen. Denn was im Saal geschieht, soll dortbleiben, und natürlich sind auch sämtliche Butler dieses Abends zu absoluter Schweigepflicht instruiert. Zwar dürfen sie den Saal nicht betreten, dennoch bleibt so

manche Handlung möglicherweise nicht im Verborgenen. Das hängt von meinen Gästen und ihrer Freizügigkeit ab.
Im Saal erklingt bereits dezent klassische Musik, während das lockere Treiben allmählich in die Gänge kommt.
Große smaragdgrüne Augen sehen sich im geräumigen, mit zahlreichen exquisiten Möbeln bestückten Ballsaal um. Wandern über die mittig nach oben führende, weit ausladende Treppe, die mit einem dicken Teppich in sattem Dunkelblau versehen ist, und bleiben schließlich an einem der Highlights der Session hängen, das stets gerne gesehen ist.
„Oh!“, lautet Ellys erster Kommentar, da die vielen Eindrücke sie vermutlich dezent überfordern. Jedoch nicht ängstigen oder abschrecken, wie es aussieht.
Automatisch klammert sie sich fester an meinen Arm, wirkt dabei gleichzeitig wie magisch von dem Treiben angezogen, das sich uns in nur wenigen Metern Entfernung bietet.
„Was geschieht dort?“, will Elly wissen, was ich als gutes Zeichen deute.
„Das ist ein lebendes Buffet. Jedes Mal wird ein anderer Gast, vorzugsweise eine Dame, dafür erwählt. Sei es von ihrem Dom, ihrem Partner oder aus freien Stücken. Wer auch immer sich dazu entscheidet, ist damit einverstanden, sich für die gesamte Dauer der Veranstaltung den anderen Teilnehmern vollumfänglich zur Verfügung zu stellen“, erkläre ich und warte anschließend ab, welche Fantasien sich dadurch in Ellys Kopf zusammenbrauen.

„Wirklich alles? Ich meine, das ist eine sehr dehnbare Aussage“, hakt sie nach, diese Tradition dabei aber nicht grundsätzlich ablehnend.
„Im Grunde ja. Alle sind nur zu einem Zweck hier: ihren persönlichen Horizont zu erweitern und unter Gleichgesinnten das zu finden, was ihnen in ihrem normalen Leben in der Gesellschaft nicht möglich ist. Natürlich gibt es dennoch Regeln. Sadismus, absichtlich herbeigeführte Verletzungen, Minderjährige, Tiere oder sämtliche Handlungen, die nicht einvernehmlich geschehen, sind strengstens untersagt. Dafür sieben wir unsere Gäste aufwendig und sehr sorgfältig aus“, versichere ich, um Zweifel dahingehend gleich von vornherein auszuschließen.
„Interessant“, lautet Ellys einziger, geflüsterter Kommentar, während wir uns näher an das Geschehen heranwagen.
Diesen Abend hat sich eine junge, erfahrene Dame auf der großen Holztafel liegend eingefunden, die uns bereits mehrfach mit ihrem Dom hier besucht hat. Ihr langes, blondes Haar ergießt sich in satten Wellen über die Tischkante, während geschickte Hände rings um den Tisch herum sich daran machen, die nackte Frau darauf per Hand- und Fußfesseln zu fixieren. Variabel in Länge und Enge, selbstverständlich.
„Und was wird nun weiter geschehen? Ich meine, hat sie auch eigene Wünsche zu äußern?“, will Elly wissen, unterdessen ihr zudem eine Augenbinde sowie ein Knebel angelegt werden.

„Das entscheidet in ihrem Fall ihr Dom. Er weiß am besten, was seiner Sub gefällt und was er heute zulassen will.“
„Klingt, als könnte sie ihm rundum vertrauen“, flüstert sie mehr zu sich selbst.
„So ist es. Genau darum geht es hier. Ein guter Dom wird seine Sub niemals zu etwas zwingen, zu was sie nicht insgeheim selbst bereit ist. Es ist seine Aufgabe, ihre Wünsche schon im Vorfeld auszuloten und zu aller Zufriedenheit umzusetzen.“
„Also ist es im Grunde die Sub, die den Ton angibt?“, mutmaßt Elly.
„Wenn man so will, ja. Zwar bestimmt der Dom für gewöhnlich, allerdings richtet er sich dabei stets nach seiner Sub, die er kennt, wie kein anderer“, bestätige ich zustimmend und staune nicht schlecht über so viel Spitzfindigkeit, sowie Offenheit auf diesem Gebiet.
Nachdem die Vorbereitungen getroffen sind, wird es allmählich ernst für die junge Dame. Sowohl Männer als auch Frauen zeigen Interesse an dem, zugegeben, sehr appetitlichen Buffet. Lägen die Dinge anders, gäbe ich womöglich viel darum, Elly dort willig und bereit zu wissen. Lägen sie anders, und mir würde sich nicht augenblicklich der Magen bei dem Gedanken daran zusammenziehen, sie aus den Händen zu geben.
„Gefällt dir, was du siehst?“, raune ich Elly ins Ohr, wodurch sich ihre normalerweise zartblasse Haut leicht rötlich färbt.
„Ich weiß nicht“, entgegnet sie schüchtern, ohne ihren Blick abzuwenden.

„Oh, ich denke, du weißt es sehr wohl“, wage ich einen gut dosierten Vorstoß in Ellys bislang gehütete, versteckte Begierden.
Sie senkt den Blick.
„Ich weiß nicht. Ich finde es anrüchig. Vielleicht sogar ein wenig vulgär und obendrein sehr … faszinierend“, gibt sie, sichtlich beschämt über sich selbst, schließlich zu.
Mittlerweile ist die Session voll im Gange. Während ein Mann der Frau auf dem Tisch den Knebel entfernt und sich nach Herzenslust in ihrem Mund versenkt, vergnügen sich zwei weitere Damen damit, deren Schmerzgrenze auszutesten, indem sie stark an ihren Nippeln saugen. Unterdessen ein weiterer Mann, der nicht ihr Dom ist, sich intensiv mit ihrer anderen Seite beschäftigt und sie ungehemmt vor aller Augen hart nimmt.
„Und du bist sicher, dass sie damit auch wirklich einverstanden ist?“, fragt Elly ein wenig besorgt.
„Selbstverständlich. Wenn ihr Dom es ist, ist sie es auch.“ Daran gibt es nichts zu rütteln.
Wir gehen weiter durch den Raum und lassen uns schließlich im hinteren Bereich auf einem quadratischen ausladenden Hocker nieder, der bis zum Boden ringsherum mit weichem türkisen Samt bespannt sowie mit dicken Knöpfen abgesteppt ist.
Von hier aus haben wir einen guten Blick auf das Geschehen um uns herum und können dennoch ein wenig Ruhe genießen.
„Ist das der Grund für deine Einladung? Du willst, dass ich eine von ihnen werde?“, verlangt Elly geradeheraus

zu erfahren, und ich habe nicht vor, sie jemals anzulügen.
Es hat einfach keinen Sinn ihr etwas vorzumachen, was ich nicht bin. *Niemals sein kann.*
„Im Grunde ja. Ich habe dich eingeladen, da ich diese Welt - unsere Welt - als den richtigen Weg für dich erachte. In dir steckt so viel mehr, als du dir selbst eingestehen möchtest, und ich gebe dir die Möglichkeit, dich diesem Verlangen in dir ungehemmt hingeben zu können.
Darüber muss sie einen Moment nachdenken.
„Was bedeutet das für mich? Wirst du mich auch an all deine Freunde weiterreichen?"
Unerklärliche Wut flammt in mir auf, noch ehe ich es verhindern kann.
„Nein", ist alles, was ich letztlich hervorbringe, und selbst das verlangt mir viel Beherrschung ab.
„Wirst du dich mit anderen vergnügen?"
„Wir werden sehen, was sich ergibt. Was wir uns beide wünschen. Du musst wissen, dass du dir jetzt möglicherweise vieles noch nicht vorstellen kannst, was dir aber zu einem späteren Zeitpunkt unter Umständen sogar sehr gut gefallen wird. Daher würde ich nicht allzu viele Regeln aufstellen und sehen, wie es sich entwickelt."
Elly dreht sich zu mir und sieht mich mit ihren schönen Augen eindringlich an.
„Ich bin einverstanden."
Damit habe ich nicht gerechnet. Zumindest nicht so schnell.
Ich nicke und fische etwas aus der kleinen Seitentasche des Umhangs.

„Gib mir deine Hand“, verlange ich.
Elly zögert keinen Augenblick.
„Hier und auch sonst, wenn wir uns zu unserem Vergnügen treffen, gelten meine Regeln. Du wirst dich fügen und lernen. Wirst neue Horizonte durch mich erkunden und darauf vertrauen, dass ich das Richtige für dich entscheiden werde.“
„Ganz bestimmt nicht“, entgegnet Elly selbstbewusst und reizt damit nur die Seite in mir, die sie aufgrund ihrer Widerworte gerne vor allen Augen übers Knie legen würde. „Aber ich verspreche dir, es zu versuchen“, fügt sie letztlich noch hinzu, da ihr vermutlich nicht entgangen ist, dass ich aufgrund ihrer für mich ungewohnt widerspenstigen Aussage scharf die Luft eingesogen habe.
„Gut. Wir werden sehen.“
Anschließend schiebe ich ihr den breiten Platinring über ihren zarten Finger, den ich extra für sie habe anfertigen lassen. Über eine kleine Kugel ist daran ein weiterer, kleinerer und beweglicher Ring befestigt als stummes Zeichen unserer Verbindung.
Der Ring der O.
Zumindest sollte jedem der Anwesenden dadurch im Klaren sein, dass Elly niemandem zur Verfügung steht, abgesehen von mir.
„Was ist das?“, will Elly wissen.
„Diesen Ring wirst du immer tragen, wenn wir uns treffen. Sieh ihn als Zeichen deiner speziellen Verbindung zu mir“, schließe ich und habe große Mühe, mich noch länger im Zaum zu halten. Unter meiner Haut brodelt es, seit ich erfahren habe, dass sie meine Türschwelle

übertreten hat. *Meine kleine, dunkle Fee mit dem starken Willen …*
Ich reiche ihr eine Hand, und wir stehen auf.
„Ab jetzt wirst du tun, was ich dir sage. Wirst dich entspannen, auch wenn dir die Methoden vielleicht anfänglich etwas fremd erscheinen mögen."
Furcht und Neugier leuchten zu gleichen Teilen in Ellys wunderschönen Augen auf.
„Knie dich hin und beuge dich nach vorne über den Sitz. Halte den Blick geradeaus."
Ungläubig sieht Elly mich an, überwindet ihren naturgegebenen Widerstand jedoch und fügt sich schließlich meiner ersten Anweisung.
Äußerlich die Ruhe selbst, tobt in mir bereits ein Orkan, den ich unter gar keinen Umständen an Elly auslassen darf. *Noch nicht.*
Langsam schreite ich um sie herum, während sie, immer noch völlig bedeckt, vor mir kniet. Sicherlich mit pochendem Herzen unter meinen strengen Blicken.
„Entblöße deinen Po", verlange ich, da die Tatsache, dass sie es selbst und freiwillig durchführt, den ersten Schritt in Richtung Unterwürfigkeit für mich darstellt.
Elly sieht sich noch einmal in der Halle um und erkennt wohl, dass Nacktheit hier keine Schande ist. Lasziv führt sie ihre Hände nach hinten, um den seidigen Stoff langsam nach oben über ihre wohlgeformten Hüften wandern zu lassen.
Fürs Erste werde ich nicht mehr verlangen als ihr nacktes Hinterteil.
„Gut so. Schließe im Anschluss die Augen und lasse es geschehen. Ich werde dich mit fünf Schlägen belohnen,

und du wirst den Schmerz dankbar annehmen, um die Anspannung nach und nach abschütteln zu können."
Ellys Atmung beschleunigt sich zusehends, trotzdem widerspricht sie nicht.
Von einem Sideboard greife ich mir ein Paddle mit langem Stiel und umrunde Elly in der Hoffnung, mein in Wallung geratenes Blut etwas zu besänftigen. Für einen kurzen Augenblick halte ich es in ihr Sichtfeld, woraufhin sich ihre Augen weiten.
Wie die süßeste Versuchung liegt sie da, inmitten der großen Halle, gehorsam nach vorne gebeugt, während ihr langes, glänzendes Haar in Wellen an ihrem Körper herabfließt. Die Augen nun geschlossen, so wie ich es angeordnet habe. *Mal sehen, wie lange sie es durchhält, sich an meine Anweisungen zu halten*, denke ich erwartungsvoll.
Anschließend lasse ich die pikförmig zulaufende Spitze des Paddels über ihren bedeckten Rücken gleiten, bis ich damit schließlich auf der nackten Haut ihres einladend dargebotenen Hinterteils ankomme. Elly beginnt zu zittern. Vermutlich aus Nervosität und Erregung.
Der Moment ist gekommen. *Wird sie in meiner Welt bestehen können?*
„Ich möchte, dass du jeden Schlag gut hörbar mitzählst", lautet mein nächster Befehl, den ich betont streng äußere.
Mein Spiel, meine Regeln.
Dann hole ich aus und lasse das Paddle klatschend auf ihrer rechten Pobacke aufschlagen …

Kapitel 10

Elly

Brennender Schmerz explodiert in mir, als Nathan seinen ersten angekündigten Schlag vollführt.

Einen von fünf!

„Eins“, wimmere ich tonlos, da ich mit der Intensität der Empfindungen nicht gerechnet habe, die meine Kehle zu ersticken drohen und mir fast die Tränen in die Augen treiben.

„Lauter!“, fordert er, und ich versuche, mich zusammenzunehmen.

Ich möchte schreien. Möchte vor Empörung aufspringen und Nathan eine saftige Ohrfeige verpassen. Doch dann geschieht etwas Unerwartetes: Der Schmerz wandelt sich in wohlige Wärme, die sogleich meinen zitternden Körper flutet und mir ein Gefühl völligen Losgelöstseins beschert.

In Erwartung des nächsten Schlages greife ich fest in das türkise Polster unter mir und beschwöre mich, nicht zu schreien. Diese Genugtuung werde ich Nathan ganz bestimmt nicht geben.

Der Schmerz folgt auf dem Fuße, als das sadistische Spielzeug erneut seinen Dienst tut und mich ungnädig auf der anderen Seite meines entblößten Hinterns trifft. Wieder benebelt mir die Pein fast die Sinne, bis ich schließlich die Wogen des Adrenalins durch meine Adern pulsieren fühlen kann.

„Zwei“, sage ich lauter, ganz so, wie Nathan von mir verlangt.

Diesmal kritisiert er mich nicht.

Wie im Rausch sehne ich mich nun regelrecht nach dem nächsten Kick, dessen Preis auf die Überwindung meines Widerwillens dotiert ist.

Gefangen in Nathans Spiel um Macht und Lust, werde ich zur Geisel meiner Selbstbeherrschung und heiße auch die nächsten harten Schläge herzlich willkommen. Stets in dem Wissen, Nathan bezüglich meiner Grenzen vertrauen zu können, die er besser zu kennen scheint als jeder andere.

„Drei.“

Losgelöst stöhne ich auf.

„Vier.“

Nathan lässt mir nun weniger Zeit, mich mit dem ungewohnten Emotionschaos in meinem Inneren zu arrangieren.

Mein Hinterteil glüht und doch weicht der Schmerz allmählich einem gewissen Prickeln, das ich nicht nur auf meiner malträtierten Haut spüren kann.
„Wirst du auch den letzten Hieb annehmen?“, fragt mich Nathan rein rhetorisch, da ich mir sicher bin, dass seine Entscheidung längst gefallen ist.
Das ist ein Test.
Und noch ehe Vernunft oder Moral sich dazu äußern können, habe ich die Frage auch schon beantwortet. Nicht überlegt. Rein nach Gefühl.
„Ja“, hauche ich und recke ihm meine entblößte Rückansicht, unter Ausschluss all meiner bisherigen Überzeugungen, noch weiter entgegen.
„Sehr artig“, lobt mich Nathan, und bevor ich mir eine Meinung über die möglicherweise herablassende Aussage bilden kann, verdrängt der köstliche Lustschmerz auch schon jeden aufkeimenden Zweifel.
Mein Körper glüht und sämtliche Nervenenden stehen unter Strom, die nur darauf warten, endlich von Nathan beglückt zu werden. Dabei empfinde ich keine Erniedrigung. Ganz im Gegenteil. Ich will ihm zu Diensten sein und im Gegenzug dafür meinen Lohn erhalten: Nathans höchste Anerkennung und tief greifende Befriedigung, die ich vor ihm noch nie so erleben durfte.
Außer Atem, verbleibe ich regungslos und halb liegend auf dem Sitzpolster, abwartend, was als Nächstes geschehen wird.
Da spüre ich, dass sich Nathan hinter mir niederlässt und etwas an meine hübsch arrangierte Spalte heranführt.
Ist das etwa sein … Ahhhh!

Er muss seinen Umhang ebenfalls angehoben haben, denn schon spüre ich, wie er meine Vagina mit seinem harten Penis in kreisenden Bewegungen reizt.
„Sieh nur, wie gut dir das Vorspiel getan hat. Jetzt schon so schön feucht für mich, kleine Elly", raunt Nathan in seinem samtigen Bariton in mein Ohr, während er sich von hinten über mich beugt.
„Ich könnte mich jetzt und hier vor aller Augen in dir verlieren. Willst du, dass ich mir ohne weitere Vorbereitung nehme, wonach auch du dich so sehr sehnst?"
Seine Worte sind kaum mehr als ein Flüstern, doch jedes einzelne davon verursacht ein Kribbeln in tieferen Regionen, sodass ich fürchten muss, schon jetzt in tausend scharfkantige Stücke zu zerspringen.
Dabei sehe ich mich vorsichtig um. Auch die anderen Gäste scheinen sich nach allen Regeln der Kunst zu vergnügen. In einer Sitzrunde befinden sich zum Beispiel drei Männer, die allesamt von ihren knienden Gespielinnen oral verwöhnt werden. Wieder andere amüsieren sich zu zweit und ein weiterer Mann ist gerade dabei, es einer Frau ordentlich von hinten zu besorgen, während diese wiederum eine auf einem Stuhl festgezurrte Frau mit fixiert gespreizten Beinen oral befriedigt. Alles begleitet im Rahmen der wunderschönen, klassischen Melodien, die mittels geschickt versteckter Lautsprecher durch den Raum schweben.
Benebelt von all den Eindrücken und in schmerzlich ziehender Erwartung, ebenfalls bald Erlösung zu finden, kann es daher nur eine Antwort für mich geben.
Nathan versteht, noch bevor ich diese laut aussprechen kann, als sich plötzlich jemand zu uns gesellt.

Erschrocken greife ich nach hinten, um mich automatisch wieder zu verhüllen, doch Nathan packt mich sofort am Handgelenk, lässt mich nicht gewähren.
Es ist eine Frau. Etwa Ende dreißig, mittelgroß und mit langem dunklem Haar. Nicht gertenschlank, aber auch nicht dick.
„Sieh an, sieh an. Der Meister gibt sich heute endlich einmal wieder selbst die Ehre?"
Ich spüre, wie sich Nathan hinter mir anspannt.
„Nicht jetzt, Brenda", sagt er beinahe fauchend, was mir unmittelbar Gänsehaut beschert.
„Ach, lass mich dein junges Ding doch ein wenig mit verwöhnen? Ich hätte da schon einige Ideen", spricht sie und macht sich daran, Nathan sanft über die Schulter zu streichen.
„Brenda, ich warne dich nicht noch einmal", zischt er sichtlich genervt, wovon sich die Frau mit dem freundlichen Lächeln und der süßlichen Stimme nicht sonderlich beeindrucken lässt.
„Weißt du nicht mehr? Damals bei Josefine durfte ich dir auch behilflich sein", fährt sie unbeirrt fort, da sie uns dem Anschein nach unbedingt beiwohnen will. Aber ich höre auch noch etwas anderes heraus. Etwas, dass mir ganz und gar nicht gefällt.
Wer ist Josefine?
„Ich warne dich, Brenda. Mische dich nicht in meine Angelegenheiten", speit Nathan förmlich aus, entzieht sich meiner Rückansicht und bedeckt mich mit dem Umhang. Anschließend reicht er mir galant die Hand und hilft mir auf die Beine.

Verwirrt und emotional in die Tiefe stürzend, aufgrund des abrupten Sinneswandels, stehe ich einfach nur da und lasse die Musterung der verstimmten Dame über mich ergehen. Weder ihr Lächeln noch ihre angenehme Stimme lassen darauf schließen, wie es wirklich um ihre Gastfreundschaft bestellt ist, was ich am eigenen Leib zu spüren bekomme. *Geht es hier tatsächlich um mich oder ist sie einfach eifersüchtig, Nathans Aufmerksamkeit, nach offensichtlich längerer Durststrecke, nicht für sich beanspruchen zu können?*, frage ich mich, jedoch ohne eine Antwort darauf zu finden.
„Wer wird denn gleich flüchten? Du bist doch sonst auch nicht abgeneigt, wenn es um diese Art von Spielchen geht?", provoziert die Frau namens Brenda bewusst, und diesmal bin ich mir sicher, dass dieser Kommentar rein dazu eingesetzt wurde, mich zu verunsichern.
„Du kommst mir besser heute nicht mehr in die Quere", warnt Nathan sie und nimmt mich bei der Hand.
Gerne lege ich sie in das angenehme Leder, das wie gewohnt seine Finger verhüllt.
Ohne ein weiteres Wort zieht er mich mit sich.
Unser Weg führt uns jedoch nicht zurück durch den Ballsaal in Richtung Ausgang, sondern noch weiter in den hinteren Bereich über eine kleine Anhöhe, auf dem ein großer weißer Flügel vor einer verhangenen Fensterfront arrangiert ist, zu einer schmalen Seitentür.
Wütend, wie ich Nathan, der sich bisher immer vollumfassend im Griff hatte, nicht kenne, stößt er die Tür auf und bugsiert mich hinein.

Drinnen ist es dunkel. Ich wage mir gar nicht vorzustellen, was sich mir hier gleich offenbaren wird, sofern Nathan das für richtig erachtet.
Das Herz schlägt mir bis zum Hals, denn Aufregung, unbefriedigte Lust und auch ein Funken Angst vollführen ihren unerbittlichen Tanz in meinem in Aufruhr geratenem Innersten.
„Nathan, ich …“
„Schhhh“, höre ich ihn lediglich zischen, als auch schon die Tür ins Schloss fällt und damit den letzten Lichtkegel zur Außenwelt abschneidet.
Abgrundtiefe Dunkelheit ist alles, was sich vor meinen Augen erstreckt, während sich langsam Schritte nähern und mich Nathans herrlich betörender Duft nach teurem Aftershave umschmeichelt.
„Zieh dich aus“, dringt seine tiefe, unglaublich sinnliche Stimme zu mir durch.
Soll ich mich wirklich noch einmal auf ihn einlassen? Jetzt, wo er vor Wut möglicherweise nicht mehr Herr seiner selbst ist?, überlege ich hastig, als ich mich auch schon daran mache, den langen Umhang nach oben über meinen Kopf zu ziehen. Für Reue ist morgen noch genug Zeit und auch dafür, Nathan für alles büßen zu lassen, sollte mir etwas missfallen.
Du hast diesen ominösen Ring angenommen und bist damit eine Vereinbarung eingegangen. Die Vereinbarung, Nathan, wann immer er es erachtet, zu Diensten zu sein. Und du wolltest es versuchen, füge ich gedanklich noch hinzu, da ein Teil in mir bereits sehnsüchtig darauf wartet, endlich Befriedigung zu erlangen.

Nathan tritt näher. So nah, dass ich die Wärme, die sein maskuliner Körper ausstrahlt, auf meiner fröstelnden nackten Haut regelrecht spüren kann.
Schlanke Finger schließen sich von hinten um meinen Hals, während ich gleichzeitig tiefer in den Raum hineinbugsiert werde.
„Strecke die Arme aus. Wenn du etwas vor dir spürst, beugst du dich darüber", lautet sein Befehl.
Blind taste ich mich vor in der Dunkelheit, während Nathans Hand mir immer noch fest im Nacken sitzt.
Es ist einfach unfassbar aufregend, nicht zu wissen, was mich hier erwartet. Was werde ich gleich vor mir ertasten?
Und dann spüre ich es: Etwa hüfthoch, glatt und auch seidig weich.
Sofort beuge ich mich, wie geheißen, darüber. Das Material fühlt sich an meiner nackten Scham kalt und hart an, während meine Brüste auf einer weicheren Oberfläche zum Erliegen kommen.
Ein Billardtisch?
Dann spüre ich Nathans Hand an meinem linken Knöchel. Er bedeutet mir, ein Bein anzuheben und abgewinkelt ebenfalls auf dem vermeintlichen Tisch abzulegen.
„Ich habe mir für heute eigentlich etwas anderes gewünscht. Ich werde dich nun ficken, Elly. Hart und ohne Vorspiel."
Die Emanze in mir rebelliert aufs Heftigste in meinem Kopf, während der andere, wollüstige Part nur darauf wartet, dass Nathan seine Wut an mir auslässt. Sich an mir bedient, wie immer es ihm beliebt.

Elly!
Mir bleibt ohnehin keine Zeit zu überlegen.
Da spüre ich auch schon Nathans harten, großen Schwanz an meiner erwartungsvoll feuchten Mitte. Und wenn ich auch fürchte, ihn, wenig vorbereitet, nicht in mich aufnehmen zu können, so werde ich unmittelbar von dem ziehenden Schmerz abgelenkt, da Nathans Finger sich grob in mein Hüftfleisch graben.
„Halte still. Es wird nicht lange dauern“, weist er mich an, wobei er damit wirklich viel verlangt. Denn das Stillhalten fällt mir gerade äußerst schwer.
Mein gellender Lustschrei erfüllt den ansonsten stillen Raum, als Nathans Schwanz sich mit einem Hüftschwung ruckartig in mich hineindrängt.
„Ahhhh!“, stöhne ich auf, während er sich ungnädig immer tiefer in mich schiebt und ich schließlich nach dem dritten Stoß seine Lenden auf meiner nackten Haut spüren kann.
Absolut atemberaubend!
Er lässt mir keine Zeit, sich an seine Ausmaße zu gewöhnen und macht seiner Wut dadurch deutlich Luft, indem er mich hart von hinten fickt.
Meine Brustwarzen richten sich auf, regelrecht elektrisiert und bereits leicht schmerzend davon, ungeschützt über die filzbespannte Platte zu schruppen. Doch Nathan kennt kein Erbarmen.
Unaufhörlich rammt er sich in mich, was ich mit immer höheren Tönen quittiere. Meine Haut brennt, mein Unterleib pocht aufs Heftigste, und ich möchte mich am liebsten aus seinen gemeinen Fängen befreien.

Habe ich heute nicht schon genug Schmerzen ertragen? Bewiesen, dass ich ein gewisses Maß davon durchaus abhaben kann?
Nathans Griff verstärkt sich, und ich spüre, wie mir die Tränen in die Augen steigen.
„Nathan, bitte! Hör auf, ich kann nicht mehr", wimmere ich, der Verzweiflung nahe.
„Sei vorsichtig, was du dir wünscht, kleine Fee", warnt er mich, und da passiert es.
Mein Unterleib zieht sich aufs Heftigste zusammen und tausend silberne Sterne explodieren in meinem Kopf. Der Orgasmus kündigt sich nicht langsam an, wie ein schnurrendes Kätzchen, er überfällt mich in aller Intensität von null auf hundert.
„Nathan, ich … jaaaaa!", schreie ich in den höchsten Tönen und lasse mich von dem gewaltigen Höhepunkt übermannen.
Noch einmal stößt Nathan hart zu und verweilt dann regungslos in meinem Inneren, bis die Kontraktionen allmählich abebben und ich erschöpft auf dem Tisch zusammensinke. Alle Zweifel, der kurze Ärger über Brenda und sämtliche Anspannung sind mit einem Mal verschwunden.
Langsam zieht sich Nathan aus mir zurück, als mir bewusst wird, dass er erneut keine Erlösung gefunden hat. Was ist nur geschehen? Im einen Moment wollte ich noch aufgeben, glaubte an der Intensität der Aufgabe zu scheitern, und schon im nächsten macht mir mein verräterischer Körper einen gewaltigen Strich durch die Rechnung. Doch Nathan war nicht zärtlich, hat sich alles genommen, was er benötigte, ohne auf meine Bedürfnisse dabei zu achten. *Oder etwa nicht? Ist es möglich,*

dass es genau die Art von Sex war, die ich ebenfalls gewollt, vielleicht sogar gebraucht habe? Und er es geahnt hat?
Verwirrt rappele ich mich hoch, als gedimmtes Licht den Raum aus der Dunkelheit hervorholt.
Der breite, silberglänzende Ring wiegt plötzlich ungewohnt schwer an meinem Finger. Scheint sich in meiner Haut zu verewigen, obwohl ich ihn genau genommen gar nicht wirklich wahrnehme.
Es ist alles nur in deinem Kopf - er ist in deinem Kopf!
Ich sehe mich um. Meine Vermutung mit dem Billardtisch war tatsächlich korrekt, denn dieser stellt den Mittelpunkt des kleinen, mit dunklen Holzelementen vertäfelten Raum dar, in dem wir uns seitlich des Ballsaales befinden. Ansonsten stehen noch ein kleiner Bartresen sowie wenige Hocker darin, vermutlich um die spielenden Gäste nebenbei bewirten zu können.
Mein Blick schweift weiter über den dunkelgrünen Teppich, der sich zuvor angenehm weich unter meinen nackten Füßen anfühlte, über die säuberlich aufgereihten Queues, die zur linken Seite an der Wand in einer speziellen Halterung befestigt sind.
Erst jetzt bemerke ich, dass Nathan meinem Blick mit großem Interesse folgt.
Augenblicklich werde ich rot.
Nicht nur, dass ich das Gefühl habe, er hätte mich gerade bei einem kleinen, mehr als unanständigen Gedankenblitz erwischt. Nein, im Gegensatz zu mir, die ich splitterfasernackt an dem Billardtisch lehne, steht Nathan immer noch im schwarzen Umhang bekleidet vor mir.

Wie konnte das überhaupt passieren?, frage ich sinnfrei, da ich es eigentlich längst aufgegeben haben sollte, mich in Gegenwart von Nathan - dem Puppenspieler - derartige Dinge zu fragen.
Sein Blick verfinstert sich und für einen Moment habe ich das Gefühl, in diesen eisblauen Augen zu ertrinken. Doch seine wenigen eindringlichen Worte holen mich schnell aus dieser Illusion zurück in eine Realität, in der ich mich mit jedem weiteren Atemzug aufs Neue überwinden, gar beweisen muss. Denn alles ist so fremd, so aufregend und beängstigend zugleich, und es fällt mir immer noch schwer, meinem Kopf nicht die Entscheidungen zu überlassen. Denn rein logisch betrachtet, habe ich das letzte Quäntchen Vernunft bereits über Bord geworfen, als ich mich auf das heutige Event eingelassen habe.
„Leg dich zurück“, weist er mich an, und ich glaube, meinen Ohren nicht zu trauen.
„Wie bitte?“, versuche ich etwas Zeit zu schinden, da mich Nathans spontaner Wutabbau ein wenig mehr ausgelaugt hat, als ihm vielleicht bewusst ist.
Doch er erwidert nichts und geht stattdessen hinüber zu dem schmalen Queue-Regal, was ich mit wachsender Aufregung still zur Kenntnis nehme.
Seine in schwarzes Leder gekleidete Hand greift nach einem der langen Holzstäbe, die zum Ende hin in einen dicken, glatten Griff enden. Beinahe behutsam streicht er über das edle Material, das, sofern ich es beurteilen kann, noch gänzlich unbenutzt ist.

Langsam kommt er auf mich zu, und mir stockt der Atem in Erwartung dessen, was er wohl sogleich damit anstellen will.
Wird er mich etwa verhauen? Zugegeben, die Sache mit dem Paddle vorhin hat mir unerwartet neue Horizonte eröffnet. Aber das hier?, überlege ich sorgenvoll, während mir ein dicker Klos im Hals die Stimme raubt.
Allein seine dominante Erscheinung lässt mich automatisch zurück auf den Tisch weichen, diesmal jedoch sitzend und mit angewinkelten Knien, die ich sogleich umklammere, um damit meine Blöße zu verdecken.
Mit einem Mal fühle ich mich klein und hilflos und das behagt mir, die ansonsten im Alltag beruflich immer ihre Frau steht, überhaupt nicht.
Über Nathans strenge Züge huscht ein Anflug von Nachsicht, als er den Queue an den Tisch lehnt und mit seinen behandschuhten Fingern sacht über meine Knie streift.
Langsam schiebt er sie dazwischen und bringt mich mit bedachtem Druck dazu, meine verkrampfte Haltung aufzugeben. Allmählich lösen sich meine Bedenken, und ich lasse ihn gewähren, bis ich mich schließlich durch sein Ansinnen hin auf den Ellbogen gestützt und mit gespreizten, aufgestellten Beinen in halb liegender Position wiederfinde.
Mein Herz klopft mir erneut bis zum Hals, wobei das ohrenbetäubende Rauschen in meinem Kopf mir den nächsten Adrenalinkick beschert.
Nathan positioniert sich direkt vor mir und begutachtet sein Werk, während seine Hand immer wieder am bereitgestellten Queue auf- und abgleitet.

Ohhh, was für ein Anblick!
„Ich möchte, dass du dich frei machst von allen Zwängen in deinem Kopf. Zeige mir, wie du dich selbst befriedigst“, fordert Nathan mich auf, und ich falle dadurch sprichwörtlich aus allen Wolken.
Mit allem hätte ich gerechnet. Weitere Hiebe. Wirklich allem. *Aber das?*
Automatisch schüttele ich den Kopf.
„Das kann ich nicht“, entgegne ich wahrheitsgemäß.
„Du wirst es können. Denn heute Abend obliegt es allein mir, zu bestimmen, zu was du alles fähig sein wirst“, sagt Nathan eindringlich mit Blick auf den Ring an meinem Finger. Und auf eine Weise gibt mir das den nötigen Halt, den ich in dieser moralisch schwierigen Situation benötige. *Schwierig vor allem für mein Hüftgold und mein Schamgefühl.*
Wie immer duldet er keinen Widerspruch, und so atme ich noch einmal tief durch, bevor ich eine Hand langsam über den Bauch zu meiner offengelegten Scham wandern lasse.
Nathan folgt jeder meiner Bewegungen, als ich die warme Feuchte erreiche, die er mir zuletzt beschert hat. Schon die erste Berührung meiner Finger auf der deutlich erregten Perle jagen Stromstöße durch sämtliche Nervenenden. Alles in mir scheint richtiggehend überreizt zu sein und nur darauf zu warten, erneut in einem Feuersturm an Emotionen und Lust zu vergehen.
Langsam taste ich mich vor, beginne, mich in kreisenden Bewegungen zu massieren. Mit jedem Atemzug spüre ich, wie die Gier in mir aufsteigt. Fester, fordern-

der malträtiere ich meine pochende Mitte, wohlwissend, damit vor Nathan bestehen zu müssen.
Keuchend werfe ich den Kopf in den Nacken, schließe meine Augen und ergebe mich dem benebelnden Gefühl hemmungsloser Sinnlichkeit mitten auf dem Billardtisch.
Mein Atem geht stoßweise, während ich mich immer höher den Berg hinauftreibe, bis ich plötzlich kurz vor dem Gipfel meiner Lust jäh unterbrochen werde.
Unsanft lande ich zurück im Hier und Jetzt.
„Genug!", herrscht Nathan mich an und packt meine Hand.
„Was?", hauche ich atemlos, immer noch etwas benommen.
„Jeder deiner Höhepunkte wird ab jetzt mir gehören. Und nur mir!" Nathans Befehl ist ernüchternd, aufwühlend und in höchstem Maße erregend zugleich. Während ich auf einer Seite unmittelbar gegen seine bestimmende Art aufbegehren möchte, so macht es mich auf der anderen unglaublich heiß, die Zügel aus der Hand geben zu können.
Nathan scheint meine Gedanken zu lesen.
„Ich dulde keine Verfehlungen. Du wirst dir keine Befriedigung außerhalb unseres Arrangements verschaffen", fügt er seiner Anweisung hinzu für den Fall, dass ich es immer noch nicht verstanden habe.
Ich spare mir die Zustimmung, da ich ihm die Macht über jeden meiner Orgasmen längst nicht gänzlich überlassen will.
Auch dies vermag Nathan vermeintlich zu spüren, denn ich kann den Funken der Lust über diese, für ihn mög-

licherweise neuerliche Herausforderung in Form meiner nicht bedingungslosen Unterwerfung, regelrecht aufleuchten sehen.
Plötzlich spüre ich etwas an meiner erhitzten Spalte. Hart und drängend, dass mich allein durch den Druck erneut aufstöhnen lässt. Erschöpft und kurzfristig willenlos sinke ich zurück auf den Tisch und genieße das verwegene Gefühl des dicken Queue-Endes, das in elektrisierenden Bewegungen meine Perle umkreist.
Wie eine Marionette lasse ich zu, dass Nathan sämtliche Fäden meiner Lust geschickt in seinen Händen hält, mich erneut in schwindelerregende Höhen hinauftreibt, bis ich mir schließlich nichts sehnlicher wünsche, als ihn abermals tief in mir zu spüren.
Ohne darüber nachzudenken, wandern meine Hände hinauf zu meinen vollen, bebenden Brüsten, während Nathan den Druck auf meine Mitte noch weiter verstärkt und das glatte, harte Holz schließlich mit einem Stoß wenige Zentimeter in mich gleiten lässt.
Ich schreie auf, winde mich unter seinem erotischen *Billardspiel* der besonderen Art und erlaube, dass er die Kontrolle übernimmt.
Einige Male lässt er sein Spielzeug in mich gleiten und so sehr ich es auch genieße, es reicht mir nicht.
„Nathan … bitte …“, stöhne ich gedehnt.
Diesmal hat er Erbarmen. Abermals stellt er den Queue beiseite und hinterlässt nichts als brennende, ungestillte Begierde in mir.
Mit einer einzigen, geschmeidigen Bewegung schält er sich aus dem schwarzen Umhang und befindet sich im nächsten Moment auch schon über mir auf dem Tisch.

Dabei schiebt er meine Unterschenkel, die er sich auf die Schultern legt, weit über meinen Kopf und sieht mir noch einmal tief in die Augen.
„Für heute bist du mein."
Endlich ist es soweit, als sich seine geballte Männlichkeit ein weiteres Mal tief in meine Enge hineintreibt. Mir gibt, was ich mir so sehr wünsche und sich gleichzeitig gnadenlos alles von mir nimmt, was ich zu geben habe: absolute Intimität, zarte Unschuld und pures Verlangen nach … mehr.
Und während draußen das bunte Treiben noch kein Ende gefunden hat, verhallen meine Schreie hier in dem kleinen Nebenraum, in dem ich stöhnend unter den Stößen Nathans muskulösen Körpers vergehe …

Kapitel 11

Nathan

Die Nacht über habe ich nicht geschlafen. Zwar konnte ich mich durch Elly etwas entspannen, trotzdem ist sie gleichsam auch der Grund für meine derzeitige Unruhe. Viel zu sehr nimmt sie meine Aufmerksamkeit unwissentlich in Beschlag, drängt sich mit ihrem süßen, widerspenstigen Wesen in meine Gedanken, und es fällt mir schwer, mich dagegen zu wehren. Um nicht zu sagen, es ist unmöglich.

Rückwirkend betrachtet habe ich ihr gestern erneut viel zugemutet, als ich, nur meinen Instinkten folgend, über sie im Billardzimmer hergefallen bin. Zwar hatte ich dabei stets ihre Grenzen im Blick, dennoch hätte ich es gerne langsamer, genüsslicher angehen lassen.

Aber wäre das überhaupt möglich gewesen?

Nun sitze ich hier - längst geduscht und für den Tag zurechtgemacht - in meinem geräumigen Büro im unteren Bereich des Hauses und beobachte die Sonne dabei, wie es ihr auch heute wieder gelingt, die schützende Dunkelheit der Nacht Stück für Stück zu verdrängen. Licht, das sich unaufhörlich ins Dunkel drängt, ohne dass diese dabei eine Wahl hat. *Welch passende Metapher für meine aktuelle Situation.*
Ich habe Elly gestern nicht nach Hause geschickt. Habe sogar darauf bestanden, bei mir die Nacht zu verbringen, da alles andere nur fahrlässig gewesen wäre. *Was für eine passende Ausrede, nicht wahr?*
Nun schläft sie den Schlaf der Gerechten im oberen Stockwerk, wo ich ihr ein Zimmer bereitgestellt habe.
Mein Schlafzimmer!
Und damit habe ich mich noch ein Stück weiter von meinen sonst so festgefahrenen Prinzipien entfernt, obwohl es im Haus weitaus genug freie Zimmer gegeben hätte. Doch irgendwie erschien es mir nicht richtig, Elly in einem der Gästezimmer unterzubringen. Zum einen wollte ich sie nach dem turbulenten, möglicherweise aufwühlenden Abend, in höchstem Komfort, und zum anderen aber auch in Sicherheit wissen, was alle weiteren, möglicherweise wollüstigen Gäste, anbelangt. Schließlich nutzen einige von ihnen den Service der Übernachtungsmöglichkeit in meinem Haus.
Allen voran Brenda.
Niemand würde es je wagen, in meinen Privatbereich ungefragt einzudringen, und so halte ich diese Entscheidung auch ungeachtet meiner neuerlich bröckelnden Prinzipien für durchaus angebracht.

In Gedanken versunken, spiele ich mit einem Füllfederhalter, während ich eigentlich die aktuell anstehenden Aufträge hinsichtlich Instandhaltung der Gartenanlage rund um das Herrenhaus durchgehen und unterschreiben wollte. *Elly …*

„Du bist schon auf?“, höre ich eine mir sehr vertraute Stimme, noch bevor die Person aus dem Schatten in mein Büro tritt.

„Immer noch“, korrigiere ich Brenda, die, nur in einem dunkelblauen Satinmorgenmantel gehüllt, auf nackten Füßen näherkommt. „Und das nächste Mal klopfst du gefälligst an!“

„Verstehe. Du hattest eine unbefriedigende Nacht“, folgert sie vermeintlich richtig und liegt dennoch meilenweit davon entfernt, was mich um den Schlaf bringt.

„Was willst du, Brenda?“, frage ich genervt, da ihre Anwesenheit aktuell nicht erwünscht ist.

Ein spitzfindiges, beinahe durchtriebenes Lächeln erscheint auf ihren Zügen.

„Ich? Eigentlich wollte ich dir nur einen schönen guten Morgen wünschen, bevor ich mich auf den Weg mache.“

Skeptisch ziehe ich eine Augenbraue hoch, kommentiere ihr Vorhaben jedoch nicht.

„Allerdings …“, fährt sie mit kehliger Stimme fort, „… würde ich mir für dich auch noch länger Zeit nehmen“, spricht sie weiter und schickt sich an, um meinen Stuhl herum zu schreiten. Dabei streift sie mir mit einer Hand beiläufig über Schultern und Rücken.

Nachdem sie mich umrundet hat, lässt sie sich vor mir auf die Knie nieder, die Hände auf meinen Oberschenkeln ruhend, während ich sie desinteressiert ignoriere.
„Ich könnte dafür sorgen, deinen Misserfolg letzte Nacht ungeschehen zu machen. Gleich hier und so wie du es magst", bietet sie unmissverständlich an, wobei ich noch etwas anderes aus ihren Worten heraushöre. Brenda und mich verbindet eine bewegte Vergangenheit, da sie, als einer meiner Gäste der ersten Stunde, natürlich über reichlich Insider-Wissen verfügt. Dennoch war unsere Beziehung immer rein unterhaltsamer, um nicht zu sagen, legerer Natur, sodass dieser, abgesehen von kurzweiligem Spaß, keine weitere Bedeutung beigemessen werden kann.
Doch sich nun damit zu brüsten, gar zu versuchen, Elly indirekt zweifach in den Schatten zu stellen, missfällt mir über den Maßen.
„Bedaure, Brenda. Mir ist heute nicht danach", entgegne ich knapp mit dem festen Vorsatz, sie trotz meiner Wut nicht allzu sehr vor den Kopf zu stoßen. Schließlich kann sie nicht wirklich wissen, was in meinem Kopf tatsächlich vorgeht. Denn im Grunde weiß ich das ja selbst nicht genau.
„Das sehe ich anders. So ein kleiner tiefer Blowjob würde dich sicher entspannen und auf andere Gedanken bringen."
Damit übergeht sie meine direkte Ablehnung und beginnt stattdessen, an meinem Gürtel herum zu nesteln.
Blitzschnell greife ich nach ihren Händen, ehe sie ihr gerissenes Spiel ausführen kann.

„Nein, Brenda!“, sage ich schroff und strafe sie mit einem gekonnt strengen Blick, der sie unmittelbar daran hindert, sich noch einmal über mich hinweg zu setzen. Doch sie hält meinem Blick stand, wagt es jedoch nicht, es auf die Spitze zu treiben. Stattdessen steht sie auf, und ich lasse ihre Hände los.
„Verstehe ...“
Selbstbewusst und dennoch in ihrer Ehre über die direkte Abweisung gekränkt, strafft sie die Schultern und geht langsam in Richtung Tür.
Erst jetzt merke ich, wie die Anspannung, die ihre Anwesenheit in mir hervorgerufen hat, allmählich von mir abfällt. Unter anderen Umständen hätte ich ihr Angebot möglicherweise angenommen. Wobei ich es für gewöhnlich bevorzuge, der bestimmende Part zu sein.
Aber im Moment vermag es nur eine Person auf der Welt zu ermöglichen, mir inneren Frieden zu schenken. Eine Frau, die nicht danach strebt, ihre naturgegebenen Werkzeuge dazu einzusetzen, möglichst viel Macht über einen Mann zu erreichen. Eine Frau, die meine wohlgehüteten Prinzipien, ohne es zu beabsichtigen, beängstigend ins Wanken bringt wie ein Orkan die Bäume im Frühling.
Längst habe ich mich gedanklich wieder Wichtigerem als Brenda zugewandt, als sie sich noch einmal umdreht und mich aus ihren dunklen Augen warnend anfunkelt.
„Ich weiß, dass du nach Josefine eine schwere Zeit durchgemacht hast. Du durch sie Wege gegangen bist, die nicht gut für dich sind. Daher verlange nun nicht von mir, dich ein weiteres Mal ins offene Messer laufen zu lassen. Wir leben in unserer eigenen Welt, der man

nicht beitreten kann wie einem x-beliebigen Club. Hörst du, Nathan! Einen erneuten Fehltritt wirst du womöglich nicht so einfach wegstecken", lenkt sie beschwichtigend ein.
„Du hast keine Ahnung, wovon du sprichst", versuche ich, sie in ihren Einwänden zu entkräften.
„Keine Ahnung? Nathan, ich bitte dich. Der Ring der O? Ich dachte, ich sehe nicht richtig. Dabei habe ich dich wirklich für schlauer gehalten."
„Es ist nur ein Ring, Brenda", wage ich einen zweiten Versuch, die Tragweite meines Handelns abzumildern.
„Nur ein Ring? Du weißt ebenso gut wie ich, dass es für diese junge Frau vielleicht wirklich nur ein Ring ist. Aber ist er das tatsächlich auch für dich?", schreit sie nun beinahe, während ich mir eingestehen muss, offensichtlich mehr über mein Innerstes nach außen zu tragen, als mir lieb und bewusst ist.
„Das ist nicht deine Angelegenheit. Und das wirst du respektieren. Dabei dulde ich keine Einmischung oder Widerrede. Hast du mich verstanden!", zische ich ruhig, was der Eindringlichkeit meiner Worte umso mehr Gewicht verleiht.
Brenda nickt.
„Wie du wünschst. Aber sage später nicht, ich hätte dich nicht gewarnt. Diese jungen Dinger sind nicht gut für dich. Es gibt nicht für jeden ein Happy End. Dem musst du dir immer bewusst sein", schließt sie ihre nicht erwünschten Vorhaltungen und verlässt im Anschluss mein Büro.
Ich atme tief aus und lasse den Kopf zurück in den Bürostuhl sinken. Dabei bin ich mir schmerzlich be-

wusst, was mich an ihren Worten so sehr in Aufruhr versetzt: Die Tatsache, dass sie damit absolut und zielsicher ins unangenehme Schwarze meiner dunklen Seele getroffen hat.
Denn auch ich weiß genau, dass es für mich nur zwei Möglichkeiten gibt. Eine schlechter als die andere. Entweder, ich ziehe Elly zu mir herüber auf die dunkle Seite der Lust, genieße ihre Anwesenheit, solange es mir möglich ist, ohne dabei auf die Konsequenzen Rücksicht zu nehmen, die dieses Unterfangen möglicherweise für die süße, unverdorbene Elly hat. Oder ich finde mich sogleich damit ab, dass es für mich niemals ein Happy End geben wird. Nicht jetzt und auch nicht später, wenn Ellys strahlendes Licht unwiederbringlich erloschen ist.
Am Ende dieses düsteren Märchens, wann immer das sein mag …

Kapitel 12

Elly

Warme Hände auf meiner Haut. Sanfte Berührungen und das Gefühl, endlich das gefunden zu haben, wonach ich unbewusst möglicherweise schon immer gesucht habe, begleiten mich auf meinem Weg, zurück aus der Dämmerung. Tiefenentspannt und überaus … glücklich.

Ich liege in einem wohlig weichen Nest aus wundschönen Empfindungen, Erinnerungen und edlen Decken. Vermutlich habe ich mich noch nie derart geborgen gefühlt, wie in dem Moment, als ich die Augen aufschlage.

Wo bin ich?

Ein schwacher Lichtstrahl dringt durch die dicken royalblauen Vorhänge und lässt mich meine Umgebung genauer betrachten. Das große, zerwühlte Bett, in dem ich mich befinde, stellt den Mittelpunkt des geräumigen Zimmers dar, das ansonsten elegant, jedoch schlicht gehalten ist. Eine Seitentür, die möglicherweise in ein angrenzendes Bad oder auch einen begehbaren Kleiderschrank führt. Ein Sessel hier, eine Kommode da und natürlich ein übergroßer Bildschirm sowie unauffällig, aber geschickt drapierte Lampen. Nicht mehr.

Eigentlich habe ich gefürchtet, die filigrane Blase meiner zufriedenstellenden Illusion könnte zerplatzen, sobald ich aus meinen Träumen erwache. Doch entgegen dieser Annahme und im Vollbesitz meiner geistigen Kräfte, empfinde ich keine Reue.

Die Einladung, das Walsh-Anwesen mit all seinen vielen Facetten sowie die Tatsache, dass ich ohne Hemmungen an einem Event der besonderen Art teilgenommen habe, lassen mich nicht zweifeln. Ganz im Gegenteil. Ich habe mich noch nie derart lebendig gefühlt. *Lebendig und frei.*

Frei von Zwängen, nutzlosen Emotionen oder Grübeleien und - was das Entscheidende ist - begehrenswert, obwohl ich normalerweise immer etwas an meiner Figur auszusetzen habe.

Wie spät ist es? Wo ist Nathan?

Ich wühle mich aus Bergen an hübschen Kissen, sowie fabelhaft kuscheligen Decken und bemerke erst jetzt, dass ich nichts als ein langes schwarzes Shirt trage. *Sein Shirt*, wie ich vermute.

Zugegeben, nachdem Nathan und ich uns gestern stundenlang vergnügt haben, war ich zusehends ausgelaugt und kann mich nur noch schemenhaft daran erinnern,

letztlich über eine Hintertür von ihm in den ersten Stock seiner Villa gebracht worden zu sein.
In sein Schlafzimmer, wie ich der großzügigen Opulenz des Raumes glaube zu entnehmen.
Draußen ist die Sonne längst aufgegangen, und noch immer mangelt es mir entschieden an Zeitgefühl. Wobei ich froh bin, mir im Grunde nicht allzu viel Gedanken darüber machen zu müssen, da ich heute nicht im Büro erwartet werde.
Auf leisen Sohlen haste ich zu einer der beiden Türen, von der ich vermute, dass sie nicht den Ausgang zum Flur darstellt. *Bingo!*
Eilig schlüpfe ich in das Badezimmer, in dem mich alles erwartet, wovon Frau nur träumen kann: Eine gigantische Badewanne nebst geräumiger Regenwalddusche, einen ausladenden Waschtisch, Regale mit sorgfältig gestapelten Unmengen an Handtüchern, natürlich eine Toilette mit Bidet und, was das Beste daran ist, einer komplett verspiegelten Wand oberhalb der beiden Waschbecken. Absolut modern und dennoch beeindruckend elegant in dunklem Schiefergrau und glänzendem Blau gehalten. *Einfach unglaublich schön!*
Ohne noch mehr Zeit zu verlieren, schnappe ich mir eines der Badetücher und begebe mich unter die Dusche. Leider habe ich nicht mit einer Übernachtung gerechnet und daher auch keine Waschutensilien in meiner Handtasche dabei. Deshalb nehme ich mir fest vor, mich beim nächsten Mal, sollte ich Nathan wiedersehen, entsprechend darauf vorzubereiten, die Nacht möglicherweise in einem fremden Bett zu verbringen.

Zumindest gemäß meiner bisherigen Erfahrung mit Nathan …

Aber so, wie die Dinge stehen, muss ich mir darum wohl keine Sorgen machen, denn selbst hier hat der Meister der Lust an alles gedacht.

Nachdem ich die Regenwalddusche inklusive Nathans Duschgel einige Minuten genossen und mich anschließend in einen der, mit einer Banderole umwickelten, frisch gefalteten Bademäntel gehüllt habe, entdecke ich weitere noch verpackte Utensilien, die offensichtlich für mich bereitgelegt wurden.

Zahnbürste sowie Zahnpasta und auch eine Haarbürste mit Föhn finde ich vor.

Wahnsinn … Dieser Mann denkt wirklich an alles. Weil er offensichtlich schon sehr geübt darin ist, spontanen Damenbesuch zu versorgen.

Und obwohl mich dieser Gedanke im ersten Moment abschreckt, so sagt mir jedoch etwas in meinem Inneren, dass dem nicht so ist. Sicher, Nathan beherbergt vermutlich schon allein aufgrund seiner nächtlichen Veranstaltungen den ein oder anderen Gast. *Aber tut er das auch in seinem eigenen Schlafzimmer? Oder ist das hier nur ein Gästezimmer wie jedes andere auch?*

Zeit, das herauszufinden.

Schnell trockne ich mir die Haare, putze meine Zähne und mache mich daran, aus dem verstrubbelten, wollüstigen Luder, dass mir mit geröteten Wangen frech aus dem Spiegel entgegenstrahlt, wieder eine einigermaßen vorzeigbare Frau zu machen.

Wenn ich nur meine Kleidung zurückhätte … Aber die befindet sich ja immer noch in dem Umkleidezimmer im

Erdgeschoss, zusammen mit meinem Mantel. *Toll gemacht, Elly!*
Wenige Augenblicke später habe ich das Bett provisorisch gerichtet - ich finde, das gehört sich einfach - und mache mich schließlich auf den Weg durch das Labyrinth, genannt Walsh-Anwesen.
Irgendwo in diesem Irrgarten hoffe ich, Nathan zu finden, und noch mehr bete ich dafür, dass die anderen Gäste bereits abgereist sind oder zumindest brav in ihren Betten schlafen.
Draußen auf dem Flur ist es mucksmäuschenstill. Zu still.
Herrje, wie soll ich Nathan hier nur finden? Ihn einfach anzurufen, erscheint mir aktuell die falsche Wahl zu sein. Eine Treppe zum Erdgeschoss wäre ein guter Anfang, und nach einigen Irrläufen entdecke ich was ich suche.
Fast komme ich mir wie ein Eindringling vor, und so sehe ich mich immer wieder um, ob Nathan nicht plötzlich unheilvoll hinter irgendeiner versteckten Wandvertäfelung erscheint. *Oh, Elly. Deine Fantasie ist heute aber sehr aktiv. Oder hast du dir versehentlich deinen Verstand herausgevö …? Ruhe jetzt!*
Letztlich schaffe ich es, unbemerkt die große Halle zu erreichen. Barfuß und nur in einen bodenlangen, dunkelgrauen Bademantel gehüllt. *Passend zu den Fliesen im Bad. Das versteht sich von selbst*, amüsiere ich mich in Gedanken, als mich plötzlich von hinten eine Stimme anspricht: „Guten Morgen, Miss. Kann ich Ihnen behilflich sein?“, vernehme ich die zarte Frauenstimme, die mich beinahe aus der Haut fahren lässt. *Oder, was noch*

fataler wäre, aus meiner ohnehin schon sehr spärlich ausfallenden Bekleidung.

Im letzten Moment reiße ich mich am Riemen, wirbele herum und blicke in das freundliche Gesicht einer Dame, die, gemäß ihrer Aufmachung in schlichtem Schwarz-Weiß, offensichtlich zum Hauspersonal gehört.

„Ähm, ja. Sehr gerne. Wo bitte finde ich Nathan?“, frage ich direkt heraus, da alles andere sicher keinen Sinn machen würde. Schließlich weiß sie ebenso wie ich, dass ich nicht die geringste Chance habe, es selbst auf die Schnelle herauszufinden.

„Mr. Walsh arbeitet in seinem Büro, Miss. Für gewöhnlich wünscht er, nicht gestört zu werden.“

Oh! Interessant. Aber zu was wären Regeln schon gut, wenn es nicht jemand wagen würde, diese zu brechen?, denke ich verschmitzt und auch ein klein wenig kampflustig.

„Bitte, seien Sie doch so freundlich und bringen mich hin“, verlange ich, ganz die Geschäftsfrau, die ich in meinem normalen Leben bin, ungeachtet der Tatsache, dass mein Auftreten dies gerade wohl niemals vermuten lassen würde.

„Sehr wohl, Miss“, antwortet sie knapp mit der Andeutung eines Knickses, und ich wundere mich einmal mehr darüber, in welches Zeitalter mich dieser Mann mit den aristokratischen Zügen wohl verfrachtet hat.

Ich folge ihr zur rechten Seite der Eingangshalle in den hinteren Bereich. Verstohlen werfe ich einen Blick in Richtung Ballsaal, dessen Türen verschlossen sind. Unglaublich, was sich darin noch vor wenigen Stunden zugetragen hat! Ungehemmt und völlig frei von gesellschaftlichen Zwängen.

Und auch jetzt verspüre ich keine Scham, wenn ich mir die Bilder wieder in den Kopf rufe. Ein weiteres Detail drängt sich in meine Gedanken: der Ring.

Auch jetzt trage ich ihn noch am Finger und nehme mir fest vor, später in Ruhe nach dessen Bedeutung zu googeln. Doch nun heißt es erst einmal, dem Meister erneut gegenüber zu treten.

Die junge Dame, deren Unbehagen noch an Intensität zugenommen hat, stoppt schließlich vor einer dunklen edlen Holztür.

„Sein Büro?“, frage ich eher rhetorisch.

„Ja, Miss. Aber ich muss Sie noch einmal in aller Eindringlichkeit warnen. Mr. Walsh schätzt es nicht gestört zu werden.“

Ich trete näher an sie heran, da es mir plötzlich ein Bedürfnis ist, ihre Bedenken auszuräumen. Daher lege ich ihr eine Hand auf den Oberarm, während sie mich mit großen Augen schüchtern ansieht. *Dass Nathan so ein Mäuschen hier beschäftigt hat? Ich möchte wetten, sie fällt bei seinem barschen, gar gebieterischen Tonfall regelmäßig in Ohnmacht.*

„Machen Sie sich keine Sorgen. Ich werde Sie nicht erwähnen und nehme sämtliche Schuld auf mich, sollte ich Mr. Walsh tatsächlich stören.“

Das scheint sie etwas zu beruhigen, jedoch wartet sie gar nicht erst ab, vielleicht doch noch erwischt werden zu können. Im nächsten Moment ist sie auch schon verschwunden.

Also gut. Ich atme tief durch und verdränge jegliche Mutmaßungen, was mich nun erwarten könnte, sofort aus meinen aufkeimenden Gedanken.

Dann drehe ich den Knauf zu Nathans Büro, ohne vorher anzuklopfen.

Das einzige Licht im Inneren des großzügigen Raumes rührt von der Sonne her, die wunderschön goldgelb durch das Fenster hereinscheint.

Noch habe ich ihn nicht entdeckt und so tappe ich vorsichtig auf nackten Füßen weiter hinein, vorbei an einer Sitzgruppe aus ledernen Cocktailstühlen, bis hin zu dem ausladenden Schreibtisch aus dunklem Mahagoniholz. Auch der übrige Raum ist betont dunkel gehalten durch geschickt arrangierte Wandvertäfelungen, die möglicherweise ursprünglich noch aus dem letzten Jahrhundert stammen. Doch Nathan scheint viel daran zu liegen, dieses alte Gemäuer auf regelrecht professionelle Weise in Schuss zu halten. Mit Liebe zum Detail und geradezu akribischer Eleganz.

Seine samtene, gebieterische Stimme, gefolgt von dem deutlichen Klacken der Tür, die soeben ins Schloss gefallen ist, reißt mich aus meinem Staunen.

„Niemand hier würde es je wagen, mich in meinen privaten Räumlichkeiten zu stören."

Ich zucke zusammen, wage es jedoch nicht, mich zu ihm umzudrehen. Mein Herz pocht wie verrückt, dennoch werde ich mich nicht dazu hinreißen lassen, mich von dem Mann, dem ich ohnehin schon mehr Einblick in mein Seelenleben gewährt habe, als mir lieb ist, einschüchtern zu lassen.

„Ich bin nicht niemand“, antworte ich daher betont selbstbewusst, während seine Schritte sich kaum merklich nähern.
Lange, feingliedrige Finger legen sich von hinten um meine Schultern.
Erstmals ohne Handschuhe!
Sofort fallen mir die kleinen, filigranen Ranken mit Blütenknospen, sowie vollends erblühten Orchideen ins Auge. *Ist diese auffällige Tätowierung an beiden Händen möglicherweise der Grund dafür, dass er sie niemals offen zeigt?*, frage ich mich, als Nathan meine Aufmerksamkeit abermals unmittelbar auf sich zieht.
„Das habe ich auch schon festgestellt“, entgegnet er kühl. Trotzdem glaube ich, darin ein kleines, unterschwelliges Lob herauszuhören. *Ich lasse mir von niemandem etwas vorschreiben, auch nicht von Mr. Nathan Walsh …*
Sein Griff wird fester, als er eine Hand über meine Schulter in den Ausschnitt gleiten lässt und meine Brustwarze zwischen Daumen und Zeigefinger in Beschlag nimmt. *Ohhhh!*
Ich seufze auf, da mir der kurze, intensive Schmerz unmittelbar in tiefere Regionen jagt.
In Gedanken spiele ich bereits das nächste, unanständig heiße Szenario durch, das irgendwo bei meinem Bademantel, der langsam zu Boden gleitet, anfängt und dabei endet, wie er mich von hinten am Hals packt und vornübergebeugt auf seinem teuren Schreibtisch nimmt.
Denn eines steht unumstößlich fest: Nathan wird sich immer das nehmen, was er will. Unmittelbar und ohne Rücksicht auf Verluste. So mein Eindruck.

Doch stattdessen - und zu meinem neuerlichen Bedauern - lässt er von mir ab und geht hinüber zu einem Telefon.
„Bringen Sie uns Frühstück. Ja, draußen auf der Terrasse. Und ein Paar Hausschuhe am Hinterausgang für Ms. O'Leary", bellt er kurz angebunden hinein und legt anschließend auf, ohne sich von seinem Gesprächspartner zu verabschieden.
„Behandelst du alle Menschen in deiner Gegenwart so?"
Nathan hebt eine Augenbraue.
„Was meinst du?"
„Na ja. Ganz ohne Anrede, Bitte oder Danke."
„Reine Zeitverschwendung."
Vielleicht wäre das jetzt der Moment, endlich aufzuwachen und zu erkennen, welch herrisches Scheusal dieser Mann sein kann. Vielleicht wäre aber auch der Moment gekommen, ihm Lebwohl zu sagen, solange ich noch kann. Aber nichts dergleichen geschieht.
Alternativ tue ich das Einzige, was mein Gehirn gerade für richtig hält: Ich breche in herzliches Gelächter aus.
Was Nathan ganz offensichtlich mehr als missfällt.
„Ich hätte nicht gedacht, dass du noch ernster schauen könntest", setze ich dem Ganzen die Krone auf und wappne mich jetzt schon dafür, möglicherweise die nächsten Tage nicht mehr sitzen zu können.
Hinter Nathans wohlgehüteter Fassade brodelt es, wie ich deutlich sehen kann. Doch er besinnt sich im letzten Moment noch seinen offiziell guten Manieren und hält sich mit aller Macht zurück.

Check ein, Schwester, denke ich, da es mir heute großen Spaß bereitet, ihn bis aufs Messer zu reizen. *Ob das eine gute Idee ist? Sicherlich nicht.* Trotzdem werde ich mich für niemanden verstellen. Auch nicht für Nathan und ganz gewiss nicht aufgrund dieses sonderbaren Rings.

Alles zu seiner Zeit!

„Komm. Das Frühstück wartet."

Oh, wie gerne er doch etwas anderes gesagt hätte, aber noch habe ich wohl den Bogen nicht gänzlich überspannt. Sehr gut.

Ungeachtet dessen, dass ich weiterhin nur in dem flauschigen Bademantel gehüllt bin, folge ich Nathan, der galant die Tür aufhält und mir den Vortritt lässt.

Anschließend begeben wir uns den Flur entlang zu einer Hintertür, und auch jetzt wundere ich mich über die eigenartige Architektur des Hauses. Denn soweit ich bisher gesehen habe, gibt es, abgesehen des Ballsaals, kein Wohnzimmer. Zumindest nicht im eigentlichen Sinn als Hauptraum der Villa. Gäste werden standesgemäß dort empfangen und allem Anschein nach befinden sich sämtliche privaten Gemächer oben. Nicht zugänglich für all jene, die keine explizite Einladung dazu erhalten. Zumindest sprechen die gut postierten Bediensteten an den Aufgängen gestern Abend dafür. *Im Gegensatz zu mir*, überlege ich und kann mich des kleinen Lächelns, das sich ungebremst auf meinen Zügen breitmacht, nicht erwehren.

Ich bin mir sicher, wir hätten den Weg zur Terrasse auch durch den Haupteingang zurücklegen können, rechne es Nathan jedoch hoch an, mich in meinem legeren Aufzug nicht auch noch aller übrigen Augen vorsätzlich auszusetzen.

Und tatsächlich finden wir noch vor dem Hinausgehen die entsprechend georderten Schuhe für mich vor. Einfach faszinierend. Nathan scheint wirklich alles und jeden um sich herum im Griff zu haben. Ohne Ausnahme oder Widerrede.
Denkt er.
Vielleicht provoziere ich ihn ja auch deshalb gern, weil er mir dann gibt, was ich mir von ihm so sehr wünsche …?
Elly, du bist nicht mehr ganz dicht. Du willst also, dass er dich bestraft? Auf eine Weise durchaus reizvoll, oder? Sein Spiel, seine Regeln. Aber auch ich vermag es, die Karten neu zu mischen.
Darüber kann ich nur den Kopf schütteln und nehme mir fest vor, mich einfach nicht mehr über mich selbst zu wundern.
„Nach dir", weist er mich an, als ich in die bequemen Hausschuhe schlüpfe und anschließend nach draußen in die herrliche Sonne hinaustrete.
Ich glaube, meinen Augen nicht zu trauen, während ich andächtig über die wunderschön angelegte Veranda, hinüber zu ausladenden Korbstühlen, gehe. Denn vor mir erstreckt sich nicht etwa der erwartete Garten. Nein. Soweit das Auge reicht, zieren mächtige Bäume, blühende Sträucher und hübsch angelegte Beete die gesamte Umgebung. Und wenn ich die Auffahrt zum Haus schon gigantisch gefunden habe, so sprengt dieser atemberaubende Park hier jegliche Vorstellung. Sogar einen bezaubernden Steinbrunnen entdecke ich, in dessen Mitte sich eine grazile Venus lasziv in einer Muschel rekelt. Dabei werde ich den Eindruck nicht los, dass hier sehr darauf geachtet wird, die Anlage nicht zu sehr

zu verkünsteln. Es ist gepflegt, jedoch nicht unnatürlich. Einfach ein Ort fernab jeglicher Zivilisation, an dem man sich in purem Luxus zurückziehen kann. *Ganz nach Nathans exklusivem Geschmack*, wie ich vermute.

Irgendwie verwunschen, fällt mir Brians, im Nachhinein sehr treffende Umschreibung wieder ein.

„Meine Güte, Nathan. Gehört das hier alles noch zu deinem Anwesen? Ich sehe gar keine Zäune oder Mauern?", staune ich offenkundig, während ich an dem reichlich gedeckten Tisch Platz nehme.

„Sei dir gewiss, die gibt es. Meterhoch und um das gesamte Grundstück herum."

Wie konnte ich auch daran zweifeln?

„Eine kleine Welt, in der es einem an keiner Annehmlichkeit fehlt", überlege ich laut und freue mich für Nathan - fernab von Neid oder Missgunst - dass er sein Leben derart genießen kann.

Er setzt sich ebenfalls, mustert mich eindringlich.

„Alles hat seinen Preis", entgegnet er schließlich überaus kryptisch, und ich frage mich, ob er damit sein eigenes Leben, oder gar den Preis meint, den ich dafür zahlen muss, hier sein zu dürfen.

„Da hast du wohl recht. Es ist aber fraglich, ob man diesen auch bereit ist zu zahlen." *Ja, ich kann auch in Rätseln sprechen.*

„Ich habe meinen Preis dafür bezahlt, und du solltest dir sehr genau überlegen, ob du ebenfalls dazu bereit bist, wenn du in meine Welt entführt werden willst. Einmal auf den Geschmack gekommen, gibt es vielleicht kein Zurück mehr", verdeutlicht Nathan, der

meinen kleinen Hinweis dem Anschein nach richtig deutet.
„Was war dein Preis für ein Leben im Luxus?", wage ich einen Vorstoß und bediene mich derweil an den warmen, köstlich duftenden Bagels und einem Glas Orangennektar.
Er scheint wohl nicht erwartet zu haben, dass sich unser Gespräch plötzlich um ihn, anstelle um mich drehen würde.
„Ich bin nicht sicher, ob ich es war, der dafür bezahlt hat. Denn wenn es nach mir gegangen wäre, hätte mir ein normales Leben mit meinen Eltern absolut ausgereicht. Ich hätte es sogar bevorzugt. In diese Kreise hineingeboren zu werden bringt eine Menge Probleme mit sich."
Dabei bleibt er sachlich ohne den Hauch einer emotionalen Wertung, dennoch werde ich das Gefühl nicht los, dass ihm dieses Thema mehr als missfällt.
„Was ist mit deinen Eltern? Siehst du sie oft?"
„Nein."
Okay, damit macht er die Schotten wieder dicht. Um vom Thema abzulenken, erzähle ich etwas von mir.
„Ich habe auch nur noch meinen drei Jahre jüngeren Bruder Brian. Er ist meine ganze Familie und der wichtigste Mensch in meinem Leben."
Nathan runzelt die Stirn.
„Wie kommt das?"
„Mein Vater zog aus, als wir noch Kinder waren. Seitdem haben wir keinen Kontakt mehr zu ihm. Und meine Mutter - Helen - ist vor einigen Jahren in die U.S.A. ausgewandert. Sie hatte über ihren Job als Altenpflege-

rin jemanden kennengelernt. Wir wollten nicht mit und irgendwann verlor sich auch zu ihr der Kontakt."

„Klingt, als musstet ihr schon früh lernen Verantwortung zu übernehmen", lautet Nathans Resümee zu der Kurzfassung meiner Familienverhältnisse.

„Für mich mag das zutreffen. Aber Brian nimmt es beim Thema Verantwortung nicht so genau", gebe ich lächelnd zu, da mein kleiner Bruder wohl immer ein Kindskopf bleiben wird.

„Verstehe."

„Und was ist mit dir? Keine Geschwister?"

„Nein."

„Sonstige Verwandte?"

„Nein."

Herrje. Immer diese Einsilbigkeit, wenn ein Gespräch nicht nach seinen Wünschen verläuft, rolle ich innerlich mit den Augen, bin jedoch nicht gewillt, jetzt schon aufzugeben.

„Erzähl mir von deinen Eltern", fordere ich ihn schließlich zwischen zwei Bissen köstlichen Obstsalates heraus.

„Hast du denn nicht über uns im Internet recherchiert, bevor du dich entschlossen hast, zu mir zu kommen?"

„Hast du das denn über mich?", gebe ich den Ball gekonnt wieder zurück, da ich nicht einsehe, der einzige Gesprächsmittelpunkt zu sein.

„Touché." Nathan atmet tief durch, und mir fällt auf, dass er, abgesehen von einer Tasse Kaffee, bisher nichts zu sich nimmt.

„Meinen Eltern war es von jeher wichtig, in den oberen Rängen der Dubliner High Society positioniert zu sein. Hierzu gehörten natürlich ein gutlaufendes Unternehmen wie auch dieses Anwesen hier. Aber auch ein vorzeigbarer Sohn, der natürlich die teuersten Internate und Schulen besucht hat, durfte in ihrer Vorstellung von Familienglück nicht fehlen."

Gerne würde ich ihn unterbrechen, um ihm zu sagen, wie schrecklich kalt sich das alles für mich anhört. Ein Kind, aufgewachsen in der Isolation eines goldenen Käfigs. Doch ich beherrsche mich, da ich fürchte, dass Nathan dann vielleicht nicht mehr weitersprechen würde.

„Alles lief perfekt in ihrem Sinne. Bis zu dem Zeitpunkt, als das Flugzeug, das sie zu ihrem nächsten Luxusurlaub befördern sollte, in einen schrecklichen Sturm geriet. Meine Eltern überlebten den Absturz nicht und ich wurde - da ich mich damals wie immer wunschgemäß im Internat befand - schließlich über ihr plötzliches Dahinscheiden informiert. Seit diesem Zeitpunkt gab es nur noch einen, der das Vermächtnis der Walsh weitertragen konnte."

„Dich", flüstere ich mehr zu mir selbst, noch immer seinen Worten nachhängend.

„Richtig."

„Aber du bist anders. Dir liegt das Bad in der jubelnden Menge keineswegs", mutmaße ich, was Nathan mit einem Nicken quittiert.

„Mir scheint, Ms. O'Leary, Sie haben einen sehr wachen Verstand", versucht Nathan sich an einer kurzen Ablenkung, die ich jedoch sofort durchschaue.

„Das, Mr. Walsh, sollte Ihnen ja bereits früher aufgefallen sein. Aber zurück zum Thema: Womit verdienst du

deinen Lebensunterhalt?“ *Sehr dünnes Eis, Elly. Sehr dünnes Eis!*
„Intelligent und neugierig. Eine gefährliche Mischung. Aber, um dem Genüge zu tun: Ich investiere in andere Unternehmen, ohne viel dafür tun zu müssen. Denn wenn meine Eltern eines gut beherrschten, dann waren es Geldanlagen, sodass ich mir dahingehend keine Sorgen machen muss.“
„Dann spekulierst du also an der Börse?“
Nathans Augen leuchten begeistert auf.
„Sehr gut erkannt. Aber genug von mir. Was treibt eine Frau wie dich dazu, sich Hals über Kopf in ein Abenteuer zu stürzen?“
Jetzt ist es an mir, für den Moment überrumpelt zu sein. Daher suche ich in meinen sorgfältig parat gelegten Antworten nach der passenden Variante.
„Ach, ich bin einfach sehr wählerisch, und daher habe ich mich nicht gleich dem Erstbesten verschrieben.“ *Sehr gut, Elly. Dezent, aber dennoch ehrlich.*
Ein wissendes Lächeln huscht über Nathans markant männliche Züge, sodass ich mich augenblicklich unbehaglich und ertappt fühle.
„Ich meine nicht, warum du nicht längst verlobt oder gar verheiratet bist. Was ich wissen will, ist, was dich gerade an meiner Art zu - sagen wir - *genießen,* so sehr fasziniert.“
Noch ehe er seinen Satz beendet hat, schießt mir die Schamesröte ins Gesicht. *Spiel, Satz und Sieg für Nathan.*
„Ich weiß es nicht“, flüstere ich kleinlaut. „Im Grunde kann ich es nicht leiden, wenn mir andere Menschen,

und noch weniger Männer, Vorschriften machen. Aber bei dir …“

Dabei belasse ich den Satz unvollständig, da ich mir selbst nicht sicher bin, wie er enden würde.

„Dominanz bedeutet nicht, dich auf die Knie zu zwingen. Sie bedeutet vielmehr, in dir das tiefe Verlangen zu wecken, auf die Knie gehen zu wollen.“

Mir stockt der Atem. Aus diesem Blickwinkel habe ich meinen inneren Konflikt noch gar nicht betrachtet. Wenn Unterwerfung nicht gleich Erniedrigung bedeutet, dann ist es trotz einer ansonsten selbstsicheren Haltung also in Ordnung, gefallen an Nathans Welt der Lust zu finden?

Es gibt Künstler, die tätowieren dir ihre Worte auf die Haut. Und es gibt Menschen wie Nathan, die einem ihre Worte in goldenen Lettern tief in der Seele verewigen. Das wird mir nun klar.

„Woher willst du wissen, ob ich nicht die Falsche dafür bin, wenn ich es nicht einmal selbst weiß?“, platzt es unüberlegt aus mir heraus, obwohl ich ihm diesen Zweifel eigentlich nicht offen präsentieren wollte.

Nathan neigt sich leicht zu mir, während seine wundervolle Stimme mir direkt in mein Herz zu fließen scheint.

„Weil ich das Strahlen aus deinem Innern sehen kann. Du bist anders, Elly O’Leary. Anders, so wie ich. Und es wäre mir ein großes Vergnügen, auf deiner Erkundungsreise dein Begleiter sein zu dürfen.“ Dabei fällt sein Blick auf den Ring an meinem Finger.

Bei jedem anderen Menschen hätte diese Art zu sprechen sicherlich einen höchst kitschigen Touch hinterlassen. Doch niemals bei diesem Mann, der so galant sowie zuvorkommend und dennoch herrisch dominant zugleich ist. Ansprechend und elegant verpackt in dem heißesten Körper, der der Frauenwelt jemals geschenkt wurde.

Plötzlich vergeht mir der Appetit, als brennendes Verlangen in meinem Körper auflodert und es nur noch eine Antwort auf diese drängende Begierde gibt: Nathan.

Und ohne darüber nachzudenken, öffne ich meinen Bademantel und sinke vor ihm auf die Knie, während sich wundschöne, tätowierte Hände in mein Haar graben …

Kapitel 13

Nathan

Weiche Lippen auf meiner Haut. Kleine Hände, die meinen Schaft umfassten und liebkosten und nackte Knie auf hartem Steinboden.
Ellys überraschende Aktion auf der Veranda hat deutliche Spuren auf ihrer zarten hellen Haut hinterlassen. Rot leuchtend und sehr ansprechend. Ebenso wie das Rot kürzlich auf ihren wohlgeformten Rundungen, als ich sie das erste Mal von dem Paddle kosten ließ.
Aber nicht nur sie wurde gekennzeichnet, denn irgendetwas hat sich heimlich eingeschlichen. Zusätzlich zu den Gedanken, die sich unablässig um meine kleine schwarze Fee drehen. Etwas, dass ich vor über einem Jahr für immer weggesperrt glaubte: tiefe Gefühle.

Dabei kommt es auf den entscheidenden Unterschied an. Denn schon immer war ich bekennender Bewunderer des weiblichen Geschlechts, das mir über die Jahre viele einzigartige Erinnerungen beschert hat. Doch all das ist mit einem Mal bedeutungslos. Irrelevant und nicht mehr existent, seit ich mich unwiederbringlich verloren habe in dem smaragdenen Meer von Ellys großen, neugierigen Augen. Sie stellt die richtigen Fragen, jedoch nicht auf bedrängende, unangenehme Weise, sodass ich ihr auch einen kleinen Einblick in meine Kindheit gewährt habe. Doch dabei geht sie stets mit Bedacht vor und erweckt nicht den Eindruck, ihr Gegenüber zu löchern. Und auch meine Tätowierungen oder Brendas fraglicher Auftritt gestern, waren kein Thema. *Noch nicht!*

Natürlich habe ich ihr Spiel längst durchschaut. Möglicherweise noch bevor ihr selbst bewusst ist, wie geschickt sie ihre Vorzüge einsetzt, mich mit ihrem Charme, aber auch ihrer frechen Art reizt. Mich damit an die Grenzen meiner Selbstbeherrschung bringt. Sie missachtet bewusst meine Regeln, nur um sich im nächsten Moment hingebungsvoll zu fügen.

Raffiniert und erfrischend wie die Meeresbrise der Irischen See.

Ich möchte diese Frau besitzen, sie für immer mein Eigen nennen, auf dass sie mir zu Diensten sei, wann immer mir danach verlangt. Aber das ist noch lange nicht alles. Mich interessieren nicht nur ihre sinnlichen Fertigkeiten. *Nein.* Als sie heute erstmals aus ihrer Vergangenheit erzählte, hat sie damit an meinem tiefen Bedürfnis gerührt, diese junge, unverdorbene Frau zu beschützen, wenn nötig, mit all meiner Macht.

Und genau darin liegt mein Konflikt. Niemals werde ich zulassen, mich derart angreifbar zu machen. Zuneigung oder gar Liebe stellen die größten Schwächen eines Mannes dar. So war es und wird es immer sein.
Dennoch vermag ich es nicht, die Sache zu beenden. Nicht zuletzt, weil ich Elly mit der Übergabe des Rings mein stummes Versprechen gab, für geraume Zeit ausschließlich mit ihr verbunden zu sein.
Ob sie sich dessen Bedeutung vollumfassend bewusst ist? Vermutlich nicht.
Letztlich habe ich sie gehen lassen. Elly wurde vor einer Stunde von meinem Chauffeur nach Hause gebracht.
Vorerst …
Denn auch wenn wir noch keinen weiteren Zeitpunkt für ein Treffen vereinbart haben, so bin ich sicher, Elly nicht das letzte Mal gesehen zu haben. Möglicherweise bin ich sogar noch zuversichtlicher als zuletzt, nach unserer ersten Begegnung im *Ritz Carlton.*
Was auch immer geschehen wird, alles hat einen Sinn. Ich werde weiter meinen Weg gehen, ohne dabei etwas auf die deutliche Gegenwehr zu geben, die mir unlängst aus meinen Reihen zuteilwurde.
Und ich werde Elly davor schützen.
Meine Elly …

Kapitel 14

Elly

Geflutet mit absolutem Glücksgefühl, komme ich in meinem Appartement an. Erneut wurde ich von Roux in Nathans lackschwarzer Limousine kutschiert, die mich ein weiteres Mal für kurze Zeit die Realität vergessen ließ. *Ganz sicher besteht die Realität nicht aus dem schönen dunklen Prinzen, der fernab der normalen Arbeitergesellschaft in seinem Schloss, umringt von einem verwunschenen Garten lebt und mich in seine Welt entführt.* Das versuche ich mir immer wieder in Erinnerung zu rufen.
Doch es sind nicht sein Reichtum oder der extravagante Lebensstil, die mich zurück in seine starken Arme treiben. Vielmehr ist es seine Erfahrung. Denn nichts ist heißer als ein Mann, der weiß, was er tut. Ob beruflich oder eben in anderer Hinsicht.

Wieder spüre ich die Hitze in meinem Gesicht, die mir allein schon beim Gedanken an Nathan beschert wird. Ohne meine Umgebung weiter wahrzunehmen, schwebe ich, in Erinnerungen an die unglaublichste Nacht meines Lebens schwelgend, hinüber zur Haustür. Nicht müde, wie ich eigentlich sein sollte, sondern eher frisch und gestärkt, als hätte ich endlich meinen Weg gefunden.

„Elly?“, höre ich plötzlich eine leise Stimme, die mich aus meinem Zustand reißt.

Ich wirble herum und entdecke Brian, der auf einer Steinmauer unweit des Hauses sitzt und vermeintlich auf mich wartet.

„Hey, Brian. Was machst du denn hier? Wartest du schon lange?“, will ich wissen, da ich mir nicht vorstellen kann, was dermaßen wichtig sein sollte.

Die Art, wie er sich erhebt, einen Tick zu langsam und leicht zur Seite geneigt, lässt mich erahnen, dass wir hier nicht von zehn Minuten sprechen.

Er sieht müde aus, bringt es jedoch fertig, mir sein sonniges Lächeln zu schenken, mit dem er in mir immer sofort das Gefühl von Geborgenheit hervorruft.

„Darf ein Bruder denn nicht seine Schwester besuchen?“, fragt er ausweichend, wodurch bei mir aus unerfindlichen Gründen sofort alle Alarmglocken schrillen.

„Doch, klar. Natürlich“, lenke ich ein. „Willst du mit hochkommen? Ich mache uns etwas zu essen“, biete ich an, da mein Bruder sich ansonsten ohnehin nur von Junkfood ernährt.

„Pasta?“

„Was immer du möchtest.“
Seine Züge erhellen sich zusehends, und mit einem Mal scheint er wieder der kleine Junge zu sein, den ich schon von jeher mit meinen Kochkünsten begeistern konnte.
Schweigend gehen wir nach oben, und ich hoffe, dass er mir nicht ansieht, was ich die letzte Nacht - zum wiederholten Male - getrieben habe. *Hemmungslos und zu allem bereit.*
Zumal ihm meine Aufmachung im eleganten Kleid sicher nicht entgangen ist.
Routiniert streife ich Mantel und Pumps ab und öffne die Balkontür, um frische Luft in die Räume zu lassen.
„Warst du nachts weg?“, will Brian unverblümt wissen, während er es sich bereits an dem kleinen runden Tisch nahe der Küche bequem macht.
„Ja. Du weißt doch. Diese Einladung. Ich hatte dir sogar gestern noch geschrieben, aber du hast nicht darauf reagiert“, rufe ich ihm ins Gedächtnis und wundere mich, dass er das nicht mehr weiß. Denn normalerweise ist mein kleiner Bruder ein regelrechter Computer, wenn es um Termine, Ereignisse oder auch Erinnerungen geht.
„Die Einladung in das Walsh-Anwesen? Du bist also tatsächlich hingegangen?“, übergeht er meinen unterschwelligen Vorwurf, dass er nicht auf meine Nachricht reagiert hat.
„Gefahren, bitteschön. In einer Limousine“, witzele ich, um seinem Beschützerinstinkt unmittelbar Einhalt zu gebieten.
„Wow. Und? Hast du ihn getroffen?“

„Wen meinst du?“, frage ich zur Sicherheit nach, da mich sein ehrfürchtiger Tonfall verwundert.
„Na, Mr. Walsh. Oder war das eine Party im Sinne des großen Gatsbys? Niemand hat den Hausherrn je gesehen?“
Jetzt muss ich lachen.
„Mach dich nicht lächerlich. Nathan hat mich eingeladen und selbstverständlich persönlich empfangen.“
Mehr als das … Aber das werde ich ihm bestimmt nicht auf die Nase binden.
Brian sieht nachdenklich aus und ich werde sicher nicht nachbohren, da das ganze Gerüst, bestehend aus Nathan und mir, ohnehin auf einer sehr wackeligen, vielleicht sogar nicht existenten Basis, aufgebaut ist.
Ich mache mich daran, Nudeln zu kochen und Tomaten für die Soße zu schneiden, als Brian unerwartet doch nachhakt: „Was ist das mit dir und diesem Walsh eigentlich? Datet er dich oder geht es dabei um etwas anderes?“
Gute Frage.
„Ich weiß es nicht. Wir haben uns dreimal getroffen. Wobei man das erste Mal eigentlich nicht zählen kann, schließlich sind wir uns zufällig begegnet. Nun werde ich sehen, wohin das führt.“
„Klingt, als hätte er einen Narren an dir gefressen“, mutmaßt Brian und lässt mein malträtiertes Herz dadurch unerwartet höherschlagen.
„Denkst du wirklich?“, frage ich so beiläufig wie nur irgend möglich, doch es gelingt mir nicht. Mein Bruder durchschaut mich sofort. „Natürlich. Immerhin hat er

dich in seinen Palast eingeladen und auch schon zuvor wiedersehen wollen. Elly, der Typ steht auf dich."
„Das wäre zu schön", flüstere ich und könnte mich sofort dafür ohrfeigen, es überhaupt erwähnt zu haben.
Brian tritt an mich heran, nimmt mein Kinn in seine Hand und zwingt mich, ihn anzusehen. Musternd versucht er, in mir zu lesen, und ich fürchte, es gelingt ihm auch.
„Ja", spricht er gedehnt. „Du magst ihn. Sehr sogar."
Er lässt mich los, und ich mache mich daran, die Pastasoße zuzubereiten.
„Du hast recht. Aber es ist kompliziert", entgegne ich schließlich.
„Wie kann es kompliziert sein, wenn es doch so einfach ist? Er mag dich - du magst ihn. Perfekt."
Und in diesen seltenen Momenten, in denen meinen Bruder keines seiner unausgesprochenen Probleme quält, ist er wieder jener grenzenlose Optimist, den ich seit Langem so schmerzlich vermisse.
Wohlige Wärme durchflutet mich, da ich nichts als reine Liebe für ihn, der meine einzige Familie darstellt, empfinde.
„Na ja. Es ist nicht einfach, weil Nathan anders ist. Und nun befürchte ich, es auch zu sein."
Fast kann ich die vielen Fragezeichen sehen, die nun über Brians Kopf herumtanzen.
Gott, wie soll ich das nur erklären?
„Sagen wir so. Sein Geschmack ist sehr speziell. Bisher ist mir noch niemand so nah gewesen, verstehst du? Brian, er geht mir unter die Haut. Nimmt sich alles und lässt nichts als Verwirrung zurück. Eine Achterbahn-

fahrt zwischen absolut schwindelerregendem Glücksgefühl und einer Talfahrt, nach der ich regelmäßig ungebremst auf dem Boden der Tatsachen aufpralle."
Stirnrunzeln, gefolgt von einem tiefen Seufzer auf der anderen Seite.
„Das klingt wirklich kompliziert. Oder auch nicht. Denn was auch immer du mit ‚speziell' meinst, wenn es euch beiden gefällt?"
„Ja und nein. Da bin ich mir eben nicht so sicher. Vielleicht stimmt mit mir etwas nicht? Alles ist so … anders."
„Anders gut oder anders schlecht?", will Brian wissen, obwohl wir immer noch über ein nicht benanntes Phantom sprechen, das mich zu verhöhnen scheint.
„Anders fantastisch. Phänomenal. Unbeschreiblich."
Brians sonniges Lächeln erhellt den Raum und ich serviere ihm das fertige Essen.
„Dann ist doch alles gut. Solange du dich in einer Sache nicht selbst verlierst oder sogar aufgibst. Und ich halte dich für stark genug, um das niemals für einen Mann, ganz gleich, wie reich oder umwerfend er auch sein mag, zu tun."
Ich stochere in meiner Portion Spaghetti Napoli und fasse dann einen Entschluss.
„Brian?"
„Hm?", nuschelt er mit vollem Mund.
„Was ist, wenn er mich für pervers hält. Ich meine, es ist eine Sache, wenn ein Mann etwas von, sagen wir, *anderen* Liebesspielen versteht. Aber darf ich das auch wirklich gut finden?"

Er stockt und sieht mich überrascht an. Hat sich jedoch schnell wieder im Griff.
„Elly. Was auch immer du gerade für dich entdeckst. Es ist gut, wenn es beiden gefällt. Und Männer denken nicht so."
Jetzt werde ich hellhörig. „Wie meinst du das?" Ich bin mir sicher, dass Brian, der Herzensbrecher, kein unbeschriebenes Blatt ist. *Wie ich es noch vor Kurzem war …*
Doch nun ziert mein Blatt viele bunte Gemälde in den schönsten Farben meiner Fantasie.
„Ganz einfach: Ihr Frauen macht euch ständig Gedanken darüber, was Männer über euch denken könnten, wenn ihr einfach mal unkontrolliert Spaß haben solltet. Aber genau das Gegenteil ist der Fall. Niemand will die prüde Langweilerin im Bett haben."
„Hallo?!", fahre ich empört dazwischen.
„Sorry, Babe. Aber so sieht es nun einmal aus. Die perfekte Gespielin ist weit davon entfernt ein leichtes Mädchen zu sein. Aber was spricht denn gegen mehr Aufgeschlossenheit? Glaub mir. Was auch immer du genau meinst, es wird ihm gefallen, wenn es auch dir gefällt. Denn genau damit beeindruckt man Männer und nicht mit gespielter Zurückhaltung."
War ich wirklich so naiv, sodass ich meinen Bruder - meinen kleinen Bruder - nun in ganz anderem Licht sehe? Brian der Frauenversteher? Der erfahrene Liebhaber?
Wann ist er denn erwachsen geworden?
Etwas klarer, dafür anderweitig durcheinander, schüttele ich den Kopf. Doch wenn ich seinen Worten Glau-

ben schenken darf, dann will er damit also sagen, ich soll einfach genießen und weniger darüber nachdenken? Kopf aus.
Aber genau das gelingt mir immer nur für den Moment. Dem Moment, wenn ich mich in Nathans eisblauen Augen willenlos verliere …
Brian lehnt sich entspannt zurück, zuckt aber kaum merklich zusammen.
„Brian? Was ist los?“
„Was meinst du?“, fragt er mit einem Augenaufschlag, der wohl jede Frau vom Thema ablenken würde. *Jede, außer seine Schwester.*
„Mach mir nichts vor. Etwas ist ganz und gar nicht in Ordnung, auch wenn du es tunlichst zu überspielen versuchst.“
„Elly, mach dir keine Sorgen. Es ist nichts.“
Doch wenn ich eines nicht leiden kann, dann sind es Ausreden oder Ausflüchte.
„Verdammt, Brian! Erst der Finger und nun das?“ Ich zeige auf seine linke Seite, die ihm offensichtlich Schwierigkeiten bereitet.
Wieder atmet Brian hörbar aus. „Nichts, was dir Sorgen machen sollte, okay?“, korrigiert er seine Aussage von vorhin.
„Was ist es, Brian? Bist du krank? Brauchst du einen Arzt? Oder ist es wieder das Geld? Wenn du willst, könnte ich dich ins Krankenhaus fahren oder dir vielleicht noch einmal was zur Überbrückung leihen“, biete ich an, kann jedoch an seiner abwehrenden Haltung erkennen, dass er mein Angebot diesmal nicht annehmen wird.

„Nein, alles gut. Ich schaffe das schon. Es gibt Probleme mit einem meiner, nun ja, Geschäftspartner. Aber das bekomme ich allein in den Griff. Vergiss nicht, ich bin ein erwachsener Mann und regele meine Dinge selbst“, sagt er mit viel Nachdruck in der Stimme.

Ich kann mich nicht erinnern, wann ich meinen Bruder jemals so ernst erlebt habe. Jedoch weiß ich genau, wann ein Thema unumstößlich beendet ist oder ich genug gesagt habe.
„Okay. Aber versprich mir bitte, keine Dummheiten zu machen, ja?“

Kapitel 15

Nathan

Viele Stunden sind vergangen, seit ich Elly das letzte Mal gesehen habe. Der Alltag hat sie wieder, und ich wollte ihr genug Raum lassen, sich mit der neuen Lebensweise - meiner Lebensweise - zu arrangieren. Und auch jetzt bin ich mir immer noch sicher, mich nicht in ihr getäuscht zu haben.

Ich habe sie gewarnt. Mehrfach. Denn möglicherweise gibt es für sie, einmal von der süßen Frucht der Sünde gekostet, kein Zurück mehr.

Niemand, den ich kenne, konnte sich je wieder auf eine normale Beziehung ohne das gewisse Etwas einlassen. Die Sprache der Lust und Leidenschaft wird auf so viele unterschiedliche Arten gesprochen und, wenn man

ehrlich zu sich selbst ist, findet man nur schwer jemanden, der sie mit einem auf dieselbe Weise teilt.
Doch bei Elly habe ich es gesehen. Vom ersten Moment an, dieses widerwillige Leuchten in ihren Augen, das seit Langem darauf wartet, endlich von jemandem gezähmt zu werden, ohne dabei zu erlöschen. Darin liegt die Kunst, die jeder Mann beherrschen sollte: Feuer zu entfachen, es zu reizen und gleichzeitig zu gängeln, ohne dass es außer Kontrolle gerät oder für immer erlischt. Über viele Jahre hinweg glaubte ich, dieser Mann für einige Frauen zu sein. Ohne Verpflichtungen oder Beziehungen im normalen Leben. Doch wenn die Spiele eröffnet waren, gaben sie sich allesamt als unterwürfige Gespielinnen, die mir zu gegebener Zeit Kurzweil verschafft haben.
Aber das ist vorbei. Keine von ihnen stellte in Wahrheit das dar, was ich mir wünschte. Denn nun hat mein Interesse ein ganz neues, ungeahntes Level erreicht. Mehr, als was ich mir selbst vor einem Jahr noch zugetraut hätte.
Die Zeit mit Josefine war wunderschön. Dennoch war sie niemals die Richtige für mich, weshalb ich sie letztlich auch gehen ließ. Sicher, eine Zeit lang hätte es vermutlich funktioniert. *Aber ein ganzes Leben?*
Elly ist anders. Stärker, selbstbewusster, dickköpfiger. Und in den richtigen Händen trotzdem sanft wie ein Lamm.
Was sie zur idealen Partnerin oder sogar unter Umständen, zur perfekten Gegnerin macht, wenn es darum geht, die Grenzen des jeweilig anderen zu erforschen.

Daher habe ich auch sämtliche Annäherungsversuche von Brenda konsequent abgewiesen. Habe sie dezent und sehr deutlich in ihre Schranken gewiesen. Jetzt werde ich sehen, was sie daraus macht.
Denn nichts ist schlimmer für eine Frau als verletzter Stolz.
Nicht einmal, ein gebrochenes Herz.
Ein weinendes Herz schürt für gewöhnlich Enttäuschung und Traurigkeit bis hin zur Resignation. Erholt sich jedoch bald wieder. Aber verletzter Stolz ruft stets nur eines hervor: Hass.
Und gnade ihr Gott, sollte sie jemals auch nur in Erwägung ziehen, diesem Gefühl freien Lauf zu lassen.
Sie war mir des Öfteren zu Diensten, aber für mich ist es Zeit, neue Wege zu erkunden. Wege, die ich gemeinsam mit nur einer Frau monogam verbringen möchte. Sofern sie mich lässt …
Darauf sollte es von Ellys Seite her nur eine akzeptable Antwort geben: Sie muss sich mir voll und ganz verpflichten. Obwohl ich es in der Vergangenheit ausgesprochen locker gehalten und selten auch nur im Ansatz besitzergreifende Tendenzen verspürt habe, so würde ich es nun keineswegs dulden, bei Elly nur ein Mann unter vielen zu sein.
Entweder ganz oder gar nicht. So lautet die Devise.
Und nun?
Jetzt stehe ich hier auf dem *Glasnevin* Friedhof und starre auf das beeindruckende Mausoleum, das meine gesamte Vergangenheit in sich zu vereinen scheint. Nichts, abgesehen von einem guten Namen, dem

Walsh-Anwesen und einem sorgenfreien Leben, ist uns geblieben.
Ich bin der letzte noch lebende Walsh …
Natürlich haben auch die Namen meiner Eltern hier in großen verchromten Lettern ihren Platz für die Ewigkeit gefunden. An einem Grab, das nur zur Schau oder Befriedigung der Nachkommenschaft dient. Leer, ebenso wie meine Gefühle ihnen gegenüber.
Es ist wahr.
Ich konnte zu meinen Eltern nie die Beziehung aufbauen, wie es in einer gewöhnlichen, guten Familie der Fall sein sollte. Vielleicht lag es an ihnen. An ihrem Geltungsdrang, den sie stets über alles stellten. Auch über die Liebe zu ihrem Sohn, der im Grunde nichts anderes war als ein weiteres Accessoire in ihrer Sammlung.
Doch ich verspüre keinen Groll, wenn ich an die vielen, isolierten Jahre im Internat denke. Denn auf ihre Weise wollten meine Eltern ihr Bestes für ihren Sohn. Eine glorreiche Zukunft in den Elitekreisen der Dubliner High Society.
Deshalb bin ich irgendwann zu der Ansicht gelangt, dass ich es war, der sich Stück für Stück emotional von ihnen getrennt hat.
Freiwillig und zufrieden damit.
Und ebenso habe ich es über die Jahre mit allen zwischenmenschlichen Beziehungen gehalten.
Distanziert und mit klaren Regeln versehen.
Verantwortungsbewusst und doch nicht bindend.
Frei und bei Bedarf unterhaltsam.
Alles nichts wert. Nicht von Dauer, wie ich erkennen musste. Denn am Ende bleibt nichts übrig, außer Ein-

samkeit und dem Wunsch, den einen Menschen fürs Leben zu finden.
Doch dieses Verlangen, dieses Empfinden liegt schwer wie ein Stein in meiner Magengrube. Zeigt mir meine Grenzen auf, von denen ich immer geglaubt habe, es gäbe sie nicht.
Denn zum ersten Mal in meinem Leben habe ich nicht mehr selbst die Kontrolle über meine Zukunft. Ich bin es gewohnt Dinge einzufordern und für gewöhnlich auch zu erhalten.
Und nun muss ich feststellen, dass jetzt eine andere Person die Fäden meines Glücks in Händen hält: Elly.
Wütend stemme ich die Fäuste gegen die schweren, gusseisernen Türen des Mausoleums, die am Ende auch die Summe meines Lebens hinter sich vereinen werden.
Daher fasse ich hier und jetzt einen Entschluss: Elly soll mir gehören.
Nur mir!
Ich werde ihr das Leben bieten, das sie verdient, sofern sie sich auf meine Bedingungen einlässt und versuchen, mich im Gegenzug etwas zu öffnen. *Für sie, da ich insgeheim weiß, wie wichtig es für Elly wäre.*
Für meine dunkle Fee, die so viel mehr in sich trägt, als sie selbst zu ahnen vermag.
Meine Elly …
Mit dem sicheren Wissen, alles je Dagewesene umzustürzen, verlasse ich diesen tristen Ort, der sich in Wahrheit kaum merklich von meinem Leben unterscheidet. Und auch wenn es mir unheimlich schwerfällt, werde ich Elly Einlass gewähren in die dunklen Abgründe meiner erkalteten Seele … *Ganz oder gar nicht.*

Kapitel 16

Elly

Suchbegriff: Der Ring der O.
Gängiger Begriff in der BDSM-Szene seit der Literaturverfilmung des Romans ‚Die Geschichte der O'.
Über die entsprechende Seite, an der Dom und Sub den Ring jeweils tragen, ist die Szene geteilter Meinung. Oft wird der Fingerring, an dem mittels einer kleinen Kugel ein weiterer, beweglicher Ring befestigt ist, in Arm- oder sogar Halsbänder abgewandelt. Hauptsächlich dient er als Erkennungszeichen bezüglich der sexuellen Gesinnung des Trägers und wird gerne auch als verbindliches Versprechen an den Partner diesbezüglich verwendet.

Mir schwirrt der Kopf.
Tagelang habe ich mit mir gehadert, überhaupt danach in den Untiefen des World Wide Web zu suchen. Doch

nun sitze ich hier an meinem Stammplatz im *Cloverleaf* während der Mittagspause und schweife mittels meines Notebooks in Regionen ab, die in mir weitaus weniger Entsetzen hervorrufen, als mir eigentlich lieb ist. Das Café ist heute ungewöhnlich leer, wodurch ich nicht fürchten muss, bei meinen nicht jugendfreien Recherchen ertappt zu werden.

Erkenne ich mich in all diesen Frauen wieder, die ihrem Partner mit Freuden zu Diensten sind? Die Antwort lautet: ja und nein.

Denn vor allem hängt dies von der Situation und meinem Gegenüber ab. Nathan vermag es zu gleichen Teilen, mich einerseits mit seiner herrischen, erhabenen Art auf die Palme zu bringen und andererseits ein Verlangen nach ihm in mir zu wecken, das vieles andere unterzuordnen scheint.

Alles läuft auf das unbändige Vertrauen hinaus, welches ich in Nathans Kunst setze. *Aber werde ich diese innige Beziehung, die dafür von Nöten ist, auch im Alltag differieren können? Vermutlich nicht.*

Ich will Nathan.

Ganz.

Seine Erfahrung als Dom. Die Sicherheit, die ich in seiner Gegenwart immer empfinde, da dieser Mann mit Bestimmtheit noch die Welt regieren könnte, wenn andere längst gescheitert sind.

Und auch die Schattenseiten seines komplizierten Lebens inmitten dieser hochgestochenen Gesellschaft, deren Regeln er zwar wie kein anderer beherrscht, jedoch nie freiwillig Teil davon sein wollte.

Doch das alles reicht mir nicht.

Ich will Offenheit.
Will mit ihm an regnerischen Tagen faul auf der Couch liegen und in Endlosschleife Serien schauen.
Mit ihm die Frühlingssonne in den *Irish National Botanic Gardens* genießen und ein Teil von seinem Leben sein.
Gott, Elly. Weißt du eigentlich, was du da denkst?
Nathan ist weder der Typ für Beziehungen noch ein Familienmensch. So viel steht fest. *Warum also sollte er sich an mich - abgesehen von dem Ring - binden wollen?*
Gerade seine exzentrische Art zu leben mit all ihren Highlights und Absonderlichkeiten zeigt doch, wie fern ab jeder Realität dieser Wunsch tatsächlich ist.
Was also tun?
Dabei gehen mir Brians Worte immer wieder im Kopf herum. Seinen Rat befolgen, einfach nur zu genießen ohne diese hinderlichen Grübeleien?
Aber können Nathan und ich uns wirklich schrittweise annähern?
Mein Bruder war von jeher immer der impulsive Gefühlsmensch von uns beiden. Ich hingegen, habe schon früh gelernt, sämtliche Probleme strategisch anzugehen. Diesmal jedoch ohne Erfolg.
Weil du die Gefühle, die du für Nathan empfindest, nicht plausibilisieren, nicht kontrollieren kannst.
Gedankenverloren starre ich auf die Bilder vor mir, während ich an der heißen Schokolade nippe. Eigentlich sollte ich die Meeting-Pausen zur Entspannung nutzen. Stattdessen gerate ich regelmäßig in die Fänge des dunklen Meisters meiner Lust.
„Sie sollten sich zurückziehen, so lange Sie noch können“, höre ich plötzlich eine süßliche Frauenstimme,

die ich im ersten Moment nicht zuordnen kann. Doch die Gänsehaut, die sie mir beschert, spricht Bände, da mein Unterbewusstsein nichts Gutes damit verbindet.
Ich sehe auf und brauche einen Moment, um die mittelgroße, rundliche Frau mit dunkler Hochsteckfrisur und elegantem Kostüm richtig einordnen zu können.
„Was wollen Sie hier?“, sage ich geradeheraus, ganz im Geschäftsfrauenmodus, da ich mir ungern von anderen Vorschriften machen lasse. Dass die Frau, mit der ich zuletzt in Nathans Haus das Vergnügen hatte, während ich auf Knien mit einigen Hieben gemaßregelt wurde, nun hier vor mir steht, muss ich erst mit dem Ortswechsel in Einklang bringen.
Eigentlich sollte ich vor Scham erröten, aber wir haben beide genug getan und gesehen, als dass wir uns dadurch ohne Weiteres gegenseitig in die Bredouille bringen könnten.
„Brenda McDonald“, übergeht sie meine Frage und besitzt tatsächlich die Frechheit, mir ihre Hand zum Gruß zu reichen.
„Ich weiß, wer Sie sind“, entgegne ich schroff und klappe den Laptop zu.
Ein Lächeln erscheint auf ihren Zügen, als sie ihre Hand allmählich zurückzieht.
„Es war nicht meine Absicht, Sie zu verärgern, Elly. Ich möchte sie lediglich warnen.“
„Danke, aber ich weiß selbst, was gut für mich ist.“
Brenda greift nach der Stuhllehne mir gegenüber, wagt es jedoch nicht, sich unaufgefordert zu setzen.

„Sie sind nicht die Richtige für ihn“, fährt sie direkt fort, während ihre dunklen, beinahe schwarzen Augen mich zu durchbohren scheinen.
„Hören Sie: Ich bin Ihnen sehr dankbar für Ihre Ratschläge. Dennoch muss ich jetzt los“, kündige ich unverhohlen an, leere meinen Kakao, lege das entsprechende Geld dafür auf den Tisch und mache mich daran, zu gehen.
„Ich werde nicht zulassen, dass Sie ihm das Herz brechen. Beim letzten Mal hat es ihn völlig aus der Bahn geworfen. Diesmal bin ich vorgewarnt. Sie passen nicht in unsere Welt und daher rate ich Ihnen noch einmal: Sehen Sie zu, dass sie verschwinden, ehe die Umstände Sie dazu zwingen.“
Ihre Züge verfinstern sich und ich habe plötzlich Mühe, ihre Worte länger an meiner selbstbewussten Fassade abprallen zu lassen.
„Er wird selbst wissen, was er tut“, bringe ich gerade noch heraus in der Hoffnung, ihr damit nicht das Gefühl zu geben, mit ihrer Drohung irgendetwas in mir zu bewirken.
Etwas, ähnlich kurzzeitiger Bewunderung, blitzt in ihrem Gesicht auf, woraufhin die offensichtlich gut betuchte Frau lediglich nickt und sich schließlich empfiehlt.

Die weiteren Stunden des Meetings über das Rebranding eines neuen Kunden, der mit unserer Hilfe seinen Fitness-Produkten zu neuem Glanz verhelfen will, verlaufen zäh, um nicht zu sagen, reichlich unaufmerksam, was meine Person betrifft.

Denn obwohl ich als Marketing-Expertin das Meeting leite, kreisen meine Gedanken einzig und allein um die Worte, die Brenda bewusst in meinen Kopf gepflanzt hat. *In mein Herz …*

Kam ihre Warnung gerade noch zur rechten Zeit? Sollte ich sie daher vielleicht nicht als Stutenbissigkeit abtun, und weiß Nathan über ihren Alleingang Bescheid?

Brenda scheint sich zu seiner persönlichen Beschützerin erkoren zu haben, und ich kann mir beim besten Willen nicht vorstellen, dass dies in seinem Sinne sein soll.

Zumal ich Nathan durchaus für in der Lage halte, sich die Menschen in seinem Umfeld selbst auszusuchen.

Ach, sie ist eifersüchtig. Schließlich hat er sie zuletzt bei dem Event vor meinen Augen eiskalt abblitzen lassen, rät mir meine allgegenwärtige, logische Vernunft zur Ruhe.

Aber etwas wiegt schwer auf meiner Brust, dass ich nicht ignorieren oder wegargumentieren kann:

Josefine.

Ist sie diejenige, die ihm das Herz gebrochen hat?

Seine einzig wahre Liebe?

Und obwohl ich weit davon entfernt bin, einen Anspruch auf diesen Mann erheben zu dürfen, schmerzt mich der Gedanke daran sehr.

Seit Tagen habe ich nichts von ihm gehört und es auch nicht gewagt, ihn selbst zu kontaktieren. Zum einen, weil ich tatsächlich überaus beschäftigt war und zum anderen, weil mir einfach wohler dabei wäre, wenn der nächste Schritt erneut durch ihn initiiert würde. *Dämlicher Dickkopf*, schelte ich mich selbst und komme zu dem Entschluss, dass gegen Trübsal blasen dieser Art nur noch eines hilft: Eine warme Kuscheldecke auf der

Couch in meinem Appartement, in dem ich sämtliche, emotionalen und gut einstudierten Hüllen einfach fallenlassen kann.
Dennoch bin ich nicht der Typ Frau, der nur, weil die Konkurrenz auf der Bildfläche erscheint, kampflos aufgibt. Daher gibt es für mein Problem nur eine Lösung: Ich werde Nathan zu Josefine befragen, sobald es sich ergibt.
Und bis dahin?
Bis dahin werde ich wie gewohnt meinen Weg gehen und hoffen, dass mein dunkler Ritter mich des Nachts holen kommt …

Mit Chips und einem guten Film ausgestattet beschließe ich, den Abend allein zu verbringen. Auch mal ganz gut nach den vielen Ereignissen der letzten Tage. Mein Job, Brian und nicht zuletzt natürlich auch Nathan haben mich stark gefordert, und so kann ich das Alleinsein gut akzeptieren.
Da darf es dann auch einmal romantischer zugehen, zum Beispiel mit Jack und Rose und ihrer Liebe, die leider kein Happy End erleben durften.

Die Sonne neigt sich allmählich dem Horizont entgegen, und so drifte ich gemütlich ab in seichten Dämmerschlaf.
Ich schrecke hoch.
Was war das?
Die Türklingel?
Noch etwas verschlafen schlürfe ich zum Eingang und sehe auf den Monitor der Kamera. Ein Mann in

schwarzem Mantel und auffälliger Kopfbedeckung steht vor meinem Haus, während ich ihn immer noch untätig anstarre. Ein Gesicht kann ich nicht erkennen.

„Ja, bitte?", spreche ich mit belegter Stimme in die Anlage.

„Ms. O'Leary? Ich habe ein Paket für Sie", entgegnet der Mann in höflichem Tonfall.

Ein Paket? Habe ich was bestellt? Nicht, dass ich wüsste.

Und obwohl in den Medien immer wieder vor dreisten Trickbetrügern gewarnt wird und die fortgeschrittene Uhrzeit nicht für eine reguläre Paketauslieferung spricht, packt mich mit einem Mal die Neugier.

„Bitte, seien Sie doch so freundlich und sagen mir, wer der Absender ist?", hake ich daher weiter nach, ehe ich den Fremden hereinlasse.

„Mr. Nathan Walsh."

Augenblicklich explodiert ein Regen aus gefühlt Tausenden von schwirrenden Sternschnuppen in meinem Innern. Kribbelnd und völlig außer Rand und Band.

Ich betätige den Türöffner und lasse es mir in der Zwischenzeit, während der Mann das Paket die Stockwerke nach oben bringt, nicht nehmen, einen kleinen, unkontrollierten Freudentanz zu vollführen.

Zum Glück funktioniert der Bildschirm nur in eine Richtung, denke ich noch und bin mir plötzlich völlig im Klaren darüber, was ich wirklich will! Denn diese heftige Reaktion, nur aufgrund eines Pakets, kann ich beim besten Willen mit keiner Vernunft der Welt mehr abstreiten.

Noch einmal atme ich tief durch und öffne schließlich, nur in Jogginghose, Shirt und einer kuscheligen Strickjacke bekleidet, mit klopfendem Herzen die Tür. Erst

nur einen Spalt breit, doch dann erkenne ich Nathans Chauffeur Roux und öffne die Tür ganz.
„Oh, hallo, Roux. Ich habe sie gar nicht erkannt. Sie haben wohl noch weitere Aufgaben für Nathan zu erledigen, außerhalb Ihrer Funktion als Chauffeur", stelle ich sachlich fest, da ich mittlerweile weiß, wie bestimmend und fordernd sich Nathan gegenüber seinen Angestellten verhält.
Er nickt und vollführt so etwas wie einen angedeuteten Diener.
„Guten Abend, Ms. O'Leary. Darf ich Ihnen das Paket überreichen?"
Überrascht starre ich auf den großen, schwarz-goldenen Karton, der mit einer gigantischen schwarzen Schleife umwickelt ist. *Eindeutig Nathans Stil.* Dezent und gleichzeitig überaus extravagant und elegant.
Andächtig nehme ich ihn entgegen, völlig fasziniert und abgelenkt von meinem fragwürdigen, weniger eleganten Outfit.
„Mr. Walsh lässt Ihnen noch etwas ausrichten."
Ich horche auf.
„Ja?", hauche ich, immer noch überwältigt, obwohl ich nicht einmal weiß, was sich in diesem wunderschönen Präsent befindet. Aber das spielt für mich im Grunde auch gar keine Rolle, denn allein die Tatsache, spontan bedacht worden zu sein, rührt mich zutiefst.
„Er erwartet Sie in einer Stunde im *Patrick Guilbaud-Restaurant.*"
„Äh, wie bitte?"
„Mr. Walsh hat für alles gesorgt. Ich warte unten auf Sie, Miss."

Plötzlich verspüre ich in dieser surrealen Situation den Drang, noch ein wenig Zeit zu schinden.
„Sagen Sie, ist Roux eigentlich Ihr Vorname oder Nachname?“, will ich völlig sinnfrei wissen, obwohl ich mich das tatsächlich bereits des Öfteren gefragt habe.
Er sieht mich professionell ausdruckslos, jedoch freundlich an.
„Männer wie ich brauchen keinen Vornamen. Irgendwann verschmilzt man einfach mit etwas, dass dann für immer zum Rufnamen wird.“
Damit macht er auf dem Absatz kehrt und lässt mich mit heruntergeklappter Kinnlade und einem Geschenk voller Ungewissheit zurück in meinem Appartement.
Was soll ich denn nun davon halten?
Ein Blick in den Spiegel, der sich im Flur befindet, verrät mir zumindest schon mal eines: dass es ein ganzes Stückchen Arbeit wird. *Und was soll ich anziehen? Das Restaurant ist ja nicht gerade eine Fish & Chips-Bude.*
Nathans Spontanität ist Fluch und Segen zugleich. Eine Stunde inklusive Fahrzeit ist obendrein wirklich extrem knapp getimt. Dennoch ist mir auch klar, zu welchem Zweck die kurze Zeitspanne dient: Wenig Gelegenheit, um es sich anders zu überlegen. *Raffiniert und ideal für rotierende Kopfmenschen wie mich.*
Ehe ich diese Überlegungen weiter ausbauen kann, finde ich mich auch schon unter der Dusche wieder und trete einige Minuten später mit gewaschenem Haar und geputzten Zähnen heraus.
Mit einem Handtuch um den Kopf und in ein Badetuch gehüllt, setze ich mich schließlich auf mein Bett, wo das glänzende Geschenk einladend auf mich wartet.

Ehrfürchtig streife ich das seidige Geschenkband ab und hebe anschließend den großen, schwarzen Deckel an. Knisterndes Seidenpapier in gleicher Farbe kommt zum Vorschein und verdeckt mir auch weiterhin die Sicht auf Nathans gelungene Überraschung. Doch noch etwas befindet sich dort: ein kleiner, quadratischer Brief in schwarzem Umschlag mit einer einzelnen, goldenen Rose darauf.
Mit zitternden Händen entfalte ich das edle Papier und ziehe die kleine Karte heraus, die hoffentlich gleich mehr Licht ins Dunkle bringen wird.
Mir stockt der Atem, als ich die wenigen Worte in säuberlicher Handschrift und mit Tinte geschrieben lese:

Wenn ich dich sehe, erwarte ich, dass du das trägst.

Dass du nur das trägst …

N. W.

Pure Erregung flutet meinen Körper, benebelt meine Sinne, da diese Aussage wohl von niemand anderem als Nathan Walsh derart viel Raum für Fantasien lässt.
Abgesehen von dem abgewandelten Zitat, dass ich eindeutig wieder Jack und Rose aus dem Film *Titanic* zuordnen kann. Doch ich vermeide es zusehends, mich zu fragen, woher Nathan ahnen konnte, dass ich den Film liebe …

Behutsam lege ich das Kärtchen beiseite und löse anschließend den feinen Aufkleber, wieder in Form einer goldenen Rose, der das Seidenpapier zusammenhält, um endlich das Geheimnis zu enthüllen.
Sollte es eine Steigerung von ‚mir stockt der Atem' geben, dann habe ich diese Ebene wohl gerade erreicht.
Vor mir offenbart sich ein traumhaftes Kleid in Gold, filigran und glänzend, wie ich es noch nie zuvor gesehen habe.
Bedächtig streiche ich über den zarten, fließenden Stoff und nehme das wunderschöne, bodenlange Abendkleid schließlich aus der Schachtel.
Die dünnen Träger werden am Rücken mit feinsten Ketten zusammengehalten. Der Ausschnitt gleicht einem fließenden Wasserfall, und ich bin sehr gespannt, ob dieser angezogen auch derart tief ausgeschnitten ist. Ein absoluter Hingucker eines renommierten Designers, dessen Preis ich besser gar nicht erst versuche, zu schätzen.
Imponiert drücke ich es kurz an mich, lege es jedoch schnell wieder beiseite aus Angst, etwas daran zu beschädigen.
Natürlich hat Nathan auch an die entsprechend passenden Accessoires gedacht: Manolo-Riemchenschuhe, ebenfalls in Gold, und ein schwarzes Bolero-Jäckchen aus Kunstpelz. Aber das ist nicht das letzte Teil, das ich aus dem Karton zutage fördere. Und dabei handelt es sich nicht um Unterwäsche, die, wie ich bereits festgestellt habe, dezent ausgespart wurde. Nein, meine Aufmerksamkeit gilt ganz dem schwarzen Samtkästchen,

das nur so nach Ungehörigkeit schreit. Zumindest wenn ich mich auf Nathans exklusiven Geschmack besinne.
Mit vor Aufregung zitternden Händen öffne ich die kleine Schatulle und bringe ein glänzendes Goldcollier zum Vorschein. Ebenfalls filigran gearbeitet und aus mehreren Einzelketten unterschiedlicher Längen gefertigt. Aber das eigentlich Aufregende an diesem Schmuckstück sind, die zwei kleinen, darin eingefassten Ringe, die sich mittig links und rechts auf etwa halber Länge der Ketten befinden.
Nathans Zitat schiebt sich wieder in meinen Geist: *‚Wenn ich dich sehe, erwarte ich, dass du das trägst. Dass du nur das trägst.'*
Bewundernd betrachte ich das Gesamtkunstwerk an Schmuck, das sich, so mein Eindruck, perfekt an das Design des Kleides anpassen wird.
Und mir schwant auch schon, was es mit den Ringen auf sich hat …
Oh!
Nachdem ich meine langen Haare geföhnt und zu einer lockeren Hochsteckfrisur gestylt habe, drehe ich mir noch einige lose Strähnen zu verspielten Wellen, die mein Gesicht umschmeicheln. Anschließend trage ich dezentes Make-up auf, tusche mir die Wimpern und entscheide mich für ein haltbares Lipgloss in einem hellen Erdbeerrot.
Mir bleiben noch etwa zehn Minuten, bis ich mich bei Nathans Chauffeur einfinden muss. Daher mache ich mich daran, mich umzuziehen. Kühl schmiegt sich das Collier an meinen Hals und die nackte Brust, deren längste Kette mir bis zum Bauchnabel reicht.

Gemäß meiner Vermutung haben die beiden Ringe einen einzigen frivolen Zweck: sich provokant um meine, exakt darunter befindlichen, Nippel zu legen. Diese zu zieren und womöglich sogar auffällig in Form zu bringen.
Schon bei der kleinsten Berührung des Metalls richten sich die Brustwarzen auffordernd dem Schmuckstück entgegen, sodass es mich keine Mühe kostet, die Ringe eng, jedoch nicht unangenehm fest, darum zu legen.
Ein kurzer, scheuer Blick in den Spiegel präsentiert mir eine Frau, die sich ihrer nicht im Geringsten schämen muss. Mit üppigen Rundungen, wohlgeformt und aufreizend in Szene gesetzt.
Wow!
Die Uhr tickt. Daher schlüpfe ich eilig in das zauberhafte Kleid und lasse lediglich einzelne Längen der freiliegenden Ketten über den seidigen Wasserfallausschnitt heraushängen, während die restlichen Ketten meine bloße Weiblichkeit unter dem dünnen Stoff aufreizend betonen.
Nun schnell noch in die Pumps geschlüpft, das Jäckchen angelegt und eine Clutch mit allem Wichtigen befüllt, ehe ich mich auch schon aufmache in das nächste, ungewisse Abenteuer à la Nathan Walsh …

Kapitel 17

Nathan

Erwartungsvoll harre ich am vereinbarten Ort in einem extra reservierten Separee im exklusivsten Restaurant der Stadt aus und bin sehr gespannt, ob sich Elly meinen gewagten Anweisungen tatsächlich fügen wird.

Ohne Ausnahme …

Dabei lasse ich mir in dem anmutenden, gänzlich in Weiß, Gold und Creme gehaltenen Raum einen trockenen Chardonnay schmecken. Als meine Vorspeise, gewissermaßen.

Die Minuten vergehen schleppend, dennoch würde es mein Chauffeur niemals wagen, mich warten zu lassen. Egal ob mit oder ohne Elly.

Daher versuche ich, die Vorfreude zu zügeln, da ich ohnehin zunächst das Essen über mich ergehen lassen

muss. *Aber schließlich geht nichts über ein gesittetes Vorspiel, nicht wahr?*
Meine Sinne sind geschärft, jeder Muskel angespannt in freudiger Erwartung der süßesten Versuchung, der ich nur schwerlich widerstehen kann. Ihr Duft, ihr Geschmack und die anmutige, weibliche Erscheinung reizen all meine Instinkte aufs Empfindlichste. Es fällt mir wahrhaftig schwer, mich nicht jetzt schon dem ein oder anderen Tagtraum hinzugeben, was die Nacht heute noch für uns bereithält. So viele Möglichkeiten - so viel ungezügelte Sinnlichkeit.
Aber ein Gentleman genießt und schweigt. Zumindest solange er mit seiner Angebeteten nicht allein ist. So meine Devise.
Pünktlich auf die Minute trifft Ms. O'Leary, geführt von einem für uns abgestellten Kellner, bei mir ein. Freudig erregt mit entzückend geröteten Wangen, wie ich zufrieden zur Kenntnis nehme.
Doch was mir noch viel mehr gefällt ist der auffällige Schmuck, den sie allem Anschein nach in richtiger Position trägt. Allerdings immer noch halb verdeckt durch das passende Kunstpelzjäckchen, das ihr obendrein ausgezeichnet steht.
Wie erwartet, unterstreicht der Schnitt des Designerkleides Ellys wunderschöne, weibliche Rundungen perfekt, und auch sie scheint sich sichtlich wohl in dem gewagten Outfit zu fühlen, das so wenig wie möglich enthüllt und dennoch viel offenbart.
Eine wirklich köstliche Kombination, die geradezu nach Aufmerksamkeit und Ideenreichtum lechzt.

„Hi“, haucht Elly eine zarte Begrüßung, als ich auf sie zutrete und sie, wie es sich gehört, zart auf den Handrücken küsse, um sie anschließend an meinem Arm zu unserem Tisch zu geleiten. Natürlich rücke ich ihr den Stuhl zurecht und setze mich selbst erst, nachdem Elly Platz genommen hat.
„Ich war gespannt, ob du meine Einladung annehmen würdest.“
„Wie könnte ich nicht?“, lautet Ellys spontane Antwort, die ihre rosigen Wangen gleich noch um eine Nuance mehr erröten lässt.
„Das Kleid steht dir wirklich außergewöhnlich gut. Ich habe es gesehen und wusste, es ist für dich …, ebenso wie der Schmuck“, fahre ich unbeirrt fort.
„Vielen Dank. Die Überraschung ist dir gelungen“, lenkt Elly geschickt vom Thema ab, während ich nur allzu gerne den Sitz des Schmucks unmittelbar hier und jetzt überprüfen würde.
„Du siehst aber auch sehr gut aus“, wagt sie einen weiteren Vorstoß, den ich mit einem kleinen Lächeln anerkennend quittiere.
„Was möchtest du trinken?“
„Oh, ich weiß nicht so recht. Ich kenne mich mit Weinen und Likören kaum aus. Was würdest du empfehlen?“
Daher winke ich den Kellner herbei, der sich unauffällig im Hintergrund gehalten hat, und ordere ein weiteres Glas von dem köstlichen Weißwein.
„Der wird hervorragend zur Vorspeise passen. Ich habe mir die Freiheit genommen, das Menü des Abends bereits zu bestellen.“

„Wie aufmerksam von dir. Ich wäre ohnehin vermutlich heillos überfordert“, gibt Elly offen zu und ihre ehrliche Art rührt etwas in mir, dass sie augenblicklich an mich reißen und noch hier auf dem Tisch …
Ganz ruhig, Walsh. Alles zu seiner Zeit, mahne ich mich zur Räson, die ich selten so in Gefahr wähne wie in Elly O'Learys Gegenwart.
Unterdessen werden das weitere Glas sowie der erste Gang, bestehend aus roten Königskrabben an Gurke mit Zitronen-Krokant, Minze und Vanilleöl, serviert.
„O mein Gott, Nathan. Ist das hübsch angerichtet!“
Elly kostet den ersten Bissen, und ich genieße es zutiefst, sie damit verwöhnen zu können.
„Und es schmeck noch viel besser als erwartet.“
„Freut mich, wenn ich deinen Geschmack getroffen habe“, sage ich geradeheraus in gespannter Erwartung, ob Elly die Zweideutigkeit in meiner Aussage bemerkt.
„Ja, oft kennst du mich tatsächlich besser wie ich mich selbst“, gibt sie zu und senkt, offensichtlich erstaunt über ihre offene Aussage, eilig den Blick.
„Das liegt daran, dass ich dich sehen kann. Deine Anmut, aber auch dein gutes Herz.“
Elly schenkt mir ein schüchternes Lächeln, gar so, als wäre sie es nicht gewohnt, derartige Komplimente zu erhalten. Zumal ich mich immer noch frage, wie sie es geschafft hat, der Männerwelt so lange fern zu bleiben, auch wenn ich darüber sehr dankbar und zugleich verwundert bin. Schließlich ist es nicht gerade einfach als Frau ihres Kalibers, sich die Bewerber vom Hals zu halten.

Wir essen schweigend zu Ende und nehmen nach kurzer Pause den Hauptgang, köstlich duftendes Filet vom irischen Rind an Trüffeljus, grünem Spargel und einer Kartoffelkreation, entgegen. Alles in übersichtlichen Portionen, um meine kleine Fee nicht zu überfordern. Schließlich wird sie ihre Kondition später mehr denn je brauchen.
Allein aufgrund dieser ansprechenden Aussichten regt sich etwas in mir, dass ich nur schwer kontrollieren kann: schmerzlich brennendes Verlangen. Verlangen nach Ellys zartweicher Alabasterhaut, ihrem einmalig betörenden Geruch nach feinster Vanille und dem unvergleichlichen, sehnsüchtigen Blick aus ihren smaragdgrünen Augen, wenn ich mich ein weiteres Mal in ihr verliere.
„Das Fleisch ist einfach ein Traum. Unglaublich zart. Es zergeht regelrecht auf der Zunge."
Wieder nicke ich.
„Koste den Spargel." Ich spieße eine Spargelspitze auf, reiche sie ihr, die sie dann mit laszivem Blick von meiner Gabel langsam in ihren Mund gleiten lässt.
Sind wir eigentlich immer noch beim Dinner oder schon zum Wesentlichen übergegangen? Beides möglich.
„Erzähl mir ein bisschen über deinen Bruder. Du erwähntest bereits, dass er der wichtigste Mensch in deinem Leben ist", versuche ich, etwas holprig, davon abzulenken, da ich immer noch fürchte, ansonsten ungehemmt und vor den Augen des Kellners, über Elly herzufallen.
Es gelingt mir mehr schlecht als recht.

Hat sie sich an meine Anweisungen gehalten und auf Dessous verzichtet?

„Na ja … Brian ist, wie er eben ist. Lebenslustig, chaotisch und so manches Mal tötet er mir den letzten Nerv. Uns trennen eigentlich nur drei Jahre, aber ab und an kommt es mir viel mehr vor", erklärt Elly knapp und mir fällt auf, wie sehr sie allein bei dem Gedanken an ihren Bruder strahlt.

„Dann hast du also früh die Verantwortung für euch beide übernommen?"

„Das könnte man so sagen, ja. Ich habe mich nicht darum gerissen. Aber einer von uns musste ja dafür sorgen, dass alles in geordneten Bahnen verläuft."

„Verstehe. Das ist dir offensichtlich gelungen", gebe ich ehrlich beeindruckt zu, da ich selbst nie in der Situation gewesen bin, mir um finanzielle Angelegenheiten Sorgen zu machen.

„Sagen wir, zumindest zum Teil. Brian ist und bleibt … schwierig. Ein Tunichtgut, wie er im Buche steht. Aber gleichzeitig auch ein Stehaufmännchen, das sich immer wieder durchbeißt."

„Also hat er sein Leben nicht immer optimal im Griff?"

Elly horcht auf und benötigt einen Moment, um über meine Frage nachzudenken.

„Er kommt zurecht. Und wenn ich helfen kann … Ich meine, wer hat das schon? Sein Leben immer im Griff? Sieh mich an."

Jetzt ist es an mir, hellhörig zu werden.

„Das tue ich", betone ich bewusst mit ruhiger Stimme, da ich es zeitweise genieße, Elly damit etwas aus der Fassung zu bringen.

„Sehr gut. Dann wird dir aufgefallen sein, dass ich momentan nicht alleinige Herrin meines Lebens bin."

Ein gut verpacktes Kompliment. Chapeau, Ms. O'Leary. Zumindest für einen Mann in meinen Kreisen.

„Es kann nicht schaden, die Kontrolle wenigstens für gewisse Momente abzugeben. Sie in die Hände eines erfahrenen Menschen zu legen, der sie nur allzu gerne für dich übernimmt."

Dieses wunderschöne Lächeln, das mir immer wieder den Atem raubt …

„Ja, das mag sein. Könntest du die Kontrolle abgeben?", will sie unerwartet wissen.

Oh, du ahnst gar nicht, meine kleine Fee, wie sehr du mich aktuell ungewollt in genau diese Situation bringst und ich deshalb beinahe täglich mit mir einen inneren Kampf ausfechte …

„Nicht, wenn ich es verhindern kann", umschreibe ich dezent mein Dilemma, da nun ganz sicher nicht der Zeitpunkt dafür ist, die Kontrolle abzugeben. Zumindest nicht für mich.

Noch ehe wir dieses Thema weiter ausführen können, steht der Kellner erneut bereit, um uns das Dessert zu servieren. Worüber ich einerseits dankbar bin, da wir schon wieder bedenklich nahe daran schrammen, in eine für Elly gefährliche Richtung abzudriften. Zumindest, solange sie sich in meiner Gegenwart befindet.

„Verzeihung", weicht Elly etwas vom Tisch zurück, damit der Ober ihr das sizilianische Pistazien Parfait mit Zimtmilch-Eiscreme anbieten kann.

Diesmal verrät ihre Mimik mehr als tausend Worte es je könnten, denn als Elly sich den ersten Löffel des raffinierten Kunstwerks in den Mund schiebt, schließt sie genießerisch die Augen.

Iss, mein Engel. Iss. Du wirst es später brauchen, um durchzuhalten, fordere ich in Gedanken, da ich ihr möglicherweise erneut viel abverlangen werde.

Denn seit dem ersten Moment, als ich von ihr gekostet habe, warte ich auf diese eine Nacht, in der wir uns ganz und gar in unserer Lust verlieren können. Ohne Limits, ohne Zeitdruck.

Später, wenn ich dich komplett für mich allein habe. Allein in meinem Reich der Sinne …

Kapitel 18

Elly

Die wundervolle Atmosphäre, das vorzügliche Essen und Nathans lodernde Blicke, die wieder einmal so genau scannen, wie es in mir aussieht, perfektionieren den Abend.

Aber eben diese Umstände machen es mir auch unglaublich schwer, dem inneren Sturm Einhalt zu gebieten, der nur darauf wartet, endlich kontrolliert zu werden. *Von Nathan.*

Denn das Wissen, die ganze Zeit über lediglich durch ein dünnes Stückchen Stoff von aufreizender Nacktheit getrennt zu sein, und die geschmeidige Kette, deren kleine Ringe sich um meine empfindlichen Knospen schmiegen, rauben mir sprichwörtlich den Verstand.

Ich will ihn.

Will Nathan sofort!
Hier und jetzt!
Seine kundigen Finger auf meiner Haut, die er auch heute wieder unverhüllt präsentiert, was ich als großen Vertrauensbeweis werte.
Allmählich unruhig, rutsche ich auf meinem Stuhl hin und her, nachdem wir auch den letzten Gang hinter uns gebracht haben. Bei jedem Atemzug spüre ich das Schmuckstück meine Haut liebkosen und kann es plötzlich kaum erwarten, es dem Meister endlich vollumfassend präsentieren zu dürfen.
„Du wirkst nervös", deutet Nathan absolut richtig, während es mir zunehmend schwerer fällt, die Geduld zu wahren.
Immerhin befinden wir uns in einem gut abgeschirmten Separee, und da liegt es nahe, die Gelegenheit spontan zu nutzen, oder etwa nicht? Elly! Doch auch jetzt fungiert meine Selbstkritik nur noch pro forma.
„Also, wenn es nach mir geht, könnten wir uns langsam auf den Weg machen", versuche ich einen, zugegeben etwas unhöflichen, jedoch subtilen Vorstoß in Richtung Erlösung.
Nathan erhebt tadelnd einen Finger.
„So ungeduldig, Ms. O'Leary? Aber ich will mal nicht so sein. Wenn du wünschst, können wir uns ebenso auf den Weg machen."
„Auf den Weg wohin?", will ich plötzlich wissen, da ich fürchte, einfach vor meinem Appartement abgesetzt - oder besser gesagt - abgespeist zu werden.
„Weißt du das denn nicht?"
Ich schüttele den Kopf.

„Oh, ich denke, du hast schon eine gewissen Vorahnung. Oder sollte ich vielleicht sagen, Hoffnung?"
Eingebildeter, arroganter … und leider viel zu aufreizend heißer Nathan, geht es mir durch den Kopf, während mein Körper allmählich droht, durch all die Sinneseindrücke zu zerbersten.
Jedoch muss ich Nathan tatsächlich recht geben. *Ja!* Ich hoffe wirklich, heute Nacht noch etwas mehr zu bekommen. Zu erleben, was auch immer ihm in diesem Zusammenhang vorschweben mag.

Nachdem wir das Dinner beendet haben, steigen wir gemeinsam in seinen *Rolls Royce*, was mir sofort eindeutige Bilder vom letzten Mal im Wageninneren in den Kopf projiziert.
Hat Roux etwa die ganze Zeit über auf uns gewartet?
Doch was auch immer hier vor Kurzem vorgefallen ist, Nathan ist weit davon entfernt, es zu wiederholen.
Tatsächlich sitzt er distanziert neben mir, ohne auch nur ansatzweise Anstalten zu machen, mich auf seinen Schoß zu ziehen. *Um nur eine der vielen Möglichkeiten zu nennen, die mir gerade einfallen.*
Ich versuche, mich zu beherrschen. Wirklich. Aber unter meiner Haut scheint sich ein Flächenbrand ungeahnter Ausmaße auszubreiten, der entweder unmittelbar gelöscht oder mich wohl um den Verstand bringen wird.
„Du bist überreizt", stellt Nathan sachlich treffend fest, wofür ich ihm gut und gerne eine Ohrfeige verpasst hätte.

„Überreizt ist noch gar kein Ausdruck", zische ich an der Schwelle zu Wut, da meine ausweglose Situation allmählich ein Ventil benötigt.
„Ja, das kann ich mir vorstellen."
Bitte was? Soll das etwa heißen, er hat selbst das genau geplant und genießt mein Dilemma nun auch noch?
Als ich ihn wütend anfunkele, werden seine Züge allmählich weicher.
„Keine Sorge, es ist nicht mehr weit", versucht er, mich etwas zu beschwichtigen, was ihm jedoch nicht gelingt. Viel mehr fürchte ich, schon bei der ersten, kleinsten Berührung durch ihn zu zerspringen.
„Du bist so empfindsam, so wundervoll jungfräulich auf vielen Gebieten. Da wundert es mich nicht, wie intensiv du auf alles reagierst."
Intensiv ist ja wohl die Untertreibung des Jahrhunderts. Und unterschwellig darüber zu reden, macht meine Lage auch nicht gerade einfacher.
Endlich passieren wir das große, schmiedeeiserne Tor zu Nathans Domizil, sodass der *Rolls* sich nun langsam die ellenlange Auffahrt entlang schiebt.
Reiß dich am Riemen, Elly. Oder willst du wirklich vor ihm die Beherrschung verlieren? Wegen eines Schmuckstücks? Zugegeben, eines sehr ungnädigen und obendrein Nervenenden reizenden …
Nach einer gefühlten Ewigkeit steigen wir schließlich aus dem Wagen. Nathan reicht mir seinen Arm, damit ich auf meinen Pumps, wohlweislich unbeschadet, die Stufen zum Eingang emporkomme.
„Brauchen sie mich heute noch, Sir?", will Roux wissen.

Der arme Mann tut mir allmählich wirklich leid. Wobei ich mir sicher bin, dass Nathan ihn anständig für seine Dienste entlohnt. *Hart, aber fair.*
Nathan wirft einen Blick zu mir und antwortet dann, ohne mich zu fragen: „Ich denke nicht. Ansonsten funke ich Sie an."
Wie bitte?
Eigentlich sollte es mich wirklich auf die Palme bringen, von Nathan derart offenkundig übergangen zu werden. Da mich jedoch aktuell andere Nöte quälen, vertage ich das Kundtun meiner Entrüstung über seine Bevormundung auf einen späteren Zeitpunkt. Außerdem muss ich ihm zugestehen, dass er, im Gegensatz zu mir, besser darüber Bescheid weiß, wie der Abend nun weitergeht.
Hoffe ich zumindest.
Als wir eintreten, ist Walsh-Manor augenscheinlich verlassen. Keine sich amüsierenden Partygäste und, so hoffe ich inständig, auch keine Brenda, die mir mit ihren Ratschlägen gehörig auf die Nerven geht.
Noch in der Eingangshalle nimmt Nathan mir das Bolero-Jäckchen ab, und allein die kurze Berührung seiner Fingerspitzen auf meinen nun nackten Schultern, jagt mir einen elektrischen Stoß durch die überreizten Fasern meines Körpers.
„Ich möchte dir etwas zeigen."
Und wieder hoffe ich sehr, dass es sich dabei nicht um seine Briefmarkensammlung handelt. *Elly, also echt. Kannst du vielleicht etwas weniger gierig sein? Schwer vorstellbar, bei diesen absolut appetitlichen, männlichen Aussichten, oder?*
Nathan nimmt mich bei der Hand, und gemeinsam gehen wir, entgegen meinen Erwartungen, diesmal nicht

in Richtung des Ballsaales oder seines Schlafzimmers. Stattdessen führt uns der Weg zu einer versteckten Tür, hinter der uns eine Treppe in das Untergeschoss des Hauses bringt. Mit jeder Stufe steigt meine Aufregung, und wäre es nicht Nathan, der mich in dieses dunkle Ungewisse führt, würde ich wohl fürchten, mein letztes Stündlein hätte geschlagen. Wenigstens handelt es sich hierbei nicht um einen staubigen Keller. Ganz im Gegenteil. Wenn man nicht wüsste, dass wir uns in einem Untergeschoss befinden, könnte man es auch für einen weiteren, hochwertig ausgestatteten Teil des Hauses halten. Nur eben ohne Fenster und insgesamt in dunklen Tönen gehalten.
„Wo gehen wir hin?“, frage ich völlig sinnfrei, da ich es ohnehin in wenigen Augenblicken erfahren werde.
„Abwarten.“
Leichter gesagt als getan.
Am Ende des Flurs kommen wir schließlich vor der nächsten Tür an. Unserem Ziel, wie mir scheint.
„Dein Fitnessraum?“, mutmaße ich, was Nathan auflachen lässt.
„So etwas in der Art. Komm, ich zeige es dir.“
Wir betreten das geräumige Zimmer, das von Wandleuchter in Form von mittelalterlichen Fackeln erhellt wird.
Der Boden wie auch die Wände, sind mit groben dunkelgrauen Granitplatten ausgelegt, während die Decke, trotzdem wir uns unter dem Haus befinden, eine normale Raumhöhe aufweist.
Ein großes, rot bezogenes Doppelbett mit halbhohen, gedrechselten Säulen aus edlem Holz, die an jedem En-

de angebracht sind, dominiert den Raum, während ich ansonsten eine Kommode mit vielen kleinen Schubladen, einen hängenden Sitzkorb sowie ein großes, hölzernes X an der Wand, ausmachen kann.
Zusätzlich befinden sich diverse Glaskästen mit allerlei seltsamen Schmuckstücken und Gebrauchsgegenständen an den Wänden.
Ich schnappe hörbar nach Luft.
„Schhhh, keine Angst. Hier gibt es nichts, wofür du nicht längst bereit bist“, erstickt Nathan meine aufkeimende Panik bereits im Keim, und ich weiß, er würde es sich niemals gestatten, auf meine Kosten zu weit zu gehen.
Seine Hände gleiten zärtlich an meinen Armen hinauf, noch ehe ich mir ernsthaft Gedanken über all das hier machen kann. Was ich will, ist klar, und ich hoffe sehr, ich schaffe es, vor Nathan und seinen Anforderungen, zu bestehen.
Bei meinen Schultern angekommen, sieht er mir tief in die Augen. Noch bevor ich realisiere, wie mir geschieht, hat er mit schnellen Griffen die Kettchen-Träger des Kleides gelöst, wodurch dieses geschmeidig an meinen Kurven herabfließt und sich um meine Füße bauscht.
Splitterfasernackt, mit Ausnahme des Schmucks und der Pumps, stehe ich vor ihm. Lasse mich begutachten, während sich meine Brust vor Aufregung stark hebt und senkt.
„Wie ich sehe, hast du meine Anweisungen befolgt.“
„Ja“, hauche ich wachsam, was als Nächstes geschehen wird.

Nathan tritt noch näher heran, sodass ich die Wärme seines Körpers prickelnd auf meiner bebenden Haut spüren kann.

„Wie ich sehe, trägst du auch den Ring. Das signalisiert mir, dass du mit allem einverstanden bist, was ich für dich als richtig erachte."

Nein! Ja, oder vielleicht?

Nathan nimmt mich erneut bei der Hand, und ich steige aus dem Kleid. Anschließend führt er mich zu dem seltsamen Kreuz, das mich an ein großes, unheilvolles X erinnert und positioniert mich mit dem Rücken direkt davor.

Ohne ein weiteres Wort, hebt er nacheinander meine Handgelenke empor und fixiert sie hoch über meinem Kopf an den schräg stehenden Holzpfosten des Kreuzes. Meine Beine hingegen belässt er frei beweglich in den Pumps.

Durch die gestreckte Haltung ziehen die kleinen Metallringe der Kette umso mehr an meinen lustvoll aufragenden Nippeln. Als Nathan meine bloße Haut mit seinen geschulten Fingerspitzen erkundet, hinab wandert über die empfindlichen Stellen an der Innenseite meiner Oberarme, über meine Achseln bis hin zur Taille, folgt ihnen unmittelbar eine Spur Gänsehaut.

All meine Nervenenden sind aufs Äußerste gereizt, warten gespannt darauf, von Nathan gefordert und vielleicht sogar überfordert zu werden. Seine eisblauen, wunderschönen Augen sehen mir ein weiteres Mal direkt in die Seele, als er plötzlich den Schmuck, genauer genommen, die kleinen Ringe umfasst und diese durch gezielten Zug an den Ketten ruckartig verengt.

„Ahhhh!“, schreie ich auf.
Schmerz, aber vorrangig ungezügelte Lust, pulsieren durch meinen Körper und lassen mich automatisch an den breiten Lederriemen meiner Handgelenke reißen, die am Holz verankert sind. *Eng und bestimmend.*
„Sehr schön. Nun lass mich sehen, was ich noch für dich tun kann.“
Nathan entfernt sich kurz zur Kommode, während ich versuche, mit der veränderten Situation klarzukommen. Beinahe blind vor Sehnsucht, die mir regelrecht körperlich zu schaffen macht.
Er kehrt zurück mit einer langen Gerte, an deren Ende eine kleine Lasche aus schwarzem Leder befestigt ist. Wachsam beobachte ich, wie Nathan sie mir langsam vorführt. Doch es ist nicht die zu erwartende Pein, die mich ängstigt. Nein. Es ist die Vorfreude, dass ich es kaum erwarten kann, das grobe Leder endlich auf mir spüren zu können. Zu sehen, wie es seine kaltblütigen, vorübergehenden Spuren auf meiner Haut hinterlässt, während ich Nathan buchstäblich schutzlos ausgesetzt bin.
Freiwillig und im Vollbesitz meiner geistigen Kräfte.
Der erste Schlag folgt ohne Ankündigung und trifft mich präzise auf meine linke Hüfte. Gut spürbar aber nicht übermäßig fest, sodass ich jegliche Reaktion schnell unterdrücken kann.
Anschließend entledigt sich Nathan des Halstuchs und der Armbanduhr. Dann steigt er aus seinen Schuhen.
Ehe ich weiß, wie mir geschieht, folgt schon der nächste Hieb auf der anderen Seite, und wieder lasse ich ihn mühelos über mich ergehen.

Daraufhin weichen Nathans Jackett sowie sein Hemd und Socken.

Ohhh, ja!

Wieder saust die Gerte ungnädig auf mich nieder, nur diesmal kann ich mich eines Schreis nicht erwehren. Denn sie trifft mich zielsicher auf meine linke Brust, die aufgrund des Schmucks ohnehin sehr unter Spannung steht.

„Uhhhh", stöhne ich auf, als ich den ziehenden Schmerz dankbar annehme, woraufhin sich dieser in köstliche Lust verwandelt, mir bis in meinen Unterleib fließt und mich einmal mehr danach sehnen lässt, bald von Nathan das zu bekommen, was ich mir so sehr wünsche.

Als auch seine dunkle Anzugshose fällt und er nur noch in engen Shorts vor mir steht, erlaube ich mir, seine durchtrainierten, männlichen Konturen zu bestaunen.

Groß, maskulin und stark …

Es folgt der obligatorische Schlag auf die andere Brust, der mich erneut erbeben lässt.

„Oh, Nathan. Jaaaa …", stöhne ich, woraufhin zwei weitere Schläge niedersausen. Blitzschnell und präzise ausgeführt.

Diesmal lässt er mir keine Zeit zu verschnaufen. Zum einen, weil nun auch seine Shorts der blanken Männlichkeit gewichen ist, die mir aufreizend und prall entgegen ragt. Zum anderen, weil die Gerte in immer kürzeren Abständen auf meinen malträtieren Körper trifft. Immer tiefer wandernd, bis sie schließlich exakt mittig auf meine entblößte Vagina prescht. Knallhart und un-

barmherzig und ich, geflutet mit blanker Lust, wieder und wieder aufschreie.
„Ich gestatte dir, zu kommen", lässt mich Nathan wissen, wobei ich glaube, gefangen zwischen Sinnlichkeit und Pein, mich verhört zu haben.
Ein Orgasmus, allein ausgelöst durch eine Gerte?
Abwechselnd trifft er mich nun erneut auf meine Brust, nur um mir das Leder anschließend wieder gegen meine empfindlichste Stelle zu jagen. Meine Klit frohlockt mit jedem Hieb in immer intensiveren Kontraktionen, bis ich schließlich in einem Meer aus knisternden Wellen versinke.
Der heranschnellende Orgasmus ist gewaltig. Reißt mich mit sich, sodass ich, abgesehen von dem Feuerwerk in meinem Kopf, meiner Sehfähigkeit auf Zeit beraubt zu sein scheine.
Doch auch jetzt lässt Nathan nicht von mir ab.
Solange ich die wilde Gischt des Höhepunkts in den höchsten Tönen stöhnend begleite, schlägt er unablässig weiter zu. Treibt mich höher bis ich schließlich erschöpft in meinen Fesseln zusammensinke.
Nur am Rande nehme ich wahr, wie Nathan die Manschetten um meine Handgelenke löst, mich hochnimmt und zu dem großen, blutroten Bett trägt.
Behutsam legt er mich mittig darauf, während ich allmählich wieder gänzlich zur Besinnung komme.
Aber wenn ich nun glaube, Nathan würde sich einfach zu mir ins Bett kuscheln, dann habe ich mich stark geirrt. Denn auch wenn ich immer noch mit dem Ansturm aller Empfindungen zu kämpfen habe, so war dies erst das Vorspiel. Ein Vorspiel, um mir die aufge-

staute Anspannung zu nehmen, durch welche ich vermutlich über kurz oder lang explodiert wäre.
Und es hat funktioniert.
Absolute Glückseligkeit bahnt sich ihren Weg bis in die entlegensten Enden meines Körpers und verdrängt dadurch auch die letzten, versteckten Zweifel bezüglich meines neuen Ichs.
„Du bist wunderschön“, höre ich Nathan unerwartet sagen, und die Farbe seiner Stimme erhellt meine Seele um die Intensität einer gesamten Galaxie.
Und zum ersten Mal, seit ich von der verbotenen Sünde kosten durfte, kann ich diese Aussage ohne Bedenken … ohne Einwände akzeptieren.
Nathan sieht mich.
Sieht alles an mir aus einem anderen Blickwinkel. Objektiv und vermutlich sogar kritischer als die meisten Menschen. Dennoch …
Was er sieht, ist nicht nur die zielorientierte Geschäftsfrau. Was er vermag zu sehen, sind Bedürfnisse, die zu stillen, er es auf ganz neue Weise wie kein anderer versteht.
„Vertraust du mir?“
Überrascht horche ich auf, da Nathan nicht der Typ Mann ist, der etwas an sich selbst, wenn auch nur indirekt, infrage stellt.
Ohne nur eine Sekunde zu überlegen, antworte ich: „Ja, das tue ich.“
Er nickt und geht hinüber zu einer der Vitrinen.
Noch kann ich nicht erkennen, was es ist, aber mein Puls verrät mir, dass alles in mir es bereits in freudiger Erwartung ungesehen willkommen heißt.

Ich stütze mich auf meine Ellbogen, um besser sehen zu können, was er treibt, als Nathan auch schon zurück ist und sich vor dem Bett postiert. Dabei hält er eine etwa dreißig Zentimeter lange Silberkette in der Hand, an deren Ende ein größerer Metallring baumelt.
Was? Wie?
Doch meine Unkenntnis währt nur so lange, bis Nathan das Ende ohne Ring mittels eines kleinen Karabinerhakens an der längsten Kette meines Halsschmucks befestigt und den Ring selbst mittig zwischen meinen angewinkelten Beinen über meine malträtierte Klit positioniert.
Mit den Fingern teilt er meine Scham noch etwas weiter und als seine Zunge auf meine Perle trifft, stöhne ich unweigerlich laut auf. Auch wenn ich glaube, längst über meine Grenze hinausgegangen zu sein, so ist mein Körper offensichtlich anderer Meinung.
Ganz anderer …
Kunstvoll umkreist er meine Lustperle, benetzt sie mit Küssen und saugt sie abwechselnd in seinen Mund. Alles innerhalb des großen Metallrings, der ihm umso mehr ungehindertes Spiel ermöglicht.
Erneut baut sich dieses tief sitzende Verlangen in mir auf, Nathan spüren zu wollen.
Überall auf mir.
In mir!
Lasziv winde ich mich vor ihm, werfe den Kopf in den Nacken, obwohl ich weiß, dass er mein ruheloses Verhalten wahrscheinlich nicht lange dulden wird.
„Je mehr du dich bewegst, desto strikter wird dich der Schmuck in deine Schranken weisen“, warnt mich

Nathan eindringlich, während ich mir überaus bewusst bin, wer ein weiteres Mal die metallenen Zügel meiner Lust in seinen geschickten Händen hält.
Doch ich ignoriere die Warnung geflissentlich, da mich seine süße Folter aus gekonntem Zungenspiel und der unnachgiebige Zug an meinen Nippeln immer weiter zur Verzweiflung treiben.
Ich schließe die Augen und versuche, mich durch gezieltes Atmen daran zu hindern, die Kontrolle zu verlieren. Nicht auszudenken, welche Konsequenzen ein spontaner Orgasmus möglicherweise für mich hätte. *Weitere Hiebe? Eine weitere Hürde hinsichtlich des Schmerzes? Oder - was am fatalsten wäre - ein Abbruch unserer Session.*
Nathan scheint sein Spiel jedenfalls sehr zu genießen, denn mit jedem Zungenschlag fürchte ich, an der Steigerung dessen Intensität zu scheitern.
„Nathaaan …", stöhne ich. Wieder und wieder, bis mein Stöhnen in ein Wimmern übergeht.
Und als ich glaube, mich nicht länger beherrschen zu können, lässt er plötzlich von mir ab.
Noch im Nebel der Lust nehme ich nur schemenhaft wahr, wie er sich zwischen meine Beine kniet, meine Unterschenkel über die Schultern legt und seinen harten, mächtigen Schwanz an meine Mitte heranführt.
In Erwartung seines ersten, kräftigen Stoßes, lasse ich mich zurück auf das Bett sinken, wobei Nathan mir folgt und dadurch meine Beine weit über meinen Kopf streckt.
Eine ideale Ausgangsposition, um sich ungehindert in mich zu schieben.

Aber wenn ich eines gelernt habe, dann, dass ich nie vorab überlegen sollte, was als Nächstes geschehen wird. Denn Nathan scheint dies regelrecht zu spüren, was unter Umständen bedeuten kann, dass er sich spontan umentscheidet.
Sein feuriger Blick und die Art, wie sich seine durchtrainierte Brust im Kampf um quälende Selbstbeherrschung hebt und senkt, bedeuten mir mehr als jedes ausgesprochene Lob.
Wenn der Meister selbst um Fassung ringt, habe ich die Königsklasse erklommen, denke ich noch, ehe sich Nathan langsam aber bestimmend durch den Metallring hindurch in meine feuchte Oase der Lust schiebt.
Das Gefühl ist einfach überwältigend, und auch Nathan keucht immer wieder auf, während er sich stetig weiter in mir versenkt.
Doch mit jedem Zentimeter, den er mir schenkt, intensiviert sich auch der Zug durch den Ring an meinen Nippelketten. Und mir wird schmerzlich bewusst, was Nathan zuvor mit seiner Warnung meinte, dass ich mich nicht zu stark bewegen solle. Zumal ich davon ausgehe, dass sich der Ring äußerst eng um sein großes Glied legt.
In dem Moment, als er beginnt sich in mir zu bewegen, bewahrheitet sich meine Vermutung, denn der Zug ist so gewaltig, dass ich fürchte, ihn nicht überstehen zu können.
„Ahhh, Nathan!“
Nathan scheint mit sich zu kämpfen, sich nicht einfach gehen zu lassen, mich wild zu ficken und damit zu

überfordern, was mir augenscheinlich sein angespannter Gesichtsausdruck signalisiert.
Deshalb will auch ich versuchen, all die Empfindungen, die nicht unterschiedlicher sein könnten, zu einem gewaltigen Feuerball zu vereinen, der sich alsbald seinen Weg durch meinen in Aufruhr geratenen Körper bahnen wird. So viel steht fest.
Nach und nach steigert Nathan sein Tempo, zieht mittels des großen Rings mit jedem Mal, wo er sich aus mir zurückzieht, an meinen metallenen Peinigern, nur um das harte Metall sogleich wieder gegen meine weiche, warme Mitte zu drücken.
Ich schreie, ich stöhne und kralle meine Fingernägel unnachgiebig in seinen stahlharten Rücken.
Er lässt es über sich ergehen.
Fickt mich so lange, bis ich glaube, plötzlich aus meinem Körper herauszutreten und nur noch geistig aus Emotionen und Lust zu bestehen. Ein meditativer Zustand absoluter Reinheit. Frei von aller Last und in höheren Sphären schwebend.
„Jetzt, Baby. Komm für mich", gibt mir Nathan das Signal, auf das ich so lange gewartet habe.
Meines örtlichen Bewusstseins beraubt, lege ich den Schalter um, den ich bisher qualvoll zurückgehalten habe und lasse mich hinfort tragen auf dem schönsten Orgasmus, den ich je erleben durfte.
Befreit von Gedanken und Schmerz.
Im Himmel meiner Lust angekommen.
Zusammen mit dem Mann meiner Träume …

Nathan folgt mir zeitnah. Schenkt mir das Ergebnis seiner ungeschützten Männlichkeit am tiefsten Punkt meines Seins.
Warm.
Intensiv.
Und unendlich schön.
Vereint in Körper und Geist. Von jetzt an und - so es das Schicksal will - für immer …
Und als seine warmen Lippen sich gefühlvoll auf die meinen legen, ist es endgültig um mich geschehen.

Kapitel 19

Nathan

Warmes Wasser auf meiner Haut, während ich mich gegen die steinerne Rückwand der Regenwalddusche stütze. Ein Moment der absoluten Ruhe und Entspannung.
Die Nacht ist noch nicht vorüber, doch wie so oft, finde ich keinen Schlaf. Und es ist nicht das erste Mal in letzter Zeit, dass eine Frau der Grund dafür ist.
Elly.
Während sie nebenan in dem großen roten Himmelbett selig schläft, - sich erholt, nachdem ich sie erst zum Orgasmus gepeitscht und später von den Ringen befreit habe -, kämpfe ich erneut mit mir selbst. Wieder liegt Elly in einem meiner privaten Betten, wie schon zuletzt

in meinem eigenen Schlafzimmer, was sich für mich, auf selten vertraute Art, absolut richtig anfühlt.
Wünsche, wie beispielsweise ein gemeinsames Leben, die schon aus Gründen der Logik nicht erfüllt werden können. Eine Zukunft, die sich nicht mit meinem Leben vereinbaren lässt, kursieren unablässig in meinem Kopf.
Seit wann scherst du dich einen Deut um Konventionen oder schwer überwindbare Hindernisse?
Elly stellt alles gehörig auf den Kopf. Lässt mich Dinge fühlen, die ich nie für möglich gehalten hätte und, was noch wesentlich fataler ist, sie lässt mich hoffen …
Heute Nacht war ich tiefer in Elly als jemals zuvor. Auf alle erdenklichen Weisen.
In ihrem Körper.
In ihrem Kopf.
Und vielleicht auch in ihrem Herzen.

Nach der ausgiebigen Dusche ist mein Geist wieder etwas klarer. Eilig trockne ich mich ab und schlüpfe zum Übergang in eine schwarze seidige Schlafanzughose. Das Oberteil dazu spare ich dezent aus. Schließlich ist der Morgen noch lange nicht in Sicht und so muss ich nicht fürchten, einem meiner Angestellten über den Weg zu laufen.
Vielleicht sollte ich joggen gehen? Oder einfach in den Kraftraum?
Doch das wäre vor der Dusche sicherlich sinnvoller gewesen.
Andererseits möchte ich keine Sekunde vergeuden, in der ich Elly an meiner Seite wissen darf.

Schnell werfe ich noch einen routinemäßigen Blick auf mein Handy. Fünf Anrufe in Abwesenheit, die mich augenblicklich aus der Haut fahren lassen.
Brenda!
Es gibt nicht viele Personen, die meine ganz persönliche Nummer in ihrem Adressbuch wissen dürfen, und in Augenblicken wie diesen, bereue ich sogar, sie so mancher Person überhaupt bekannt gegeben zu haben. Die Zeiten haben sich geändert. *Sehr sogar.* Dabei kann ich es Brenda im Prinzip nicht verübeln, dass sie sich noch nicht mit dem Wandel abgefunden hat. Wenn ich ihr nicht bereits ausdrücklich mehrfach untersagt hätte, sich in meine Angelegenheiten einzumischen. Dies würde ich niemandem zugestehen. Auch nicht einer langjährigen Freundin. Daher werde ich sie ignorieren. Vorerst.
Plötzlich regt sich etwas vor der Tür. *Elly?*
Gerade, als ich nachsehen will, wird ein kleiner, quadratischer Zettel unter dem Türschlitz durchgeschoben. Darauf steht nur ein Wort: Nachtspaziergang?
Sofort sind Ärger und Wut aus meinem Kopf verschwunden, und allein Ellys Gegenwart bietet keinen Raum für die Vergangenheit.
Was zählt, ist nur noch die Zukunft!
Ich öffne und erblicke meine kleine Fee, lediglich in eines meiner dunklen Shirts gekleidet, vor der Schwelle stehend. Finster sehe ich sie an, da sie barfuß auf dem kühlen Steinboden sicherlich frieren muss.
„Warum bist du nicht im Bett?“
„Dasselbe könnte ich dich fragen“, gibt sie mir mühelos Contra, ohne auf meinen unzensierten Vorwurf einzu-

gehen. „Ich konnte nicht schlafen", lenkt sie beschwichtigend ein und wendet den Blick zu Boden. „Du warst nicht da."
Mit allem hätte ich gerechnet, jedoch nicht mit diesem wunderschönen Geständnis. *Sie fühlt sich unwohl ohne mich. Kann nicht schlafen. Ohne mich. Doch was nun?*
Da Elly später, wie sie mir erzählt, arbeiten muss, wäre es unverantwortlich, sie noch weiter um ihren Schlaf zu bringen.
Theoretisch.
Praktisch würden mir da einige Dinge einfallen, die ich dem Schlaf definitiv vorzöge.
„Komm, lass uns einfach ein wenig herumgehen", schlägt sie vor.
Elly wartet meine Antwort gar nicht erst ab, da sie vermutlich ohnehin schon ahnt, dass ich ihr zwar gerne jeden Wunsch erfüllen, gerade diesen aus vielerlei Gründen aber nicht befürworten würde. Zumindest nicht, was sie angeht. Denn wenn ich mir die Nächte um die Ohren schlage, dann ist das mein Problem. Es ihr jedoch ebenfalls zuzumuten, obendrein frierend und unter der Gefahr, mich ein weiteres Mal bei ihrem bezaubernden Anblick nicht beherrschen zu können, wäre unverantwortlich.
Bevor ich jedoch meinen Unmut kundtun kann, hat sie mich auch schon bei der Hand gepackt und hinter sich her gezogen.
Schweigend folge ich ihr die Stufen hinauf in die große Eingangshalle, hinüber in den Westflügel. Völlig wahllos, immer ihrer Neugier folgend.

Sie so zu betrachten, wie sie weder geschminkt noch gestylt, barfuß in einem übergroßen Shirt durch meine Räume huscht, weckt ein weiteres Mal das Bedürfnis, sie für immer …
Ja, was eigentlich?
Zu besitzen?
Zu unterwerfen?
Nein. Sie als die Frau an meiner Seite auf ewig beschützen zu dürfen.
Sie stoppt und dreht sich zu mir um. „Was befindet sich hinter dieser Tür?"
„Die Bibliothek", antworte ich knapp.
„Was? Ehrlich? Darf ich sie sehen?"
„Würde es denn etwas nützen, wenn ich dich bitten würde, wieder ins Bett zu gehen, bevor du dir noch den Tod holst?"
Ellys smaragdgrüne Augen funkeln vor Belustigung und durch den Reiz, sich mir mit Freuden widersetzen zu können.
„Nicht im Geringsten."
Ich schüttele entnervt den Kopf, öffne die Tür und bedeute ihr mit einem Wink, einzutreten. Wobei ich ehrlicherweise zugeben muss, gerade diese Art von Widerworten ganz besonders an ihr zu schätzen. Regelrecht zu genießen.
„Dort befindet sich wenigstens ein Teppichboden, was die Gefahr ein wenig bannt, dass du dir die Füße abfrierst."
„Ich werde es überleben, versprochen. Und abgesehen davon, trägst du auch keine Schuhe."

Entnervt rolle ich mit den Augen, was Elly erfreut zur Kenntnis nimmt.
Wenn du wüsstest, wie sehr du die Versuchung in mir, dich übers Knie zu legen, mit jedem weiteren Wort anfeuerst. Wie sehr du mit diesem Feuer spielst …
Sie stellt sich auf die Zehenspitzen und küsst mich unvermittelt zart, bevor sie den Raum mit ihrer Präsenz flutet.
„O mein Gott, Nathan. Als du Bibliothek sagtest, dachte ich an ein Bücherregal."
Ich folge ihr hinein, während sie sich bereits daran macht, die deckenhohen Reihen ringsherum ehrfürchtig zu betrachten.
„Wie du weißt, sage ich stets das, was ich auch meine."
Ellys engelsgleiches Lachen hallt durch den Raum und pflanzt sich unmittelbar in mein erkaltetes Herz.
„Das ist wahr. Schnörkellos und direkt."
Dem kann ich nichts hinzufügen.
„Bist du oft hier? Ich glaube, wäre das mein Haus, ich würde diesen Raum zu meinem Liebsten erklären."
‚Wäre das mein Haus', hallen ihre Worte in meinen Gedanken wider, während ich mich dabei ertappe, Gefallen an dieser lächerlich voreiligen Vorstellung zu finden. Ich beobachte, wie meine kleine Fee leichtfüßig über den Perserteppich tänzelt und dabei scheinbar jede geschriebene Zeile in diesem Raum in sich aufsaugt. Offen und an allem interessiert. Einer der Gründe, die es mir so einfach machen, mich für sie zu begeistern: ihre Wissbegierde.
„Ich stelle dir die Bibliothek gerne uneingeschränkt zur Verfügung. Wann immer du willst", kommt es mir

plötzlich über die Lippen, noch bevor ich überhaupt darüber nachdenke was es bedeuten würde, Elly viel öfter um mich zu haben. Ein ungewohntes Gefühl ergreift von mir Besitz. Warm und wohlig, wie ich es noch nie erlebt habe. Gleichzeitig schrecke ich jedoch davor zurück, da es mich schier überwältigt.
Elly horcht auf.
„Wirklich?“ Sie sieht mich mit großen, runden Augen überrascht an und ich nicke bestätigend.
„Nathan, das wäre einfach wundervoll“, ruft Elly enthusiastisch aus und springt mir unerwartet in die Arme. Überglücklich und heillos begeistert.
Es ist erstaunlich, wie leicht es doch ist, meine kleine Fee zu beeindrucken. *Dazu bedarf es keinen Reichtum, keinen teuren Wagen oder auch nicht viel Geld. Ein Paar alte Bücher reichen offenbar völlig aus, um sie für sich zu gewinnen*, überlege ich angetan von so viel ungewollter Bescheidenheit.
„Sehr gerne nehme ich dein Wahnsinnsangebot an und werde es mir demnächst einmal für eine kleine Erkundungsreise hier gemütlich machen, wenn du erlaubst“, plant Elly bereits voraus, und ich kann nicht anders, als mich mit ihr zu freuen.
„Wann immer du willst.“
Erneut nimmt sie mich bei der Hand und zieht mich in Richtung Ausgang.
„Genug gesehen?“, frage ich in der Hoffnung, Elly endlich wieder in meinem warmen Bett zu wissen.
„Fürs Erste“, gibt sie keck zurück, mich regelrecht frech herausfordernd. „Wo war doch gleich die Küche?“

Überrascht sehe ich sie an, da ich damit am allerwenigsten gerechnet habe. Aber wenn ich eines gelernt habe, dann, dass man bei Elly O'Leary immer mit allem rechnen muss. Eine verstörende Erfahrung für einen Kontrollfreak wie mich, dennoch eine sehr reizvolle.
Ich führe sie hin, wobei mir der kalte Fliesenboden dort ganz und gar nicht gefällt.
Du hättest sie zwingen sollen, wenigstens Hausschuhe anzuziehen, denke ich wütend auf mich selbst, versuche jedoch, meinen naturgegebenen Drang um Kontrolle zu unterdrücken.
„Wie sauber und aufgeräumt es hier ist. Wirklich beeindruckend", lautet Ellys erstes Resümee zu dem geräumigen funktionalen Raum.
„Es ist einfach nur eine Küche", erwidere ich minder enthusiastisch, da ich die wenigen Male, in denen ich diese betreten habe, gefühlt an zwei Händen abzählen kann. Schließlich unterhielten wir von jeher immer zahlreiche Bedienstete, die sich um unser Wohl und die Verpflegung kümmerten. *Und dieses ungefragte Eindringen in ihr Reich, wird meiner Haushälterin und Köchin sicherlich ganz und gar nicht gefallen*, denke ich amüsiert.
Ohne zu fragen, öffnet Elly den Kühlschrank und sucht sich zielstrebig die Zutaten für, wie ich vermute, ein Sandwich zusammen. Anschließend legt sie alles auf den großen, gefliesten Küchenblock in der Mitte der Küche, und sucht die Schränke nach Tellern, Gläsern und Messern ab, die sie zügig findet. Dann befüllt sie zwei Gläser mit eiskalter Coke.
Noch während ich sie, gewissermaßen fassungslos darüber, wie gut sie sich in der fremden Küche zurechtfin-

det, beobachte, hat sie uns in Windeseile zwei Sandwiches, die mit Schinken, Käse, Ei, Salat und Tomaten belegt sind, zurechtgemacht. Garniert mit Mayonnaise und in ansprechend handliche Ecken geschnitten.
Sie schiebt mir einen der Teller hin und reicht mir dann meine Cola.
„Greif zu. Oder willst du mir etwa erzählen, dass du nicht hungrig bist?"
„Ich esse für gewöhnlich nicht nachts."
Elly rollt provokant mit den Augen, und vermutlich habe ich das aufgrund meiner festgefahrenen Gewohnheiten auch ansatzweise verdient. Obgleich ich ihr diese Marotte gerne auf die eine oder andere Weise austreiben würde.
„Ich auch nicht. Aber ich werde schließlich nicht jede Nacht ausgepeitscht und gefoltert", gibt Elly lächelnd zurück.
Trotzdem werde ich stutzig, da mir das Wörtchen ‚gefoltert' ganz und gar nicht zusagt.
„So siehst du das also?"
Sie schluckt den Bissen hinunter und sieht mich fragend an. „Was meinst du?"
„Du denkst, es bereitet mir Vergnügen, dich zu foltern? Foltern? Ernsthaft?", frage ich direkt heraus und kann mich einer gewissen Strenge in meinem Tonfall nicht erwehren.
Doch Elly hält alledem uneingeschränkt stand und wirkt dadurch alles andere als eingeschüchtert.
„Tut es das denn nicht?"
Schockiert über ihre Aussage verschlucke ich mich beinahe an der Coke.

„Natürlich nicht. Elly, was wir zusammen erleben, ist weit davon entfernt, mit etwas Barbarischem wie Folter vergleichbar zu sein. Bei alledem geht es in erster Linie um Vertrauen. Darum, die Grenzen des jeweils anderen auszutesten und gleichzeitig zu respektieren. Außerdem ermöglicht es mir - im besten Fall - dich bis ins kleinste Detail zu studieren und zu verstehen. Vorausgesetzt, du gestattest es mir."

Elly, eben noch an der anderen Seite des Küchenblocks stehend, kommt lächelnd zu mir herüber, streckt sich zu mir hoch und küsst mich sanft auf meine Lippen.

„Oh, Nathan. Du darfst nicht immer jedes Wort, das ich sage, auf die Goldwaage legen. Mach dir bitte keine Sorgen, okay? Es ist alles in Ordnung, und wenn es einmal nicht der Fall sein sollte, dann wirst du es als Erster erfahren. Versprochen!"

Fassungslos darüber, wie sehr sie mit ihrer Vermutung, ich könnte mir augenblicklich aufgrund ihrer Aussage Sorgen machen, ins Schwarze trifft, stehe ich einfach nur da. Zu nichts anderem fähig, als mich über die Spitzfindigkeit und unsagbare Empathie dieser wunderschönen und wandlungsfähigen Frau zu wundern. Denn auch sie scheint es wie eine Meisterin zu verstehen, ihr Gegenüber in Sekundenbruchteilen zu analysieren und entsprechend darauf zu reagieren.

Wie schon einmal erwähnt: Die wahrscheinlich perfekte Gegenspielerin für dich!

Und so wird mir wieder einmal vorgeführt, dass es wenige Dinge gibt, die sich außerhalb meines Kontrollbereichs bewegen. Die gar nicht daran denken, sich von

mir dahingehend beeinflussen zu lassen. Oder auch Menschen.
Menschen wie Elly.
Gemeinsam ums Feuer tänzeln, ohne sich dabei zu verbrennen, lautet die Devise unseres gefährlich reizvollen Spiels, anstelle sich von mir über das Feuer tragen zu lassen.
Und auch wenn es mir ganz und gar nicht behagt, dass sie sich dabei verbrennen könnte, so werde ich wohl oder übel akzeptieren müssen, dass Elly stets ihrem eigenen Willen folgen und es ihr obliegen wird, meine Führung bereitwillig anzunehmen. Oder eben auch nicht.
So stehe ich hier … nachts barfuß in meiner Küche und esse Sandwiches, während die interessanteste und ungewöhnlichste Frau, die ich je kennengelernt habe, plötzlich die Strippen zu meinem kontrollierten Leben in ihren kleinen Händen zu halten scheint.
Eine Frau, die, ohne es selbst zu ahnen, längst gelernt hat, das Feuer zu beherrschen …

Kapitel 20

Elly

Stärke wäre wohl das perfekte Substantiv, um Nathan treffend zu beschreiben. Aber hinter dieser starken Mauer, ähnlich der zum Schutze um Walsh-Manor herum, steckt eine sensible Seele, die sich um ihre Mitmenschen sorgt. Stets darum bemüht ist, dass sich alle in ihrer Gegenwart möglichst wohl fühlen.

Da ist es nicht verwunderlich, dass ich Nathan mit meiner direkten Betitelung seines ausgeklügelten, speziellen Spiels, ein klein wenig vor den Kopf gestoßen habe.

Gut so. Denn nichts liegt mir ferner, als den Mann, der es geschafft hat, mich nur mittels gezielter Hiebe zum Orgasmus zu treiben, mit Samthandschuhen anzufassen.

Und besonders zartfühlend wird es auch jetzt nicht werden in dieser Nacht, die wie geschaffen dafür ist, endlich mehr zu erfahren.
Daher leere ich mein Glas und setze alles auf eine Karte.
„Beantwortest du mir eine Frage? Aber du darfst mir nicht ausweichen."
Nathan sieht mich überaus skeptisch an.
„Das kommt darauf an, welche."
Ich habe mir schon gedacht, dass er es mir nicht leicht machen würde, denn schließlich erfährt Nathan normalerweise gerne die tief sitzenden Geheimnisse seines Gegenübers, verrät aber im Gegenzug nichts über sich selbst.
„So funktioniert das nicht. Wenn ich dir vorher die Wahl lasse, dann macht das keinen Sinn", fahre ich beharrlich fort, ohne mich von seinem mittlerweile gewohnt strengen Blick einschüchtern zu lassen.
„Du darfst fragen", entgegnet Nathan knapp, während ich mir die passenden Worte zurechtlege, da er mir vermutlich wirklich nur eine Chance geben wird.
„Wer ist Josefine?", platzt es plötzlich ungefiltert und ohne die beabsichtigte Watteverpackung aus mir heraus.
Unmittelbar verdunkeln sich Nathans Züge, da er dieses Thema offenbar scheut.
„Darauf werde ich nicht antworten, da es nichts zur Sache tut", lautet seine Form von haarscharfem Themenabbruch.
„Du hast mir gestattet, zu fragen. Weißt du nicht mehr?", entgegne ich genervt, obwohl ich mit einer

Abfuhr à la Nathan eigentlich schon gerechnet habe. Was ein Grund dafür war, mit diesem Thema möglichst lange zu warten.
Er hebt eine Augenbraue.
„Das ist korrekt. Aber ich habe nicht versprochen, darauf zu antworten. Fragen darfst du alles. Aber ob es dir etwas nützen wird …?“
Gespielt pikiert über so viel Berechnung, schlage ich ihm auf die Schulter.
„Hey! Das ist wirklich nicht fair! Dafür schuldest du mir zwei Antworten“, wage ich einen weiteren Versuch, was Nathan mit einem beeindruckten Lächeln quittiert.
„Wer stellt hier eigentlich die Regeln auf?“, will er belustigt wissen, und sein wunderschönes Lächeln lässt mein Herz unmittelbar höherschlagen.
„Immer der Hausherr, selbstverständlich. Oder hast du einen anderen Eindruck?“
Blitzschnell überwindet Nathan die Distanz zwischen uns, noch ehe ich reagieren kann, umgreift meine Hüften und setzt mich mit blankem Hinterteil auf die kalten Fliesen des Küchenblocks. Die Schnelligkeit seiner Handlung, wie auch die unerwartete Kälte auf meiner Haut, lassen mich ruckartig hochfahren.
„Nathan!“, stoße ich zeitgleich erschrocken aus, während er sich zwischen meine Beine drängt und mich voller Intensität mit seinen warmen, fordernden Lippen küsst. Die Spontanität dieses unerwarteten Gefühlsausbruchs, trifft mich mit voller Wucht, während sich bereits Bilder von uns beiden, wie wir uns gleich hier und jetzt vergnügen, in meinen Geist schieben. Bedächtig

streiche ich über seine wohldefinierten Brust- und Bauchmuskeln.
Doch etwas in mir ist weiterhin wachsam und weigert sich strickt, sich mit dieser fantastisch geplanten Aktion ablenken zu lassen.
Nur mit Mühe gelingt es mir, im Rausch der Leidenschaft, einen Weg aus dem aufkeimenden Wall aus Lust herauszufinden und Nathan ein weiteres Mal mit meiner simplen, jedoch einschlägigen Frage zu konfrontieren.
Behutsam winde ich mich aus seinem Griff, sorge jedoch weiterhin dafür, dass er sich meines Einflussbereichs nicht entziehen kann, indem ich seine Hände in die meinen nehme.
„War sie deine Frau? Brenda hat sie zuletzt bei dem Event erwähnt."
Gut gemacht, Elly. Schneller hättest du das Feuer wohl nicht im Keim ersticken können als mit einer ganzen Wagenladung unerotischen, schweren Sandes.
Ich kann die Kälte, die nun von Nathan, anstelle der Fliesen unter mir, zu kommen scheint, regelrecht spüren. Kann fühlen, wie sie ungebremst gegen mich prallt in dem letztmaligen Versuch, mich einzuschüchtern und von meinem Vorhaben, mehr zu erfahren, abzubringen.
Nathans Seufzen klingt mehr wie ein tief dringendes Wehklagen, das er über langen Zeitraum in seinem Inneren gehütet hat. Es dauert einen kurzen Moment, bevor er sich wieder gefangen und - vollumfassend verschlossen - im Griff hat.

„Es gab eine Zeit, in der ich glaubte, Josefine sei meine Zukunft. Eine Zeit in der ich mir selbst vormachte, der richtige Mann für sie zu sein.“
Gerne würde ich sofort eine Million Fragen dazu stellen, da ich sonst fürchten muss, mir selbst eine erschütternde, herzzerreißende Geschichte anhand der wenigen Informationen parat zu legen. Obwohl ich mir bereits zuvor überaus bewusst war, welche Gefahren meine Frage in sich birgt, trifft mich die Tragweite der Erkenntnis über Nathans kryptische Antwort wie ein Schlag. Zielsicher auf Höhe meines Herzens.
„Warst du das denn nicht?“, entscheide ich mich für die am wenigsten riskante Frage.
„Nein.“
„Warum nicht?“, fahre ich fort. Meine Stimme ist kaum mehr als ein Flüstern.
„Sie war für einen anderen Mann bestimmt, und ich hätte ihr auf Dauer nie das geben können, was sie sich gewünscht hätte … Familie.“ Dabei klingt er so traurig, dass ich drohe, dadurch in den Strudel seiner unendlichen Traurigkeit mitgerissen zu werden.
„Du hast Josefine für einen anderen Mann aufgegeben?“, hake ich vorsichtig nach.
„So ist es.“
„Wie lange ist das her?“, will ich weiterwissen, und diesmal folgt Nathans Antwort auf dem Fuße: „Etwa ein Jahr.“
Keine lange Zeit für einen derartig herben Verlust, überlege ich rational, während ein anderer Teil in mir gerne über all das ungehemmt in Tränen ausgebrochen wäre.

Ich nicke verständnisvoll. Nicht in der Art, wie ich sollte. Denn was ich heraushöre, ist, dass Nathan niemals auch nur im Ansatz planen würde, diesen fatalen Fehler einer gemeinsamen Zukunft mit einer Frau zu wiederholen.
Diese Einsicht trifft mich erneut unerwartet hart. Und das, obwohl ich mir bis dato selbst nicht eine Sekunde lang versucht habe, auszumalen, wo die Liaison mit Nathan überhaupt hinführen könnte.
Sein Blick fällt beiläufig auf unsere verschränkten Hände, dem ich folge.
Zärtlich streiche ich mit den Fingerspitzen die filigranen Linien seines Tattoos nach, die sich zu wunderschönen Ranken bilden, während in unregelmäßigen Abständen daraus verschieden große Knospen sowie Orchideenblüten entspringen. Bis die ungewöhnliche Tätowierung kurz vor Nathans Fingerspitzen endet. Dabei fällt mir eine der Blüten besonders ins Auge. Nicht zuletzt, aufgrund ihrer Größe und plastischen Darstellung.
Als ich sie mit dem Finger erreiche, zuckt Nathan unwillkürlich, jedoch kaum merklich zurück.
„Was hat es mit diesem Tattoo auf sich, das du sonst so akribisch zu verbergen versuchst?"
„Hast du nicht schon genug gefragt, für eine unschuldige Nacht?", fragt Nathan zurück.
„Hm, lass mich nachdenken. Nein!"
Ich versuche mich an einem hinreißenden Hundeblick, der mir mehr schlecht als recht gelingt. Aber immerhin scheint er auszureichen, um Nathan noch einmal aus der Reserve zu locken.

„Es ist eine andere Art von Stammbaum. Eine Lebenslinie, wenn du so willst."
Das gibt mir zu denken.
„Und die einzelnen Stationen, die Orchideenblüten, stehen für …"
Wieder dieses Seufzen von ihm, das, soweit ich mittlerweile gelernt habe, nichts Gutes verheißt.
„Elly. Ich bin kein unbeschriebenes Blatt, wie du dir sicher vorstellen kannst. Schließlich agiere ich als Initiator der berüchtigten Events auf Walsh-Manor. Und dazu stehe ich auch."
„Also verkörpert jede Blüte eine Frau, mit der du je zusammen warst?", schlussfolgere ich mit überaus weiblicher Logik so falsch, wie ich nur liegen kann.
„Nein. Ich habe nie etwas von Monogamie oder sonstigen gesellschaftlichen Zwängen gehalten. Daher würde es keinen Sinn machen, mich von einer festen Beziehung in die nächste zu stürzen."
Nichts, was ich nicht schon geahnt hätte. Dennoch schmerzt es mich sehr, diesen Umstand laut ausgesprochen zu hören. Trotz einer vagen Vermutung wage ich nicht, sie vorschnell zu äußern. Obwohl meine Variante zwar anrüchiger, jedoch dafür im Grunde deutlich weniger verstörend wäre.
Nur nichts überstürzen, Elly, rufe ich mich zur Räson, was mir wirklich äußerst schwerfällt.
„Jede Blüte", fährt Nathan schließlich fort, „steht für eine Frau, die ich auf ihrem Weg zur Selbstfindung begleiten durfte. Der ich meine Welt offenlegen konnte, bis sie schließlich gelernt hat, allein zu bestehen."

Mit angeschlagener Stimme, die mir ein gewaltiger Klos im Hals beschert, versuche ich mich, an einer Theorie.
„Also waren sie alle deine … Gespielinnen?“, drücke ich mich vorsichtig aus, obwohl mir zweifelsohne die eine oder andere, weniger freundliche Bezeichnung für meine Vorgängerinnen einfallen würde.
Als ob du selbst besser wärst, schon klar!
„Ja“, gibt Nathan ohne Umschweife zu, während dieses kleine Wort keinen Raum für Beschönigungen lässt.
„Puh“, atme ich hörbar aus. „Das sind wirklich viele.“
Nathan sieht das filigrane Gebilde plötzlich, wie mir scheint, mit anderen Augen. Objektiv, gleich eines Außenstehenden.
„Das liegt im Auge des Betrachters“, gibt er zu und räumt damit ein, dass seine Vergangenheit durchaus bewegter gewesen ist als die der meisten Menschen.
Wieder streiche ich darüber. Folge den Linien bis zu der Blüte, die mir erneut als die Schönste, die Auffälligste, erscheint.
„Diese hier. Sie steht für Josefine“, sage ich schließlich, ohne auch nur eine Sekunde daran zu zweifeln, dass ich recht habe.
Dafür hätte ich sein Nicken nicht einmal benötigt, das ehrlich und ohne zu zögern auf dem Fuße folgt.
Ich habe genug.
Und auch, wenn meine Reaktion darauf absolut keinen Sinn macht, da ich weder einen Anspruch an Nathan anmelden noch ihm einen Vorwurf daraus machen kann, will ich plötzlich nur schnell weg.

Mit einem Satz springe ich vom Küchenblock, bevor Nathan mich zurückhalten kann, da mir die Lust auf all das hier plötzlich vergangen ist.
Nathan mustert mich lediglich ernst, wirkt jedoch nicht beunruhigt. Zumindest nicht nach außen hin.
„Wo willst du hin?!“, verlangt er, mit herrischem Tonfall zu erfahren, während ich mich bereits daranmache, die Küche zu verlassen.
Fahrig und aufgebracht wirbele ich herum, mir völlig im Klaren darüber, wie albern und unreif mein Verhalten gerade auf Nathan wirken muss. Doch ich kann nicht anders.
Mit einem Mal bricht alles, die Verwirrtheit der letzten Tage, die emotionalen Berg- und Talfahrten sowie die vielen neuen Eindrücke, auf mich herein wie eine gewaltige Schuttlawine. Bestehend aus den Bruchstücken, die mein Leben darstellen.
„Weg“, antworte ich knapp, womit sich Nathan nicht zufriedengibt.
Aber wenn ich jetzt glaubte, er würde sich weiter erklären, mir sagen, dass all das nur ein gewaltiges Missverständnis ist und ich die einzige Frau in seinem zukünftigen Leben sein werde, dann würde das selbst die Grenzen meiner romantischen Naivität sprengen.
„Warum?“, fragt er lediglich knapp, da er mein Verhalten augenscheinlich nicht im Geringsten nachvollziehen kann.
Ich werfe die Arme in die Luft, um meinem aktuell fragwürdig labilen Gemütszustand mehr Ausdruck zu verleihen.

„Warum, Nathan? Das weißt du nicht? Du kennst mich doch sonst so gut. Besser wie jeder andere“, treffe ich ihn zielsicher verbal unter der Gürtellinie. Doch selbst das ist mir gerade egal.

Ich bin verletzt.

Eifersüchtig auf eine Vergangenheit, die ich weder ändern noch ertragen kann. Zumindest glaube ich das.

„Es hat etwas mit Selbstschutz zu tun, okay? Nathan, ich würde dir nie deine Art zu leben vorwerfen oder verlangen, dass du dich dafür rechtfertigst. Aber ich kann auch nicht auf unbestimmte Zeit im Schatten einer Frau leben, die ich in deinen Augen niemals erreichen werde können.“

Und auch wenn Nathans Mimik kaum eine Gefühlsregung zulässt, so habe ich mit meiner Erklärung dem Anschein nach doch etwas in ihm gerührt, dass ihm sichtlich Unbehagen bereitet.

„Ich bin ich, Nathan. Kein Zeitvertreib und sicherlich auch kein Josefine-Ersatz. Ein Ersatz, den du wahrscheinlich nicht einmal suchst. Aber in jedem Fall bin ich mehr als eine Orchidee in einem Tattoo. Eine weitere Kerbe in deinem Bettpfosten, und schließlich nichts als eine vage Erinnerung.“

„Ich habe von Anfang an mit offenen Karten gespielt und mir daher nichts vorzuwerfen.“

Resigniert atme ich aus. „Ja, das ist wahr. Aber nachdem ich dich kennengelernt habe, deine Welt, aber auch die Person hinter dem düsteren verschlossenen Mann, reicht mir das nicht mehr aus. Was ich will ist … mehr. Wenigstens die Chance auf eine gemeinsame Zukunft.

Aber ich würde nichts von dir verlangen, was du nicht selbst zu geben bereit bist."
„Du wolltest ehrliche Antworten und verwendest sie nun gegen mich?"
Dabei sieht er mit einem Mal wütend und enttäuscht zugleich aus, und diese seltene Gefühlsregung bricht mir beinahe das Herz.
„Und dafür bin ich dir auch unendlich dankbar. Dennoch brauche ich Zeit, Nathan. Zeit, um mich mit manchen Dingen arrangieren zu können und zu akzeptieren."
Vielleicht könnte ich es tatsächlich lernen zu akzeptieren, nur eine Frau unter vielen zu sein. Oder zumindest seine Hauptfrau. Aber allein der Gedanke daran klingt so absurd, da ich niemals bereit wäre, ihn zu teilen. Denn in meiner Vorstellung von Glück spiele ich die weibliche Hauptrolle und dies nicht nur für einen begrenzten Zeitraum.
Auch Nathan scheint zu verstehen, mir sogar zuzustimmen, was die quälende Schlinge um mein Herz nur umso enger zieht.
„Daher werde ich nun gehen und über einiges nachdenken."
Nathan nickt.
„Ich lasse dir einen Wagen vorfahren", stellt er lediglich sachlich klar, ohne auch nur den Hauch von Widerrede einzuräumen. So viel ist mir klar.
Außerdem kommt es mir auch gelegen, da ich kein Interesse habe, mir mitten in der Nacht ein Taxi zu rufen.
Ich streife den Ring ab und überreiche ihn Nathan, der ihn, ohne mich daran zu hindern, annimmt.

„Es wäre nicht fair. Du glaubst, das Privileg zu haben, nicht lieben zu müssen. Glaubst, die Liebe kontrollieren zu können, und über diesen Dingen zu stehen. Dabei ist die Liebe selbst das Privileg“, sage ich vor mich hin und verlasse den Raum.
Und obwohl der plötzliche Stimmungswechsel, den ich obendrein selbst verursacht habe, wirklich schmerzt, weiß ich, dass ich keine andere Wahl habe, als möglichst schnell in meine eigene Realität zurückzukehren.
Zurück in mein leeres Appartement, fernab von Leidenschaft, Lust und dem Hauch einer Chance auf … Liebe.

Kapitel 21

Nathan

Zeit ist nichts wert, wenn man sie für die falschen Dinge verwendet. Oder den falschen Menschen. Ein trister Einheitsbrei aus stetig wiederkehrenden Ereignissen. Eins vorhersehbarer als das andere. Eintönige Erledigungen, einfältige Begegnungen und eine Leere, die sich ohne Rücksicht auf Verluste immer weiter in mir ausbreitet, mich systematisch erkalten lässt und am Ende auch den letzten Rest Wärme für immer zum Erlöschen bringt.
Dabei bin ich nicht der Typ für Melancholie. Doch mein Hang zum Realismus verbietet es mir, die Dinge positiver darzustellen, wie sie tatsächlich sind.
Seit Elly mich verlassen hat - völlig aufgelöst und fernab von Zuversicht - habe ich jegliches Zeitgefühl

verloren. Ein Tag gleicht dem anderen, ohne ein Lebenszeichen von ihr.
Mir fällt es zunehmend schwerer, sie nicht einfach zu kontaktieren. Aber sie hat es sich erbeten, in Ruhe über alles nachsinnen zu können.
Ich bin mir durchaus bewusst, wodurch der Wendepunkt in jener Nacht hervorgerufen wurde. Dennoch empfinde ich keine Reue. Zwar bedaure ich zutiefst, Elly nicht der Mann sein zu können, den sie sich für ihre Zukunft wünscht, aber eine Zukunft auf Lügen aufgebaut, wäre nicht der richtige Weg.
Was sie sich offensichtlich wünscht, ist Sicherheit. Und ein Versprechen auf eine gemeinsame Zukunft, die sämtliche Optionen offenhält. Monogamie, Ehe und möglicherweise sogar eine Familie.
Genau darin besteht das Problem.
All das kann ich ihr nicht gewährleisten, da diese Vorstellung zu weit davon entfernt liegt, was ich *meine Art zu leben* nenne.
Und dennoch …
Dennoch habe ich all das in Elly gesehen, ab dem ersten Moment, da ich mich in ihr durch tiefstes Sehnen verloren habe. Mit einem Mal schienen ausschweifende Exzesse, Freiheit und lustvolle Experimente mit vielerlei Frauen nicht mehr der Mittelpunkt zu sein. Nicht mehr ab dem Zeitpunkt, als ich erkannt habe, all dies in einer Frau vereint zu finden.
Elly ist - war - einfach perfekt für mich.
Ohne es zu wissen oder auch nur darauf zu hoffen.

Aber eine Frau, die mit beiden Beinen fest im Leben steht, wird es niemals akzeptieren können, für ihren Mann nicht der unangefochtene Mittelpunkt zu sein.
Was Elly absolut verdient hätte.
Obgleich sie nicht wusste, was sie in vielerlei Hinsicht vermisst hat, hat sie in mir etwas gesehen, dass so viel mehr wert ist als die pure Befriedigung ihrer unerfüllten Lust: eine Zukunft.
Und ich gäbe alles, um genau das für sie zu sein.
Trotzdem konnte ich ihr das in dieser folgenschweren Nacht nicht offenlegen. Konnte ihr meine Bedenken nicht rational erklären, ohne sie damit zu erschrecken.
Stattdessen blieb ich lediglich bei den Fakten und habe ihrer Zuversicht in Bezug auf ein *Uns* damit den Todesstoß verpasst.
Empathie? Fehlanzeige.

So tue ich das, was ich immer tue: Ich kümmere mich ums Geschäft. Halte die Dinge am Laufen und warte. Warte auf … ich weiß es nicht.
Der plötzlich einsetzende Klingelton meines Mobiltelefons - der Frühling aus den Vier Jahreszeiten von *Vivaldi* - fährt mir durch Mark und Bein.
Da es nur sehr wenige Menschen gibt, die diese Nummer kennen, stutze ich umso mehr, auf dem Display ‚unbekannte Nummer‘ zu lesen. Natürlich habe ich die Telefonnummern der potenziellen Anrufer, die meine Kontaktdaten in ihrem Repertoire wissen dürfen, ebenfalls eingespeichert.

Kurz überlege ich, nicht ranzugehen, doch irgendetwas an der Ausdauer des Anrufers bewegt mich schließlich dazu, es doch zu tun.
„Ja?!", belle ich genervt über so viel Dreistigkeit hinein.
Stille am anderen Ende.
Gerade als ich den Anruf beenden will, vernehme ich im letzten Moment eine unangenehm verzerrte Stimme.
„Nathan Walsh?", dröhnt es aus dem Smartphone. Viel zu tief und derer aus einschlägig bekannten Thrillern nicht unähnlich.
„Wer will das wissen?"
„Stellen Sie keine Fragen!", folgt die unmissverständliche Anweisung, die mir das Blut in den Adern gefrieren lässt.
Was zur Hölle …?
„Wenn Sie Ihre Frau jemals wiedersehen wollen, werden Sie jetzt gut zuhören."
Ich stutze. *Meine Frau?*
„Haben Sie verstanden?", brüllt die Person energisch. Es erschließt sich mir dank des Stimmverzerrers nicht, ob diejenige männlich oder weiblich ist, und ich wage es nicht, die Ernsthaftigkeit derer Anliegen auch nur im Ansatz infrage zu stellen.
„Ja", antworte ich knapp und deutlich.
„Gut. Wir verlangen zwei Millionen Euro in nicht nummerierten, gebündelten Scheinen. Anderenfalls werden wir Ihrer kleinen Gespielin mehr als nur ein Haar krümmen. Sie haben fünf Stunden. Den genauen Treffpunkt werden Sie zu gegebener Zeit erfahren. Keine Polizei. Sonst …" Dann ist die Leitung tot.
Fassungslos starre ich auf das Handy.

Meine Frau. Meine Gespielin.
Auch ohne Namen ist mir vollkommen klar, um wen es sich dabei handeln muss. Denn es gibt nur eine weibliche Person in meinem Umfeld, bei der es mir eine Ehre wäre, sie meine Frau nennen zu dürfen.
Eine Frau, für die ich sprichwörtlich über Leichen gehen würde.
Elly.
Gerne hätte ich verlangt, mit ihr zu sprechen. Hätte Gegenforderungen gestellt, nur um mich vergewissern zu können, dass sie wohlauf ist. Doch den Erpresser zu unterbrechen, wäre nicht klug gewesen.
Pures Adrenalin pulsiert durch meine Adern.
Du hättest sie nicht allein fortlassen sollen. Auch nicht mit der Gewissheit, dass sie von Roux sicher nach Hause kutschiert wurde. Nicht, nachdem sie in dein Leben getreten ist!
Denn mein Leben, so sehr es auch im Verborgenen stattfindet, birgt viele Gefahren in sich, und jede Person, die mir nahesteht, macht mich angreifbar. Aber was noch viel fataler ist, diese Person bringt sich automatisch durch mich in Gefahr.
Allein durch meinen Namen und die Familiengeschichte kommt so mancher Abschaum auf die absonderlichsten Ideen, und der Anruf ist das beste Beispiel dafür, wie weit dieser für so etwas Banales wie Geld noch sinken kann.
Elly in Händen dieser Verrückten zu wissen, bringt mich schier um den Verstand.
Damit haben sie ihr Todesurteil unterschrieben!
Fünf Stunden.

Nicht viel Zeit, um eine derartig hohe Summe bereitzustellen.
Sehr viel Zeit, wenn es darum geht, Elly an irgendeinem schrecklichen Ort, umringt von Psychopaten zu wissen.
Doch mein Verstand funktioniert absolut rational. Selbst in den schlimmsten, ausweglosesten Situationen. Und so gehe ich bereits in Gedanken die möglichen Optionen durch.
Das Geld ist mir egal. Sollen sie alles haben, wenn ich nur Elly dadurch in Sicherheit bringen kann.
Wenn …
Ihr Handy habe ich längst geortet, so wie damals, als ich sie in ihrer Mittagspause in dem Pub in der Innenstadt, dem *Cloverleaf*, ausfindig gemacht habe. Eine Leichtigkeit.
Doch es befindet sich, wie erwartet, zu Hause in ihrem Appartement.
Daher gehe ich zum nächsten Schritt über. Ich weise meinen Chauffeur an, sich unmittelbar vor Walsh Manor einzufinden, um die Lage persönlich zu überprüfen, und mache mich zeitgleich daran, einige Telefonate mit der Bank hinsichtlich des Geldes zu führen.
Sicher ist sicher.
Wer auch immer es gewagt hat, Elly dafür zu benutzen, mich zu bedrohen, wird bald erfahren, was es heißt, Nathan Walsh etwas wegnehmen zu wollen …
In spätestens fünf Stunden wird deren Schicksal besiegelt sein.

Kapitel 22

Elly

Ich tue, was ich immer mache, wenn etwas droht, mich aus dem Gleichgewicht zu bringen. Ich stürze mich in die Arbeit. Habe doppelt so viele Brandings ausgearbeitet, neue Vertriebswege erschlossen und so wie die Dinge stehen, höchstens zehn Stunden geschlafen in der Woche.
Doch leider hatte das irgendwann zur Folge, dass mich mein Chef mit einer gut gemeinten Warnung aufgrund von Augenringen, die einem Zombie im Gruselkabinett mit Leichtigkeit Konkurrenz machen würden, inmitten eines neuen Projekts nach Hause geschickt hat.
Meine Einwände, dass darunter möglicherweise mein aktueller Ideen-Flow leide, wurden ignoriert, und ehe ich es abwenden konnte, saß ich auch schon in einem

Taxi, das mich an den Ort gebracht hat, an dem ich für die nächsten Tage - so mein Chef - zur Besinnung kommen soll: mein Appartement.
Ich schwöre, so sauber war es dort noch nie. Sicher, ich achte schon von jeher auf Ordnung und Reinlichkeit. Aber nun gleicht es einem Museum, in dem kaum noch Leben herrscht.
Daher habe ich beschlossen, nachdem ich mich selbst dabei ertappt habe, die Fußbodenleisten mittels einer alten Zahnbürste zu schrubben, dass es jetzt genug ist.
Aber was nun?
Jegliche Pause, jede ungenutzte Minute führt stets immer nur dazu, dass die Realität mich auf grausame Weise einzuholen droht. Mich erstickt in der Erkenntnis, mich vollumfänglich in etwas verrannt zu haben, dass eindeutig eine Nummer zu groß für mich war.
Er will dich nicht. Nicht so, wie du es dir wünschst. Sieh es endlich ein, versuche ich, mir immer wieder vor Augen zu führen, und habe es fast schon zu meinem neuen Mantra erklärt, wäre da nicht dieses kleine, penetrant ziehende Gefühl, welches mir vehement weismachen will, Nathan würde ebenso wie ich empfinden. Was es mir praktisch unmöglich macht, einen Schlussstrich zu ziehen. Was nur vernünftig wäre angesichts der Tatsache, dass ich mich immer nur nach Nathan verzehren würde, ihn jedoch nie ganz haben könnte.
Er hat dich nicht zurückgehalten. Dich nicht angefleht, zu bleiben.
Und trotzdem spüre ich auch jetzt noch diese spezielle, besondere Verbindung zu dem Mann, der mir die Tür

zu seiner Welt geöffnet hat. Zu einer Welt, die ich für immer nur mit ihm teilen wollte.
Was für ein Dilemma.
Natürlich mochte ich mich nie in dieser Sache verlieren. Wollte lediglich experimentieren und meine Neugier befriedigen. Doch ich habe die Gefahr eindeutig unterschätzt. Mich zu weit aus dem Fenster gelehnt und dabei übersehen, dass es möglicherweise keinen Weg zurück gibt.
Nathan hat dich gewarnt. Mehrfach. Wenn du dich auf ihn einlässt, dann …
„Sei still!", schreie ich, da ich diese zermürbenden Grübeleien nicht mehr länger ertragen kann. Dagegen können nicht einmal mehr meine schmerzenden Knie von dem stundenlangen Herumrobben auf dem Boden etwas ausrichten. Nicht auf Dauer.
Wie konntest du dich nur Hals über Kopf in einen Mann verlieben, der nicht zur Verfügung stand? Nicht für dich allein. Du hast dich verrannt. Zu viel hineininterpretiert, was nicht da war.
Erschrocken fahre ich hoch.
Zum ersten Mal habe ich diesen Gedanken überhaupt zugelassen. *Liebe …*
Aber es ist wahr. Ich habe mich in Nathan verliebt. Ohne Sinn oder Verstand. Ohne es erklären oder rechtfertigen zu können. Ohne Einfluss darauf zu nehmen.
Das Gefühl ist einfach da.
Übermächtig.
Dämliche Orchideen. Protzig und viel zu tentakelig …, denke ich unentwegt, weil es mir leichter fällt, sie als Ursache meines Unmutes zu sehen im Vergleich zu der folgen-

schweren Vergangenheit Nathans, die in Wahrheit dahintersteckt.
Und ganz gleich wie viel Zeit auch vergeht, es wird nicht schwächer. Im Gegenteil. Mit jedem Tag, den ich Nathan weder höre noch sehe, steigt meine Sehnsucht ins Unermessliche.
Ich vermisse ihn so sehr, dass es schmerzt. Geistig und körperlich, und ich weiß nicht, wie lange ich das noch ertragen kann, ehe ich daran zugrunde gehe …

Gerade, als ich endlich ein wenig zur Ruhe komme, mich völlig erledigt auf die Couch lümmele und versuche, nicht mehr gegen meine gut unterdrückten Emotionen anzukämpfen, meldet sich mein Handy zu Wort.
Wer könnte das sein? Vielleicht mein Chef, der nun doch eingesehen hat, dass es keine gute Idee war, mich spontan von dem Projekt abzuziehen?
Für den Bruchteil einer Sekunde gebe ich mich der Versuchung hin mir zu wünschen, es wäre Nathan. Bis ich auf das Display sehe und ‚Bruderherz Brian‘ lese.
Ich habe schon länger nichts von ihm gehört und wenn, dann war er immer sehr kurz angebunden. Er sei im Stress, müsste einiges regeln. Aber ich solle mir natürlich keine Sorgen machen. Leichter gesagt als getan. Wobei mich augenblicklich das schlechte Gewissen übermannt, weil ich mir die letzte Zeit tatsächlich gestattet habe, mich nur um mich selbst zu kümmern. Dabei habe ich so manchen Anruf gar nicht erst angenommen oder mir die Freiheit genommen, in Selbstmitleid und Liebeskummer zu zerfließen. Wenn ich nicht gerade sprichwörtlich in Arbeit erstickt bin.

Oh, verdammt!
Eilig wische ich mir die ersten kullernden Tränen fort, streiche anschließend über das Display und nehme den Anruf an.
„Hey, Schatz. Wie geht es dir?“
„Elly? Bist du zu Hause?“
Brian klingt unglaublich abgehetzt, regelrecht panisch.
Was hat er nun ausgefressen? Braucht er wieder Geld?
Aber mein Gefühl sagt mir, dass es damit diesmal nicht getan ist.
„Ähm, ja. Ich bin daheim. Was ist los?“, verlange ich zu erfahren und fühle mich dabei durch meine merkwürdig herrische, schnörkellose Art ein weiteres Mal an Nathan erinnert.
„Okay. Ich komme vorbei. Warte auf mich.“
Ich sehe auf meine rosafarbenen Flauschi-Socken, die Jogginghose und das lockere Shirt herunter, zu denen mich mein Chef unwissentlich in meiner Isolation verdammt hat.
„Geht klar. Dann gehe ich eben nicht aus, sondern warte auf dich“, gebe ich sarkastisch zurück, lande damit aber keinen Treffer.
„Bleib einfach da! Bis gleich.“ Er legt auf.
Verdutzt starre ich auf mein Handy, und so sehr ich meinen kleinen Bruder auch sehen möchte, werden plötzlich Aktionen wie meditatives Bodenschrubben um einiges attraktiver. Aber das liegt sicher daran, dass mein Maß an ausweglosen Situationen allmählich voll ist. Und da Brian leider ein Händchen für derartige Probleme hat, muss ich mich jetzt schon auf alle Eventualitäten gefasst machen.

Ach, er hat sicher wieder irgendeine Liaison mit einer Frau, die ihm nun das Leben schwermacht. Eine Kleinigkeit im Vergleich zu dem Scherbenhaufen, den du dir durch deine Luftschlösser selbst angehäuft hast!
Genervt rolle ich mit den Augen und will mich gerade wieder bequem niederlassen, als es auch schon an der Tür klopft.
Wow, das ging aber schnell. Offensichtlich war die Eingangstür unten bereits offen, denke ich noch seufzend und erhebe mich erneut mit schweren Gliedern von der Couch.
Kraftlos schleppe ich mich zur Tür, da mein Unwille, zur Ruhe zu kommen, allmählich ordentlich Tribut zollt.
Ich öffne die Tür nur einen Spalt breit und mache mich bereits daran, zurück zu meinem Zwangslager - der Couch - zu schlürfen, als ein ohrenbetäubender Knall ertönt.
Wie versteinert stehe ich da. Drehe mich in Zeitlupe um, während zwei Personen die Eingangstür gewaltsam aufstoßen und sich auf mich stürzen. Deren Gesichter hinter unheimlichen weißen Pierrot-Masken versteckt, die sich sofort in mein Gedächtnis brennen.
„Was?! Wie?!", bringe ich noch hervor, unterdessen sie mich auch schon festhalten und mir ein Tuch grob aufs Gesicht drücken. In meiner Panik um mich schlagend, atme ich den tränentreibenden Gestank hechelnd ein, bis plötzlich alles vor mir verschwimmt und ich in einen Zustand absoluter Willenlosigkeit abdrifte.
Handlungsunfähig sacke ich in mich zusammen.
Das war es dann wohl. Mach's gut, Elly …

Nebel. Nichts als undurchdringlicher Nebel in meinem Kopf. Ich schwebe. Schwerelos durch Raum und Zeit.
In der Ferne höre ich Stimmen, aber es ist mir nicht möglich, zu verstehen, was sie sagen. Nichts von alledem, was um mich herum geschieht, scheint mehr zu mir durchzudringen.
Hilfe!
Helft mir doch!, schreie ich immer wieder, aber mein Mund bewegt sich nicht.
Es ist alles nur in deinem Kopf, Elly. Nur in deinem Kopf. Du musst aufwachen! Jetzt!
Verbissen kämpfe ich dagegen an. Versuche die Schwere, die meinen Körper und Geist in Besitz genommen hat, abzuschütteln.
Wach auf! Wach endlich auf!
Ich wehre mich. Will um mich schlagen und dem Nebel, der die Realität und meinen Verstand in sich verbirgt, entkommen.
Die Stimmen werden lauter. Deutlicher. *Handelt es sich um Männer?*
„Was machen wir, wenn er nicht kommt?"
„Er wird kommen."
„Und wenn nicht? Hast du dir das mal überlegt?"
„Ach, da wird uns schon etwas für die Schnecke einfallen."
Schäbiges Lachen erklingt.
Verzweifelt versuche ich, mich daran zu erinnern, was geschehen ist.
Wo bin ich?
Du musst deine Augen öffnen, Elly!

Etwas Unangenehmes streicht über meine Wange. Irgendwie feucht und kalt zugleich.
Ich will das nicht. Will, dass es aufhört.
„Hey! Solange wir das Geld noch nicht haben, wirst du deine Pfoten von ihr lassen, verstanden?"
„Du hast selbst gerade gesagt, wir lassen uns etwas für sie einfallen. Also sei nicht so ein verdammter Spießer, kapiert?"
„Nicht, bevor wir das Geld haben! Danach kannst du sie dir meinetwegen vorknöpfen. Und nun sieh zu, dass alles nach Plan läuft!"
Das widerwärtige Gefühl ebbt ab und das Gespräch verstummt.
Wer wird kommen? Von wem haben sie gesprochen?, versuche ich angestrengt, den Faden nicht zu verlieren. Nicht erneut abzudriften, während ich mich an den letzten Funken Bewusstsein klammere, der mir geblieben ist.
Die Antwort ist zum Greifen nah. Sie ist da. Irgendwo in meinem Kopf.
Elly! Du weißt es!
Und dann sehe ich den Namen. Sehe ihn überdeutlich durch den Nebel hindurch.
Nathan!
Ich reiße meine Augen auf. Schnappe panisch nach Luft. Doch etwas scheint mich abzuhalten.
Enge Fesseln schneiden sich in mein Fleisch. Hindern mich daran, Arme oder Beine zu bewegen, während ein Knebel dafür sorgt, dass ich nicht sprechen kann.
Pure Angst entrinnt in kläglichen Schreien meiner Kehle, die unmittelbar an dem Knebel versiegen.
Ich würge.

Laufe Gefahr, den Verstand zu verlieren.
Du musst Ruhe bewahren. Atme, Elly. Atme!
Krampfhaft versuche ich, meine letzte Erinnerung in Einklang mit der jetzigen Situation zu bringen. Ich war zu Hause. Wollte abschalten von den Strapazen der letzten Wochen. *Doch was ist dann passiert? Warum bin ich hier?*
Es ist kalt.
Endlich gelingt es mir, die Umgebung durch meine Panik hindurch wahrzunehmen.
Ich liege, gefesselt und geknebelt auf einer schäbigen alten Matratze inmitten eines großen Lagerhauses. Zumindest entnehme ich dem Betonboden, den hohen Wänden und den bogenförmigen, stahlverstrebten Fenstern im oberen Bereich der Halle, dass es sich um ein industrielles Gebäude handeln muss.
Um mich herum nichts als Leere, außer einige Betonpfeiler, die das Dach der Halle stützen.
Wieder überfällt mich die Panik. Angst lässt meinen Magen schmerzhaft zusammenkrampfen. Übelkeit steigt hoch und ich fürchte, sollte ich mich übergeben müssen, daran zu ersticken.
Wo sind die Männer?
Zumindest glaube ich immer noch, sie als männliche Stimmen identifiziert zu haben.
Du musst verschwinden. Sieh zu, dass du hier rauskommst.
Doch ich habe keine Möglichkeit. Immer wieder versuche ich, mich auf den Bauch zu rollen und anschließend aufzurichten, während sich das Klebeband, mit dem mir die Arme straff auf den Rücken gefesselt wurden, unnachgiebig in meine Haut frisst. Aber es gelingt mir

nicht. Viel zu sehr gibt die Matratze unter mir nach, sodass ich wieder und wieder mit dem Gesicht in deren Dreck lande.

Tränen verschleiern meinen Blick.

Hilfe! Nathan, wo bist du?

Sie sagten, er wird kommen und ich würde es so gerne glauben. Aber warum? Er weiß ja nicht einmal, dass ich hier bin.

Brian!, fällt es mir siedend heiß wieder ein. *Er hat angerufen. Wollte mich besuchen!,* flammt ein kurzfristiger Hoffnungsschimmer in mir auf, als mir einfällt, wie unwahrscheinlich es ist, dass er mich hier - wo auch immer - findet.

Hoffentlich ist ihm nichts passiert. Hoffentlich hat er die Täter nicht überrascht. Sich ihnen in den Weg gestellt.

Er war so aufgewühlt. Wollte verhindern, dass ich die Wohnung verlasse.

Was ist hier los?, denke ich ängstlich, da mich der dicke Stoff, des Knebels immer wieder zum Würgen bringt.

„Sieh an, sieh an. Wer beehrt uns denn hier mit seiner Anwesenheit?“, höre ich die klirrende, unangenehme Stimme, mit der ich nichts Gutes verbinde.

Die Stimme aus meinem Traum, geht es mir unwillkürlich durch den Kopf, als sich plötzlich eine Person hinter einer der Säulen hervor in mein Sichtfeld schiebt.

Eine grässliche, weiße und leblose Maske, die lediglich die Augen schwarzumrandet ausspart, verdeckt das Gesicht meines Peinigers. Rote, schwungvoll aufgemalte, fast lieblich anmutende Lippen scheinen mich regelrecht zu verhöhnen. Zur Stille verdammt.

Während sich die Gestalt langsam nähert, achte ich akribisch darauf, mir jede ihrer Bewegungen genauestens einzuprägen. Doch nichts davon kommt mir auch nur im Ansatz bekannt vor.

Abgesehen von der Maske. Wo habe ich diese schon einmal gesehen?

Gerne hätte ich gefragt, was das Ganze zu bedeuten hat, aber der Knebel verbietet es mir in aller Strenge.

„Wir haben schon befürchtet, du würdest den Showdown verschlafen, Dornröschen. Wäre doch wirklich schade, wenn du dein eigenes Ende verpassen würdest, oder?"

Seine Stimme geht mir durch Mark und Bein.

Hör nicht hin, Elly, rede ich mir gedanklich gut zu, den Sinn seiner Worte nicht an mich heranzulassen.

Eine zweite Gestalt, etwas größer und deutlich breiter, gesellt sich hinzu. Beide mit schwarzen Muskelshirts und Trainingshosen bekleidet.

„Mal sehen, ob dein Ritter auch wirklich kommt, Schätzchen. Ob du ihm zwei Millionen wert bist."

Zwei Millionen?

Allmählich macht das alles einen Sinn.

Von einer erneuten Angstattacke ergriffen, füllen sich meine Augen mit Tränen, die ich nicht zurückhalten kann.

„Keine Sorge. Er wird dich schon nicht im Stich lassen. Und falls doch, werden wir uns um dich kümmern", kündigt der Schmächtigere von beiden an, während Muskelprotz ihm nickend zustimmt.

Energisch schüttele ich den Kopf.

„Nein? Du denkst, wir haben auf das falsche Fickmäuschen gesetzt?“, folgert die einschneidend abstoßende Stimme weit ab jeder Wahrheit.
Wieder schüttele ich den Kopf.
Er darf nicht kommen. Darf sich nicht für mich in Gefahr bringen. Das könnte ich mir niemals verzeihen.
Dabei fällt mein Blick auf die Waffen, die beide Männer schlampig in den Bund ihrer Hosen gesteckt haben.
Nein!, schreit jede Faser meines schmerzenden Körpers, während mir sämtliche Horrorszenarien, sollte Nathans tatsächlich hier auftauchen, durch den Kopf gehen.
Da fällt auch der letzte Groschen. *Die Masken! Ein Knall. Zwei Männer, die meine Wohnung stürmen, mich überwältigen und* … An mehr kann ich mich nicht erinnern, denn im nächsten Moment bin ich hier aufgewacht.
In der Hölle auf Erden, in der meine größte Angst nun Nathan gilt …

Kapitel 23

Nathan

Zwei Anrufe später sitze ich bereits in meinem Wagen, während mich Roux zur Bank chauffiert, um das Lösegeld abzuholen. Geld ist Macht und so benötige ich nicht mehr als ein paar Minuten, um den Aktenkoffer mit dem Lösegeld von meinem persönlichen Bankberater entgegenzunehmen.
Noch habe ich keine weiteren Anweisungen erhalten, was Ellys Aufenthaltsort angeht. Daher lautet unser nächstes Ziel: Ellys Appartement.
Natürlich beschäftige ich keine Amateure, wodurch Roux, unter anderem, auch einer meiner wichtigsten und erfahrensten Leibwächter ist. Ausgebildet als französischer Söldner, stellte er sich vor einigen Monaten bei mir vor, und ich nahm ihn in meinen Dienst.

Und ohne zu ahnen, wie relevant dies eines Tages sein würde, bin ich froh, ihn heute an meiner Seite zu wissen. Wachsam, bewaffnet und zu allem bereit.
Als mein Handy erneut klingelt, nehme ich bereits nach dem ersten Ton an.
„Ja?!“, belle ich hinein, ohne zuvor auf das Display gesehen zu haben.
„Himmel, Nathan. Was hat dir denn die Laune verhagelt? Ist es wieder wegen dieser Kleinen?“, will Brenda herausfordernd wissen.
„Ganz schlechter Zeitpunkt, Brenda“, antworte ich knapp mit der Absicht, ohne weitere Worte aufzulegen.
„Oje, also bringt sie dich immer noch derart aus dem Gleichgewicht? Nathan, das ist nicht gut. Ich habe ihr doch gesagt, dass du noch nicht bereit bist für eine weitere Beziehung.“
„Du hast was!?“, schreie ich in mein Smartphone, obwohl es sonst nicht meine Art ist.
„Schrei mich nicht an!“
Ich schnaube.
„Nathan“, versucht sie, beschwichtigend einzulenken. „Ich wollte wirklich nur dein Bestes. Ja, ich habe mit ihr gesprochen. Und nein, ich hatte nicht vor es dir zu sagen.“
„Brenda, wenn du irgendetwas mit dieser Sache zu tun hast, dann gnade dir Gott!“
Nun ist es an ihr, verdutzt zu sein.
„Was für eine Sache? Nathan ich melde mich bei dir, weil du meine zahlreichen Anrufe in letzter Zeit geflissentlich ignoriert hast. Ehrlich gesagt bin ich sogar überrascht, dich endlich einmal zu erreichen.“

Verwirrt fahre ich einen Gang zurück.
„Wenn du was über Ellys Verschwinden weißt, dann gebe ich dir jetzt die letzte Chance, es zu gestehen. Hast du mich verstanden?!"
Ich bin nie der Geduldigste gewesen, und jetzt ist nicht der Zeitpunkt, mich darin zu üben.
„Verschwinden? Was meinst du? Hat sie sich nicht bei dir gemeldet?", wagt sie einen Vorstoß, während wir die letzten Meter zu unserem Zielort zurücklegen.
„Sie wurde entführt", offenbare ich ihr, nun weniger misstrauisch.
„O mein Gott! Nathan! Das ist ja schrecklich. Hast du die Polizei verständigt?", fragt sie aufrichtig bestürzt.
„Nein! Keine Polizei. Ich muss jetzt schlussmachen."
Muss die Leitung freimachen für den einen Anruf, den ich mehr als alles andere herbeisehne.
„Ja, natürlich. Nathan, falls ich dir irgendwie helfen kann, bitte …"
Doch da habe ich bereits aufgelegt, noch ehe sie ihren Satz beenden konnte.

„Möchten Sie, dass ich oben nachsehe, Sir?", fragt Roux routiniert, als wir vor dem Appartement-Komplex ankommen.
„Nein", lautet meine knappe Antwort, während ich auch schon aus dem Wagen springe und mich auf den Weg zu Ellys Wohnung im obersten Stockwerk mache. Die Eingangstür des Mehrfamilienhauses steht offen, wodurch ich ohne Probleme hineingelange.
Wie gefordert, habe ich weder Polizei noch sonstige relevante Personen eingeweiht. Das ist auch nicht nötig.

Ich werde mir Elly zurückholen, egal mit welchen Mitteln.
Gefolgt von meinem bewaffneten Leibwächter, eile ich die vielen Stufen empor und stehe schließlich vor Ellys Wohnung. Ich bin noch nie hier gewesen, doch der Name an der Klingel verrät sie.
Mein Herz stockt für einen Moment aufgrund der ebenfalls offenstehenden Tür.
Sie waren hier. Haben Elly in ihren eigenen vier Wänden überfallen. Ihr möglicherweise aufgelauert und sie anschließend verschleppt!
Unbändige Wut brennt in jedem Muskel meines Körpers, und einmal mehr schwöre ich mir selbst, diese Kerle ungnädig zur Strecke zu bringen. Wer auch immer es sein mag. Denn das spielt keine Rolle. Sie haben ihre Strafe selbst gewählt, als sie ihre dreckigen Finger an Elly gelegt haben. *Punkt, aus!*
Beim Betreten der Wohnung fällt mir auf Anhieb eigentlich nichts Ungewöhnliches auf. Keine Verwüstung. Keine Spuren eines möglichen Kampfes. Alles scheint normal.
Im angrenzenden Wohnzimmer läuft der Fernseher, während eine Tasse Kaffee beinahe unangetastet auf dem Tisch vor der Couch steht.
„Stehenbleiben!“, höre ich lauthals hinter mir rufen. Ich wirble herum.
Ein Mann, groß, mit längerem, dunkelbraunem Haar, stößt aus der Küche zu uns. Vorsorglich mit erhobenen Armen, da Roux bereits seine Waffe auf ihn gerichtet hält. Dabei fallen mir sein körperlich deutlich lädiertes

Erscheinungsbild und die unbändige Erschöpfung, die er ausstrahlt, insbesondere auf.
Doch ich benötige gar keine Erklärung, um zu wissen, wer er ist.
Große leuchtend grüne Augen sehen mich erschrocken an. Nicht ängstlich angesichts der Waffe, wie mir scheint, sondern insgesamt sehr aufgewühlt.
Brian.
Elly hatte mir im Vorfeld bereits einiges über ihren jüngeren Bruder erzählt, sodass es keiner Vorstellung bedarf.
„Wo ist sie!", poltere ich ohne Umschweife los, da ich das Gefühl nicht abschütteln kann, er könnte etwas mit der Sache zu tun haben.
Brian sieht mich panisch an. Dann geht er wortlos an mir vorbei und lässt sich auf die Couch sinken. Das Gesicht in die Hände gestützt.
„Ich wollte nicht, dass das passiert."
Mir gefriert das Blut in den Adern. *Also war meine Vermutung richtig.*
Gerne hätte ich ihn hochgerissen, ihm eine verpasst und alles aus ihm herausgeprügelt. Doch das wäre vermutlich eher kontraproduktiv.
„Dass *was* passiert?!", presse ich stattdessen zischend hervor.
Er sieht mich mit wirren Augen verzweifelt an.
„Sie in die Sache mit hineinzuziehen. Sie sollte gar nichts davon erfahren."
Mein Geduldsfaden reißt.
„Jetzt hören Sie mir gut zu: Ihre Schwester ist in Gefahr. Und Sie sitzen hier und versinken in Selbstmitleid?

Also reißen Sie sich gefälligst zusammen und sagen mir nun, was Sie wissen!", herrsche ich ihn bedrohlich an.
Irgendetwas an meinem Tonfall scheint endlich einen Schalter in ihm umzulegen, denn Brian richtet sich auf, atmet tief ein und beginnt schließlich zu erzählen: „Ich stecke bis zum Hals in der Scheiße. Anfangs waren es noch kleinere Beträge. Spielschulden, die ich immer wieder begleichen konnte. Auch mit Ellys Hilfe. Wobei sie nie wusste, wofür sie mir das Geld gab. Irgendwann bin ich dann in größere, leider auch zwielichtige Kreise geraten. Der Traum von dem einen, großen Coup, mit dem ich uns beiden das Leben erleichtern könnte. Verstehen Sie?"
Ich schüttele den Kopf.
Brian seufzt.
„Wie dem auch sei. Jedenfalls zog sich die Schlinge um meinen Hals immer enger. Und unwissentlich auch um Ellys. Denn sie ist meine einzige Schwachstelle, die diese Typen, denen ich das Geld schulde, jederzeit schamlos ausnutzen würden."
Das haben wir gemeinsam, denke ich verachtend, da ich Brians Motiv und seinen damit verbundenen Egoismus nicht im Geringsten nachvollziehen kann.
„Als ihre Drohungen letztlich immer mehr Gestalt annahmen, beging ich in meiner Angst einen weiteren, folgenschweren Fehler, indem ich versuchte, die Typen noch einmal zu beschwichtigen. Ich erzählte ihnen, dass es einen neuen Mann im Leben meiner Schwester geben würde. Einflussreich und vermögend. Und dass ich versuchen würde, über ihn das Geld zu beschaffen. Die Handynummer hierfür hatte ich mir längst während

eines Besuchs bei meiner Schwester aus ihrem Smartphone organisiert, um meinen bescheuerten Erpresserplan irgendwann in die Tat umzusetzen."
In mir kocht die Wut. Schäumend. Brodelnd. *Wie konnte er nur versuchen, seine Fehlentscheidungen, sein verkorkstes Leben, durch Elly wieder auf die richtigen Bahnen zu lenken?*
Ich schnaube. „Dann haben *Sie* mich also kontaktiert? Mir weißmachen wollen, Elly sei entführt worden?", will ich ohne Umschweife wissen, da ich sein selbstmitleidiges Gejammer kaum noch ertragen kann.
Wieder sieht Brian zu Boden, und die kurzfristige Pause, in der ich auf seine Antwort warte, raubt mir den letzten Nerv.
„Nein."
„Was dann, Brian? Wo ist Elly!", belle ich ihn an, während sich eine Hand beschwichtigend von hinten auf meinen Oberarm legt.
„Sie sind mir zuvorgekommen. Haben die Nummer aus mir herausgeprügelt und sich Elly geschnappt."
Dann bricht er in Tränen aus.
Mein Verstand läuft auf Hochtouren. Für diesen Feigling, der es gewagt hat, seine Schwester in derartige Schwierigkeiten zu bringen, habe ich später noch Zeit.
„Ich wollte das nicht. Nichts davon. Ganz im Gegenteil", setzt Brian an, sich weiter zu erklären.
„Ruhe jetzt! Wer sind diese Kerle, und wo könnten sie Elly hingebracht haben?", verlange ich zu erfahren.
„Geschäftspartner", gibt er mit hängenden Schultern knapp an. „Ich weiß nicht, wo sie sein könnte", seufzt Brian anschließend resigniert, woraufhin ich dem Im-

puls, ihn bei den Schultern zu packen, nachgebe, und ihn auf die Füße ziehe.
„Denken Sie nach! Wo ist Elly?“ Ich lasse nicht locker, da ich nicht länger auf den erlösenden Anruf dieses bedauerlichen Abschaums warten will.
„Sie könnte überall sein. Aber vermutlich wären sie nicht so dämlich, Elly in ihr Hauptquartier zu verschleppen.“
„Vermutlich nicht.“
„Wenn ich einen Einwand bringen dürfte?“, meldet sich Roux zu Wort. „Mr. Walsh, Sie haben doch mit den Entführern telefoniert. Ist Ihnen dabei etwas aufgefallen? Kleinigkeiten?“
Ich horche auf.
„Die Stimme war verzerrt. Ich würde niemanden darüber erkennen“, überlege ich laut.
„Was ich meine sind eher andere Dinge. Nebengeräusche. Weitere Personen. Wind vielleicht. Irgendetwas.“
Angestrengt versuche ich, mich zu erinnern, da die Nachricht sich vorherrschend immer wieder in meinem Kopf abspielt. Doch dann fällt mir etwas ein. Wirklich nur eine Kleinigkeit.
„Da war tatsächlich was im Hintergrund. Vergleichsweise mit einem Horn. Ein Tuten oder Ähnliches.“
Roux nickt, während sein Profiler-Verstand augenscheinlich zu arbeiten beginnt.
„Können Sie es mit etwas in Verbindung bringen? Ist es ein bekanntes Geräusch?“, hakt er nach, während ich mir den Kopf zermartere. Denn tatsächlich glaubt man immer, alles schon einmal - oder auch mehrfach - ge-

hört zu haben. Wenn man es dann aber identifizieren soll, wird es schwierig.
„Es war ein lautes und gleichzeitig dumpfes Geräusch. Lang gezogen und typisch für … für …“
Was zum Himmel!?
„Ein Schiff!“, platzt die Erkenntnis plötzlich aus mir heraus. „Aber kein kleines Boot. Eher wie ein Dampfer.“
Roux nickt, als Ellys geheimer Aufenthaltsort mit einem Mal lichter wird.
„Der Hafen“, meldet sich Brian zu Wort, was Roux zeitgleich bestätigt.
„Korrekt. Was unsere Suche einschränkt. Doch der Hafen ist groß. Gesäumt von vielen Hallen und Möglichkeiten, einen Menschen mit Leichtigkeit verschwinden zu lassen.“
Bei seiner präzisen, ungeschönten Erörterung ergreift mich blankes Entsetzen. *Einen Menschen verschwinden zu lassen …*
Brian reißt mich unerwartet scharfsinnig aus dem Strudel der Angst.
„Das ist es! Die Brüder unterhalten einige Handelsbeziehungen am Hafen. Drehen auch dort ihre krummen Geschäfte. Ich wurde das ein oder andere Mal bereits dorthin beordert, um meine Schulden zu begleichen.“
Dabei hält er sich unterbewusst die Seite, und auch sein ansonsten übel zugerichtetes Erscheinungsbild spricht Bände darüber, mit welchen Methoden diese Kerle ihr Geld in der Vergangenheit von Brian eingetrieben haben.

„Also los! Roux, Sie bringen uns hin“, weise ich ihn an, bereits auf dem Weg nach unten, während mir die beiden Männer folgen.
Noch nie zuvor war ich mir zweier Sachen derart sicher:
Erstens: Diese Kerle werden für all das bezahlen. Wenn nötig, mit ihrem Leben.
Und zweitens: Elly ist meine Gegenwart und meine Zukunft. Ohne Zweifel oder Einwände.
Sie ist meine große Liebe.
Halte durch! Ich werde dich retten …

Wie ein aufziehender Gewittersturm fliegen wir dank der Limousine sprichwörtlich durch Dublin. Mit stetem Ziel vor Augen, getragen von Wut, Hass, und was noch viel mächtiger ist, Liebe.
Als wir im Hafenviertel ankommen, geht mein Puls ruhig. Ich weiß, dass ich Elly da rausholen werde.
Woher? Weil ich mir jedes Mittel recht ist.
Die gefährlichsten Männer sind stets jene, die nichts mehr zu verlieren haben, weil man ihnen das Wichtigste in ihrem Leben bereits genommen hat.
Und was das Wichtigste für mich ist, weiß ich nun!
Ich könnte mir Vorhaltungen darüber machen, Elly nicht beschützt zu haben. Sie einfach gehen zu lassen, war ein folgenschwerer Fehler. Doch wie ich die Sache sehe, war es nicht die Frage, ob diese Irren ihre Chance irgendwann nutzen würden, sondern eher: wann?
Es ist wie es ist. Die Männer haben ihr Schicksal besiegelt. Denn obwohl ich keinerlei Erfahrung im Umgang

mit Waffen oder Erpressungen habe, befindet sich jemand Entscheidendes an meiner Seite: *Roux!*

Dieser Mann ist ein Killer der übelsten Sorte, wenn es darauf ankommt jene zu beschützen, denen er sein Leben verschrieben hat. So viel wusste ich bereits am Tag seiner Einstellung. Groß, stark und flink, mit einem Gehirn wie ein Großrechner, hinsichtlich komplizierter Fallkonstellationen.

Außerdem besitze ich genug Einfluss in elitären Kreisen, um dafür zu sorgen, dass diese Kerle, sollten sie die nächsten Minuten überleben, nie wieder einen Fuß auf freien Boden setzen werden.

So lange sie leben …

Als wir schließlich im Hafenviertel ankommen, herrscht emsiges Treiben. Schiffe werden mit Containern beladen. Ware entladen und an entsprechende Zwischenhändler verteilt.

„Dort hinten ist es. Die letzte Lagerhalle in der Reihe. Sie wird nur selten genutzt, da die anderen zumeist ausreichen“, erklärt Brian, während Roux den Wagen langsam durch die Straßen fährt. Der *Rolls* wäre hierfür viel zu auffällig gewesen, daher begnügen wir uns mit einem dezenten schwarzen *Range Rover*.

Im Grunde gibt es keinen Plan. Das Geld steht bereit für alle Fälle, und ich werde Elly in Kürze in meine Arme schließen. Denn nichts wird mich dazu bringen, ohne sie hier heraus zu gehen. Ich werde sie mit allem in meiner Macht stehende retten. So viel steht fest.

Noch hat sich keiner der Entführer erneut bei mir gemeldet, was uns, sollte Brian mit dem Aufenthaltsort richtig liegen, einen gewaltigen Vorsprung verschafft.

„Schalten Sie Ihr Handy zur Sicherheit bitte auf Vibration, Sir“, schlägt Roux geistesgegenwärtig vor, damit wir uns nicht in der Halle durch etwaiges Klingeln verraten.
Dann stellt er den Motor ab, und wir steigen aus dem Wagen.
Ich setze alles auf eine Karte. Getrieben von blankem Hass und unbändiger Liebe.
Elly, wir kommen …

Kapitel 24

Elly

Kalter Schweiß lässt mich erzittern. Schon jetzt habe ich jegliches Zeitgefühl verloren, da ich nicht weiß, wie lange ich hier bereits bewusstlos gelegen habe.
Draußen scheint einiges los zu sein, doch niemand bemerkt etwas von dem grotesken Szenario, das sich hier drinnen zwischen Beton und Stahl mitten unter ihnen abspielt.
Ab und an sieht jemand der beiden Männer nach mir. Kontrolliert meine Fesseln und auch den Knebel, der immer stärker mit Speichel durchtränkt wird. Ich möchte schreien, mich übergeben, nur um das schreckliche Gefühl in meinem Magen endlich loszuwerden.

Meine Hand- und Fußgelenke schmerzen und auch meine Schultern haben allmählich genug von der unnatürlich verdrehten Haltung.
Er wird kommen und dich holen, geht es mir in Endlosschleife durch den Kopf. Stets gefolgt von: *Nein! Er darf sich nicht in Gefahr bringen.*
Immer wieder drifte ich ab, lasse zu, dass ein natürlicher Überlebensinstinkt dafür sorgt, all das nur surreal wahrzunehmen. Es zu verdrängen.
Elly! Du musst bei Bewusstsein bleiben! Musst dir jedes Detail genauestens einprägen und den kleinsten Funken einer Chance nutzen, wenn sie sich dir bietet, ermahne ich mich zur Aufmerksamkeit, was mir nicht unbedingt gelingt.
Durch die Tränen und den Knebel sowie die Tatsache, seit Stunden nichts zu trinken bekommen zu haben, ist mein Körper derart dehydriert, dass ich kaum noch klar denken kann. Allmählich beschleicht mich das Gefühl, draußen würde sich die Sonne langsam, aber sicher dem Horizont zuneigen, wie ich durch die großen bogenförmigen, jedoch hoffnungslos verdreckten Fenster knapp unter der Decke der Halle erahnen kann.
Panisch zerre ich an meinen Fesseln, da der Gedanke an Dunkelheit und Kälte, gepaart mit der Anwesenheit meiner Entführer, mich an den Rand des Wahnsinns treibt.
„Aber, aber. Wer wird denn so ein ungezogenes Mädchen sein?", vernehme ich eine Stimme aus dem Hintergrund, die allem Anschein nach dem Kleineren der beiden Männer gehört. Unangenehm schrill und mit der Fähigkeit ummantelt, mir bis in Mark und Bein zu fahren.

„Lasst mich hier raus. Bitte! Was versprecht ihr euch denn von mir?“, versuche ich, durch den Knebel hindurch in schwer verständlichem Kauderwelsch auszudrücken.
„Du bist unser Köder“, sagt er lang gezogen und irgendwie mit versoffenem Unterton, obwohl er auf mich, abgesehen von dem offensichtlichen Irrsinn, einen nüchternen Eindruck macht.
Darauf kann ich nicht anders reagieren, als mich nur noch mehr gegen die Fesseln zu wehren.
„Aber mach dir keine Sorgen, Engelchen. Wir finden schon eine Verwendung für dich, falls dein Macker kneifen sollte. Ganz bestimmt. Außerdem wollen wir doch nicht riskieren, dass dein hübscher kleiner Mund zu singen anfängt, nicht wahr?“
Jetzt ist er so nahe bei mir, dass mir sein stinkender Atem regelrecht die Luft nimmt, wodurch ich unvermittelt würgen muss. Doch was noch viel schlimmer ist: Sie haben niemals vorgehabt, mich von Nathan auslösen zu lassen. Haben nie beabsichtigt, ihren Part des Deals einzuhalten, während Nathan den seinen einhält.
Ich werde sterben.
Der Zeitpunkt steht noch nicht fest.
Ebenso wenig der Ort.
Aber ich werde nicht lebend aus der Sache hervorgehen.
Und während die ernüchternde Erkenntnis mich auf seltsame Weise beruhigt, mir klarmacht, nicht mehr dagegen ankämpfen zu müssen, ertönt plötzlich ein weiteres Geräusch aus dem Hintergrund. Ein Summen,

das sich eindeutig nicht draußen, sondern hier in der Halle befindet …

Muskelmann, der sich ebenfalls nicht weit von meinem Lager entfernt aufhält, sieht auf sein Handy. Offenbar hat er einen Anruf getätigt und kann sich nun nicht erklären, woher das summende Geräusch rührt.

„Was zur Hölle ist das?“, verlangt der Fiesere zu erfahren.

„Ich, ich weiß nicht“, stottert Muskelmann und hält das Handydisplay, das einen abgehenden Anruf anzeigt, in das Blickfeld seines Komplizen.

Leider kann ich nichts erkennen.

Dann überschlagen sich die Ereignisse. Der muskelbepackte Entführer wird plötzlich angeschrien, ob er etwa das Tor zur Halle nicht abgeschlossen hätte. Dieser spurtet daraufhin los, sodass er aus meinem Blickwinkel verschwindet, bis er schließlich im Schlepptau von drei Männern zurückkehrt. Einer davon mit einer Waffe auf ihn gerichtet.

Als sie aus dem Schatten der Säulen heraustreten, bleibt mein Herz in erster, aufkeimender Euphorie beinahe stehen.

Nathan! Brian und … Moment mal, Roux?

So habe ich Nathans wortkargen Chauffeur noch nie erlebt. Doch er ist es tatsächlich und hält Muskelmann mit einer Pistole gehörig in Schach.

Sie sind gekommen, um dich zu retten, frohlockt alles in mir, während ein anderer Teil in sengender Angst vergeht, sie könnten dabei zu viel riskieren.

Wie eine unheilvolle Wand kommen sie näher, während sich der andere der beiden Entführer auf mich stürzt

und mich an den Haaren in kniende Position zieht. Dabei verliert er im Affekt seine Maske.
Tränen des Schmerzes schießen mir in die Augen.
Durch den Knebel hindurch ertönt mein gedämpfter Schrei, als ich aus der Ferne eine mir überaus vertraute Stimme vernehme.
Eine Stimme wie Samt und heiße Schokolade. Seine Stimme …
„Lassen Sie sie los!“, lautet Nathans knapper, jedoch nicht minder eindringlicher Befehl an meinen Peiniger, der mich daraufhin nur noch näher an sich heranzieht.
„Ich werde mich nicht noch einmal wiederholen. Entweder Sie nehmen die Hände augenblicklich von ihr oder Sie haben die längste Zeit einen Bruder gehabt“, droht er ruhig und bestimmt, was seinen Entschluss, mit dem Entführer kurzen Prozess zu machen, sogar noch unterstreicht.
Der Mann lockert seinen Griff in meinem Haar, und ich atme kurzfristig erleichtert aus.
Bis es ihm gelingt, die eigene Waffe irgendwie aus dem Hosenbund zu ziehen. Er sie mir an die Stirn hält und ich inständig hoffe, dass er nicht unter nervösen Zuckungen leidet. Denn er hat sie bereits geladen und sein Finger umspielt nun überaus gefährlich den Abzug.
„Wo ist das Geld?!“, kreischt er unmittelbar los, wodurch sich Nathan jedoch nicht beirren lässt und auf den Koffer in Brians Hand zeigt.
Gott! Wie mitgenommen mein Bruder aussieht.
Übersäht von Blessuren im Gesicht und, seinem Ausdruck entsprechend, der Verzweiflung nahe.
„Es ist genau hier.“

Dabei geht Nathan langsam, jedoch zielstrebig weiter auf mich zu. Sein Herannahen scheint den Kidnapper zunehmend nervös werden zu lassen, wodurch er die Waffe plötzlich auf ihn richtet.
Ich möchte schreien, mich aus den schmutzigen Fingern dieses Widerlings befreien, doch Nathans warnender und gleichzeitig beruhigender Blick hindert mich daran.
Nein, nein, nein! Komm nicht näher, versuche ich, ihm mit einem dezenten Kopfschütteln zu signalisieren, da ich ernsthaft um seine Sicherheit fürchte.
„Seien Sie gewiss, wenn Sie Elly oder mich erschießen, werden Sie niemals an das Geld kommen. Und auch Ihrem Bruder wird es nicht besser ergehen. Wenn Sie sie mir nehmen, habe ich nichts mehr zu verlieren. Dann gnade Ihnen Gott“, erläutert er sachlich aber mit so viel unheimlicher, gar todbringender Gewissheit in der Stimme, dass ich Gänsehaut bekomme.
Das scheint den Kerl sichtlich aus dem Konzept zu bringen.
Während Muskelmann keine Anstalten macht, aus dem Schussfeld von Roux zu verschwinden, scheint dem Entführer etwas anderes vorzuschweben.
„Den Koffer. Hierher zu mir. Und auch die Waffe. Im Gegenzug lasse ich dein Fickmäuschen gehen.“
Nathan, wenig beeindruckt und offensichtlich in der Rolle als knallharter Verhandlungspartner geübt, bleibt weiterhin gelassen, während die beiden Brüder - wie ich nun um ihren Status zueinander weiß - zunehmend nervöser werden.

„Woher wissen wir, dass Sie uns nicht erschießen, sobald Sie das Geld haben?“, fragt Nathan auf seine typisch pragmatische Art.
Wie kann er nur derart konsequent Ruhe bewahren?, denke ich zutiefst beeindruckt, den emotional instabilen Mann neben mir stets im Blick behaltend.
„Wer gibt uns die Garantie, dass der Koffer nicht mit einem Peilsender versehen ist?“, erwidert Muskelmann, plötzlich aus seiner Schockstarre erwacht.
Nathan nickt.
„Niemand.“
Kaum merklich verringert Nathan weiter den Abstand zu uns, unterdessen sich neben mir allmählich panische Ratlosigkeit breitmacht. Definitiv haben die Entführer nicht damit gerechnet, von Nathan hier überrumpelt zu werden. Zumindest kommt es mir so vor. Vermutlich können sie sich nicht einmal erklären, wie er mich gefunden hat.
Oder doch? Schließlich ist mir Brians Rolle in der Sache immer noch nicht klar.
Plötzlich nimmt der Gesichtsausdruck des Mannes eine noch bedenklichere Form an, falls das überhaupt möglich ist. Durchtrieben, als ob ihm gerade zwischen all seinen kriminellen, schrecklichen Ideen sein Meisterwerk eingefallen wäre.
„Fein. Du bist ein Spieler. Das weiß ich zu respektieren. Aber so leicht gebe ich nicht auf. Meine Geduld ist am Ende und daher unterbreite ich dir nun mein letztes Angebot, bevor das Hirn dieser kleinen Lady hier die Wände zieren darf.“

Nathans Blick ist undurchdringlich. Düster wie nie zuvor, sodass ich die Kälte und Abscheu, die er ausstrahlt, regelrecht auf der Haut spüren kann.
Ich hoffe inständig, dass die Worte, die ihm sicherlich nun auf der Zunge brennen, es nicht schaffen, seinen Mund zu verlassen. *Ihm darf nichts zustoßen!*
Nach einer schier endlosen Bedenkzeit nickt Nathan nur, und ich atme erleichtert aus. Wohlwissend, dass alles, was noch kommt, gewiss kaum besser ist.
„Ich überlasse dir Elly, so wie es abgemacht war“, höre ich den schmierigen Typen neben mir sagen.
Wieder folgt ein Nicken.
„Allerdings hat sich der Preis für sie gerade verändert.“
Wieder diese nervenzerreißende Pause, die mich schier aus der Haut fahren lässt.
„Ich tausche Elly gegen die zwei Millionen in diesem Koffer und … dich!“ Damit bringt er die Bombe zum Platzen.
Mein Herz rast wie verrückt. Darauf kann er sich unmöglich einlassen. *Er darf es einfach nicht tun!*
Nathans Pokerface verrät nichts, und auch die Männer in seinem Schlepptau verhalten sich absolut still. Stattdessen öffnet er die Schnappverschlüsse des Koffers und präsentiert meinem Peiniger die versprochenen, sorgfältig gebündelten Geldscheine.
„Damit Sie nicht denken, ich würde kneifen, hier mein Teil der Abmachung. Sie können das Geld nun umpacken, falls Sie immer noch befürchten, es wäre mit einem Peilsender oder Ähnlichem präpariert.“
Die Brüder sehen sich, offensichtlich zufrieden mit dem Verlauf ihres Komplotts, an.

„Und nun zum zweiten Teil“, fordert der Kleinere der beiden ungeduldig.
„In Ordnung. Ich im Tausch gegen Elly.“
„Und vergiss nicht die Waffe!“, mischt sich Muskelmann aus einigen Metern Entfernung neunmalklug ein.
„Selbstverständlich!“ Damit bedeutet Nathan Roux mit einem Fingerzeig, diese an Muskelmann zu übergeben. Er gehorcht, wenn auch nur widerwillig, wie ich seiner angespannten Haltung und der kleinen Verzögerung in seiner Handlung deutlich entnehmen kann.
Mit Entsetzen beobachte ich, wie unsere letzte Chance darauf, hier geschlossen lebend hervorzugehen, den Besitzer wechselt und Nathan sich anschließend daran macht, samt Koffer auf den Entführer neben mir zuzugehen, der mich noch immer in seiner Gewalt hat.
Mit jedem Schritt, den er näherkommt, verengt sich die imaginäre Schlinge um meinen Hals, sodass ich, auch dank des Knebels, keinen brauchbaren Einwand vorbringen kann. Daher versuche ich … ich versuche es wirklich - inständig - ihn mit meinem flehenden Blick zur Umkehr zu bewegen.
Komm nicht näher! Lauf weg! Er wird die Vereinbarung nicht einhalten und uns alle töten. Wird dich töten!
Der letzte Gedanke treibt mir erneut die Tränen in die Augen. Aber nicht nur das.
Auf einfache Traurigkeit folgen für gewöhnlich Tränen.
Auf Verlust folgt ein stechender Schmerz in der Herzgegend.
Doch das schlimmste Gefühl, wenn es keinen Ausweg mehr zu geben scheint und alles was folgt schlimmer, wie die schrecklichste Vorstellung sein wird, ist jenes,

das ich empfinde. Ein starkes Kribbeln, beinahe Kitzeln auf Magenhöhe, als direktes Zeichen absoluter Boden-unter-den-Füßen-wegziehender Verzweiflung, ohne Chance auf Wendung.
Ohne Hoffnung auf ein Happy End.
Doch Nathan vermeidet es geflissentlich, mich anzusehen, und fixiert stattdessen den Mann neben mir, der sich mit ihm auf gedanklicher Ebene duelliert.
Nur noch wenige Meter, bis die schmierigen Finger des schrecklichen Mannes nach dem Koffer greifen können.
Gleich ist es soweit.
Gleich ist alle Hoffnung für immer dahin …

Da! Plötzlich! Ein Knall!
Ein kurzer Moment, indem der Entführer zur Seite sieht. Abgelenkt durch die minimale Explosion, die sich soeben etwas entfernt ereignete.
„Was zur Hölle?“, bringt er es gerade noch fertig, zu fluchen, während Brian sich auf mich stürzt, sich mit mir seitlich von der Matratze rollt und wir hart auf dem Beton aufschlagen.
Zeitgleich nutzt Nathan seine Chance, um dem kleineren Entführer den Koffer über den Kopf zu ziehen. Er trifft ihn direkt mit der Kante an der Schläfe, woraufhin dieser in einem Regen aus Geldscheinen benommen zu Boden sackt.
Und dann sehe ich ihn!
Muskelmann zielt und drückt ab.
Ein weiterer ohrenbetäubender Knall erfüllt die Halle, als er Brian am Arm trifft, der augenblicklich aufschreit.

Blut durchströmt seinen Pullover und benetzt auch mich mit roten, unheilvollen Schlieren.
Unbeholfen rappele ich mich hoch. Will meinen kleinen Bruder schützen, unterdessen ein zweiter Schuss fällt. Doch diesmal stammt er nicht von einem der Kidnapper, sondern von Roux, der wie aus dem Nichts, eine zweite kleinere Waffe aus dem Jackett gezaubert hat.
Den überraschten Blick hinter der traurig anmutenden Pierrot-Maske starr auf mich gerichtet, sackt der Muskelprotz handlungsunfähig zusammen.
Ich habe Schwierigkeiten, der rasanten Wendung der Ereignisse vollends zu folgen, als mich warme Hände unverhofft in starke Arme nehmen. Mir den Knebel abnehmen und sanft über mein Haar streichen.
„Alles ist gut. Du bist in Sicherheit", lauten Nathans beruhigende Worte, während ich endlich realisiere, nicht sterben zu müssen. *Nicht heute …*
Unkontrolliert beginnen meine Gliedmaßen zu zittern, als ich - an seine Brust gelehnt - emotional zusammenbreche und meine Tränen keinen Halt mehr kennen.
„Schhhh, ich bin ja da. Du musst dich nicht mehr fürchten, denn ich werde nie wieder zulassen, dass dich jemand verletzt. Von nun an und für alle Zeit", höre ich Nathan leise, aber mit diesem bestimmten Unterton sagen, der keinen Zweifel an der Aufrichtigkeit seiner wunderschönen Worte lässt.
Roux nimmt unterdessen die anderen Waffen an sich und kümmert sich anschließend provisorisch um den verletzten Arm meines Bruders, um die Blutung vorübergehend zu stillen.

Im nächsten Augenblick werden die Tore der Halle geräuschvoll aufgestoßen.
Durch den Tränenschleier nehme ich nur verschwommen wahr, wie mindestens ein Dutzend Männer in Sturmmasken und schwarzen Uniformen hereinstürmen, die Umgebung sichern und alles unter Kontrolle bringen.
An ihrer Spitze eine Frau, die mir sehr wohl bekannt ist: Brenda!
Moment mal … Brenda?
Zwei von ihnen stützen Brian, der sich seinen Arm hält und mich dabei mit diesem Ausdruck in den Augen ansieht, der sagt: Bitte verzeih mir!
Doch es erschließt sich mir nicht, wofür er sich entschuldigen will. Allerdings besteht mein Verstand nur noch aus Watte und absoluter Erleichterung.
Ein kurzer Moment im Zeitraffer, als sie ihn auf eine Trage bugsieren und anschließend nach draußen befördern.
Roux hat seine Stellung wieder eingenommen. Rührt sich nicht vom Fleck, bis die beiden Entführer nach draußen abtransportiert werden. Ebenfalls stark verletzt, jedoch noch am Leben, soweit ich das überhaupt beurteilen kann.
Nathan streichelt unablässig mein Haar, wiegt mich in kniender Position in seinen Armen, bis ich endlich aufhöre zu schluchzen.
Sanft umfasst er mein Kinn, hebt es an, sodass ich ihn direkt ansehen muss. Mein Aufzug ist schrecklich. Schlabberklamotten, verheult, verschwitzt und schmut-

zig, doch selbst das scheint ihn nicht im Geringsten zu stören.
„Sieh nicht weg. Sieh mich an. Ja, gut so …"
„Du hast mich gerettet", unterbreche ich ihn flüsternd, ohne abzuwarten, was er mir sagen wollte. „Tu das nie wieder!", platze ich in starkem Kontrast dazu ungehalten heraus, da ich gerade nicht in der Lage bin, die vielen Emotionen zurückzuhalten oder gar zu kontrollieren.
Er rückt von mir ab und sieht mich fragend an.
„Nathan! Du hast dich in Lebensgefahr gebracht! Ich hatte solche Angst!" Damit schlage ich ihn mit beiden Fäusten auf die Brust. „Du hättest erschossen werden können!", schreie ich immer hysterischer, als das volle Ausmaß an Angst sich erneut Bahn bricht.
Nathan zieht mich abermals fest in seine Arme, doch ich wehre mich. Will, dass er mir verspricht, sich nie wieder derart in Gefahr zu bringen.
„Elly, alles ist gut. Ich versichere dir …"
Wieder falle ich ihm ins Wort. „Woher bitte wolltest du wissen, dass sie dich nicht erschießen? Dass sie dich nicht übers Ohr hauen und umbringen? Schließlich waren wir alle Zeugen und hätten die Entführer jederzeit identifizieren können!", zähle ich nur einige der Fakten auf, die ihm verdeutlichen sollen, was für eine verdammt dämliche Idee es war, sein Leben gegen das meine zu tauschen.
„Das konnte ich nicht wissen", gibt er ehrlich zu, was jedoch nicht gerade dazu beiträgt, nicht erneut verbal über ihn herzufallen.

„Eben! Das war wirklich eine dumme Idee. Jag mir nie wieder so einen Schrecken ein, verstanden?!“
Resigniertes Seufzen.
„Elly, ich bin heute tausend Tode gestorben. Angefangen von dem Anruf, dass irgendwelche Irren dich in ihrer Gewalt haben, über die Erkenntnis, völlig im Dunkeln zu tappen. So etwas habe ich noch nie erlebt oder gespürt. Elly! Ich war hilflos. Machtlos für den Moment. Denn man hat mir das Liebste genommen. Etwas, von dem ich bis zu diesem Zeitpunkt noch nicht einmal selbst ahnte, wie essenziell, überlebensnotwendig es für mich ist. Im Vergleich dazu war der mögliche Tod geradezu ein Geschenk.“
Überwältigt lausche ich seinen Worten, die so viel Emotion, so viel Liebe in sich tragen, wie ich es hinter der sonst so ernsten, kontrolliert verschlossenen Fassade niemals für möglich gehalten hätte.
Er küsst mich zärtlich auf die Stirn und drückt mich noch fester an sein Herz.
„Hätten sie mir dich genommen, wäre mein Leben ohnehin vorbei gewesen. Du bist der Sinn, meine Gegenwart und meine Zukunft und ich möchte keine Sekunde mehr ohne das Wissen verbringen, dass es dir gut geht.“
Seine Verzweiflung ist regelrecht greifbar. Besänftigt mich zumindest ein wenig, da ich vieles von alledem sehr gut nachvollziehen kann. Denn ebenso ist es mir ergangen.
Ich drücke meine Lippen auf die seinen. Lege all meine Liebe, mein Vertrauen und unendliche Dankbarkeit in diesen einen Kuss.

Ein Kuss, der Zeit und Raum um uns zum Stillstand bringt.
Mit dir für immer im Hier und Jetzt, während unsere Seelen tanzen und wir nur noch eins sind. Glücklich, nachdem wir gegenseitig Schreckliches erleben mussten. Im Auge der Angst, das Wichtigste im Leben zu verlieren: Die große Liebe!
Nathan nimmt die Lederhandschuhe ab und streift mir eine verirrte Haarsträhne aus der Stirn. Mit seinen eisblauen Augen blickt er mir direkt in mein Herz.
Ungehindert, eindringlich und … wahrhaftig.
„Ich liebe dich, Elly O'Leary. Heute, morgen und bis zu meinem letzten Atemzug."
Und ohne zu überlegen, kommen mir die Worte über die Lippen, deren Klarheit sich mir jetzt, da es nur noch uns beide zu geben scheint, warm und herzerfüllend offenbart.
„Ich liebe dich auch, Nathan Walsh. Lass mich Teil deiner Welt sein. Denn ich gehöre dir. Für immer."
Wie schon meine Mutter früher immer sagte: Greife stets nach den Sternen …
Denn am Ende zählt immer nur eines: Die wahre Liebe!

Epilog

Nathan

Die Zeit heilt alle Wunden …
Zumindest glaube ich das. Mittlerweile liegt die Entführung bereits einige Monate zurück, und Elly hat sie dem Anschein nach gut verarbeitet. Ihre Projekte in der Marketing-Agentur florieren besser denn je, und auch sonst habe ich immer mehr das Gefühl, sie würde über sich hinauswachsen.
Ebenfalls konnte ich sie dafür gewinnen, zu mir in die Villa zu ziehen, wobei mir dies einiges an Überzeugungsarbeit abverlangt hat. Das Haus ist ihr, gemäß eigenen Aussagen, einfach eine Nummer zu groß mit seinen vielen Angestellten und Bediensteten.
Glücklicherweise hat es sich aber ergeben, dass Brian - nach seinem Klinikaufenthalt - dringend eine neue

Bleibe benötigen wird. Da bot es sich natürlich an, ihm Ellys Appartement in der City zu überlassen. Nachdem wir im Anschluss an seinen Akutaufenthalt, wo seine Schussverletzung ohne bleibende Schäden versorgt wurde, einen Platz in einer Suchtklinik organisieren konnten, war schnell klar, dass wir ihn auch danach mit allen Mitteln unterstützen würden, um wieder auf die Beine zu kommen. Finanziell und auch, was seine anderen Probleme anginge.

Denn es stellte sich heraus, dass Ellys kleiner Bruder über die Jahre eine ausgereifte Spielsucht entwickelt hatte, die ihn letztlich dazu brachte, sogar seine einzige Familie mit hineinzuziehen.

Als der Druck der beiden Kidnapper auf Brian immer größer wurde - schließlich haben sie einen Großteil seiner Sucht über längere Zeit mitfinanziert - entwuchs aus seiner Verzweiflung heraus die Idee, den zufälligen Umstand zu nutzen, dass seine große Schwester einen neuen Mann kennengelernt hatte. Gut betucht und möglicherweise auch gewillt, viel Geld im Tausch gegen Elly zu bezahlen.

Allerdings hätte die Entführung niemals stattfinden sollen, da Brian hoffte, ein Anruf würde genügen, um an das Geld zu gelangen. Leider hatte er damit die Rechnung ohne seine Gläubiger gemacht, die von der Sache Wind bekamen und sie umgehend selbst in die Tat umsetzten. Sie betäubten Elly mittels Äther, und schon war es ein Kinderspiel, sie in das verlassene Lagerhaus am Hafen von Dublin zu verschleppen.

Ich weiß daher nicht, ob Elly ihrem Bruder schon vollumfassend verziehen hat. Aber sie arbeitet daran und lässt sich die Enttäuschung und das große Loch, das sein unüberlegtes Handeln in ihr Herz gerissen hat, nur selten anmerken. Ein trauriger Blick in einem scheinbar unbeobachteten Moment. *Nicht mehr …*

Die Entführer kamen da weitaus weniger glimpflich davon. Abgesehen von ihren Verletzungen - Roux kann wirklich sehr präzise schießen - habe ich in Zusammenarbeit mit Brenda eine Verurteilung im Eilverfahren durchgesetzt, wodurch sie sehr viele Jahre hinter schwedischen Gardinen verbringen dürfen. Für Brian gelang es uns, aufgrund seiner indirekten Beihilfe zur Tat, eine Bewährungsstrafe erwirken.

Auch das Kriegsbeil zwischen Elly und Brenda konnte mittlerweile begraben werden. Na ja, zumindest für den Augenblick.

Als Brenda durch mich erfuhr, dass Elly entführt worden war, hat sie alle Hebel in Bewegung gesetzt und sämtliche verfügbaren Spezialeinheiten rund um Dublin mobilisiert, um die Entführer ausfindig zu machen. *Ich sagte ja bereits, ich bewege mich ausschließlich in elitären Kreisen einflussreicher Persönlichkeiten.* Brenda für ihren Teil, mit expliziten Kontakten zum Innenministerium, auch dank ihres Mannes, benötigte dafür weniger als eine Stunde, um ein ganzes Regiment an speziell ausgebildeten Männern auf den Plan zu rufen.

Und auch sie hat sich offensichtlich der hervorragenden Technik bedient, und mein Smartphone geortet, um uns ausfindig machen zu können.

Gelernt ist gelernt.

Freunde werden die beiden zwar wohl niemals werden, aber gegenseitiger Respekt ist mehr, als ich je erwartet

hätte. Elly kann sich ihrer Sache auf jeden Fall sicher sein, wodurch Brenda allmählich auch akzeptieren muss, dass es für sie und mich keine Liaison bei den Events mehr geben wird.
Nie gegeben hätte. *Zumindest glaube ich das.*
Ich weiß auch nicht, wie alles letztlich ausgegangen wäre, hätte Brian nicht im richtigen Moment den Einfall gehabt, die Entführer mittels eines Feuerzeuges abzulenken. Geistesgegenwärtig warf er dieses fort, woraufhin das Gas darin beim Aufprall eine minimale Explosion verursachte und wir die kurze Ablenkung für unsere Zwecke nutzten, um die Entführer zu überwältigen.
Meine Art der Verarbeitung jedenfalls äußerte sich wie üblich damit, mir ein Tattoo stechen zu lassen. Das Letzte einer langen Reihe, die den Weg beschreibt, der mich genau dorthin geführt hat, wo ich heute bin: In die Arme der wundervollsten, schönsten und warmherzigsten Frau, die mir je begegnet ist. Allerdings wäre eine weitere Blüte an meinen Händen bei Weitem nicht genug, um auszudrücken, welch tiefe Liebe ich für Elly - meine Elly - empfinde.
So kam es, dass nun gerade jenes Symbol meine linke Brust, direkt über dem Herzen ziert, das in meiner Welt als absolutes Versprechen gilt: Der Ring der O. Angepasst und inklusive unserer Namen darin. Obendrein dezent eingearbeitet in die Krönung aller Blumen: Eine goldgelbe, erblühte Rose.
Ich werde Elly und mein Versprechen an sie von nun an für immer mit Stolz tragen. Und auch sie hat mitunter dadurch begriffen, trotz des schlechten Vorbildes in

ihrer eigenen Familie, alles andere als beziehungsunfähig zu sein. Sie hat es geschafft, einem verschlossenen, festgefahrenen Mann zu zeigen, was es heißt, von ganzem Herzen geliebt zu werden. Ihm gezeigt, dass es sich für nichts anderes auf der Welt zu kämpfen lohnt als für den Menschen, der die eigene Seele berührt. Sie anleitet, ohne diese zu verbiegen und sich voll und ganz darauf einzulassen.
Und heute?
Heute stehe ich hier. In unserem Garten unter einem kleinen Pavillon, umringt von einer Pracht aus blühenden Magnolienbäumen und vor einem mit zahlreichen weißen Bändern und Schleifen geschmücktem Altar, während der Pfarrer vor uns seine feierlichen Worte spricht.
Doch ich habe nur Augen und Ohren für meine wunderschöne Braut, die in dem schlichten, extra für sie geschneiderten, weißen Kleid vor mir steht und mich mit ihren strahlend smaragdgrünen Augen anhimmelt.
Meine Gegenwart und meine Zukunft.
Alle sind gekommen. Die Mitarbeiter aus Ellys Agentur, Brenda samt Gatten und Mrs. White aus dem *Cloverleaf*, die heute für die kulinarische Verköstigung der Gäste zuständig ist. Und sogar Brian erhielt die Erlaubnis, die Klinik für einige Stunden zu verlassen, um an dem schönsten Tag im Leben seiner Schwester teilhaben zu dürfen.
Tatsächlich hat er sie zum Altar geführt, und zum ersten Mal hatte sogar ich mit Tränen zu kämpfen, bei Ellys atemberaubendem Anblick.
Meine wundervolle Frau …

Doch wir wären nicht wir, wenn wir diesem höchstfeierlichen Moment nicht noch eine Prise jener Welt beimengen würden, die von nun an unser beider Leben um ein Vielfaches bereichern wird.
Daher habe ich mir für Elly etwas ganz Besonderes ausgedacht.
Einen Ring, nur für sie gemacht, und in sich einzigartig - genau wie Elly.

Nachdem ich auf die Frage aller Fragen mit *Ja* geantwortet habe, stecke ich ihr das Schmuckstück an. Schlicht und dennoch mit einem ganz speziellen Versprechen darin.
Aus reinem Platin und mit einem weiteren, beweglichen kleinen Ring mittels einer winzigen Kugel verbunden. Doch das ist noch nicht alles. Ein lupenreiner Smaragd ziert das Innere des anhaftenden Rings, der mich vom ersten Moment an beim Juwelier, an Ellys wunderschöne grüne Augen erinnert hat.
Sogleich gab mir Elly ebenfalls ihr Jawort, noch bevor der Pfarrer sie überhaupt danach fragen konnte, und fiel mir überschwänglich um den Hals.
Im Beisein all der Menschen schwöre ich, diese Frau für immer zu lieben. Zu ehren und zu achten, bis dass der Tod uns scheidet.
Mit dem Kuss der ewigen Liebe besiegeln wir unser Schicksal. Für den Moment und in Ewigkeit …
„Und jetzt, da ich dich für immer fest an der Leine habe, werde ich dir auch mein Geschenk übergeben."
Elly sieht mich so überglücklich an, dass ich nicht anders kann, als in ihr einnehmendes Lächeln mit einzustimmen.

„Ach, ja? Gleich hier vor allen Leuten?“, will ich zur Sicherheit wissen, da nichts im Hause Walsh für gewöhnlich unmöglich ist.
„Pass auf, was du dir wünschst. Vielleicht bekommst du es ja“, wiederholt sie keck jene Worte, die ich ihr damals bei einer unserer ersten Sessions ernsthaft nahegelegt habe. Sie damit gewarnt habe, mich nicht zu sehr zu reizen.
„Touché.“
Sie geht hinüber zu dem weißen Flügel, der extra für uns heute in den Garten gebracht wurde und gibt dem Maestro ein Zeichen.
Überrascht und über den Maßen gespannt, verfolge ich jeden einzelnen Schritt, als Elly ein Mikrofon zur Hand nimmt und zur einsetzenden Musik zu singen beginnt.
Wunderschön und absolut rührend. Denn Engel könnten es nicht besser.
Aber das wirklich Besondere daran ist nicht ihr bislang verborgenes Gesangstalent. Es ist der Text, der sich unmittelbar in meine Seele brennt.
Elly hat ihre Gefühle rund um unser Kennenlernen in ihrem Song beschrieben und mir damit das schönste Geschenk gemacht. Sie hat mich teilhaben lassen an einem versteckten, überaus intimen Teil in ihr, worauf ich ihr ewig dankbar sein werde.
Als die letzten Töne schließlich verklungen sind, gehe ich zu ihr. Sehe ihr tief in die Augen und sage: „Für jetzt und für alle Zeit.“
„Mit dir leben, zwischen Licht und Dunkelheit. Ich liebe dich, Mr. Walsh.“
„Ich liebe dich, Mrs. Walsh.“

Und ihr Kuss schmeckt süßer als das Leben selbst, während sanfte Klänge uns tanzend durch den Abend tragen und in eine neue, gemeinsame Zukunft voll Liebe und Leidenschaft …

- Ende Teil 2 -

Erhalte einen kostenlosen eBook-Bestseller, Leseproben und mehr mit der Anmeldung zum
NEWSLETTER: https://veronikaenglerromane.de/newsletter

ENGLER ROMANE

Ellys Song

♫

I had no idea that my search had already begun.
My search for you.
In a world without colours, men soundless and empty.
Too weak for strong women, rarely more.
But then I saw you: dark and mysterious.
As if you were made for me.
The key to my longing, which flared unrecognized in me.

My universe revolves around you.
My black knight.
My eternity.
In a world of sugar and blades,
I fly on dark wings.
With you.

You call it Destiny, my Soul Man.
I call it life.
In a world so colourful, love like music and light.
Now I see you, with all your kindness.
Create as the missing part of my world.

The master of all my senses, who holds me firmly in his arms.

My universe revolves around you.
My black knight.
My eternity.
In a world of sugar and blades,
I fly on dark wings.
With you.

Now we dance like sparks around the fire of our love.
Forever united in the sky of passion.
Will stay with you while there is still blood in my veins.
Sing our song for trust and dedication.
With you by my side, my dark knight, as long as I breathe.

My universe revolves around you.
My black knight.
My eternity.
In a world of sugar and blades,
I fly on dark wings.
With you …

♫♫♫

Ich habe nicht geahnt, dass meine Suche längst begonnen hat.
Meine Suche nach dir.
In einer Welt ohne Farben, Männer tonlos und leer.
Zu schwach für starke Frauen, selten mehr.

Doch dann sah ich dich: dunkel und geheimnisvoll.
Als ob du für mich geschaffen wärst.
Der Schlüssel zu meiner Sehnsucht, die unerkannt in mir loderte.

Mein Universum dreht sich um dich.
Mein schwarzer Ritter.
Meine Ewigkeit.
In einer Welt aus Zucker und Klingen,
flieg ich hinfort auf dunklen Schwingen.
Mit dir.

Du nennst es Schicksal, mein Seelenmensch.
Ich nenne es Leben.
In einer Welt so bunt, Liebe wie Musik und Licht.
Nun seh ich dich, mit all deiner Güte.
Geschaffen als das fehlende Teil meiner Welt.
Der Herr über all meine Sinne, der mich fest in seinen Armen hält.

Mein Universum dreht sich um dich.
Mein schwarzer Ritter.
Meine Ewigkeit.
In einer Welt aus Zucker und Klingen,
flieg ich hinfort auf dunklen Schwingen.
Mit dir.

Nun tanzen wir wie Funken um das Feuer
unserer Liebe.
Für immer vereint im Himmel der Leidenschaft.

Werd' bei dir bleiben, solange noch Blut in meinen Adern fließe.
Singe unser Lied um Vertrauen und Hingabe.
Mit dir an meiner Seite, mein dunkler Ritter,
solange ich atme.

Mein Universum dreht sich um dich.
Mein schwarzer Ritter.
Meine Ewigkeit.
In einer Welt aus Zucker und Klingen,
flieg ich hinfort auf dunklen Schwingen.
Mit dir …

Danksagung

Mittlerweile gibt es so viele Menschen, denen ich zu danken habe. Menschen, die mir sehr viel bedeuten und ohne die kein Tag so schön wäre, wie er ist. Ich danke euch allen von Herzen, dass ihr mein Leben mit eurer Liebe, eurer Freundschaft und eurem Vertrauen so unendlich bereichert.

Ich danke: meinem bezaubernden Sonnenschein und Retter in allen Lebenslagen **Biggi Berchtold** für alles, was du für mich bist: beste Freundin, Patin und Seelenschwester auf Lebenszeit. Meinem Schatz **Marita Püppi Lucas**, meiner lieben **Dominique Brozeit** und meiner süßen **Jessica Huber**, meiner wundervollen **Cornelia Reiter**, meiner lieben **Stephanie Bieber**, sowie meiner einzigartigen **Yvonne Fritz** für alles, was ihr für mich seid.

Weiter möchte ich **meinen Facebook/Instagram-Mädels und -Jungs**, sowie allen **Buchbloggern** zusätzlich dafür danken, dass wir täglich so viel Spaß zusammen haben und dafür, dass sie mich stets so wundervoll in meiner Sache unterstützen:

Sabine Hartwig, Katrin Ricking, Claudia Hödl, Dunja Matusiak, Marion Perach, Astrid Stegbauer, Jutta Lips und ihrem liebevollen Ehemann **Heinz-Jörg Lips, Susi Sonne, Mandy Kanzler, Sonia Ferradas, Silvia Röttges, Annette Peters, Hanna Gerlach, Nadine Teufer, Nicole Rubach, Kathrin Zimmermann, Anna-Maria Kiesling, Sandy Müller, Gertrud Miltz, Andra Jaeckel, Anna Peters, Dieter Pechstein, Lisa Playi, Christina Stöger, Doreen Steckmann, Marina Köhler, Mori Sittig, Ines Heindl-Beck, Inge Guldimann, Ines Wiesner, Nadine Graf-Liesegang, Kullerkeks Franzi, Dagmar Becker, Uta Riese, Lutz und Mandy Schur, Irene Bussas, Anna-Maria Kiesling, Simone Grandt, Bärbel Worm, Jette Rathmann, Marion Odera, Bettina Oesen, Heike Lorenz, Linde Buchinger, Iris Diekmann, Etem Eksi, Angelika Sondermann, Christiane Schäfer, Iris Knuth, Heidi Zipperer, Nina Sollorz-Wagner, Sabine Hamm-Zichel, Kerrin Gossow, Ivonne Vogeley**, im Gedenken an **Carola Tölg** und noch vielen, vielen mehr.

Ich danke von Herzen **Michael Troy** für das ideenreiche, geniale Cover sowie für die einmalig gelungene und sehr angenehme Zusammenarbeit. Wir ticken hier eindeutig auf einer Wellenlänge. Danke, dass du immer wieder die Nerven beweist, alle Vorschläge geduldig zu berücksichtigen.

Ich habe bestimmt jemanden nicht aufgeführt, jedoch niemals vergessen. Fühlt euch bitte alle herzlich gedrückt.

So und jetzt kommt der familiäre Teil:

Ich danke meiner lieben und stets hilfreichen **Mama** dafür, dass sie für immer mein Zuhause sein wird. Egal wie alt ich bin, zu dir kann ich immer kommen, wenn mir danach ist. Deine Tür steht Tag und Nacht für mich offen. Du bist die beste Mutter, die ich mir vorstellen kann, und dafür liebe ich dich.

Mein lieber **Papa**, auch wenn du das hier nicht mehr lesen kannst, möchte ich, dass alle Welt weiß, dass wir dich unendlich vermissen. Du fehlst uns, an jedem Tag, in jeder Stunde. Oft könnte ich deinen weisen Rat sehr gut gebrauchen. Weißt du noch, wie wir immer mit dem Motorrad stundenlang über Landstraßen jagten?

Ich liebe dich. Für immer.

Liebster **Opa**, du fehlst uns mit jedem Tag mehr. Du wirst immer einen ganz besonderen Platz in meinem Leben haben und ich bin unendlich dankbar dafür, dass du uns so lange begleitet hast. Ich hab dich lieb, Opa.

Natürlich danke ich meinem kleinen Liebling **Liam**, der unser Leben unendlich bereichert. Kein Kind auf der ganzen Welt könnte wunderbarer sein als du, mein kleines Tigerchen. Danke auch für deine immerwährende Unterstützung und unbändige Liebe, die du uns zu jeder Sekunde schenkst, denn erst durch dich sind wir komplett. Wir lieben dich. Unendlich.

Ich danke unserer kleinen Maus **Hedl alias Haily**, die sich als „Schreibehund" zur absoluten Muse entwickelt hat. Danke für deine ausgiebigen Kuscheleinheiten, dein süßes Wesen und dafür, dass du Liam ein wundervoller Hunde-Freund geworden bist.

Und am Ende möchte ich wie immer meinem liebevollen und einmaligen **Ehemann Gerald** danken. Du bist mein Herz, mein Leben. Wir sind wie Yin und Yang und ergänzen uns einfach perfekt. Denn Gegensätze ziehen sich bekanntlich an. Vielen Dank auch für deine kreativen Ideen und dafür, dass du dir alles über meine Romane tagein, tagaus geduldig anhörst, ohne dich je zu beschweren. Mein **Bärchi**, wir lieben und brauchen dich. Deine Liebe ist meine Ewigkeit.

Weitere Romane von Veronika Engler

Royal Guardians: Jason (Teil 1 der RG-Reihe)
Chillex Zone - Dunkles Verlangen
Dark Sins - Bis an deine Grenze (Teil 1 der DS-Reihe)
Trophy Girl - In den Fängen des Kopfgeldjägers
The Scottish Prince - A College Lovestory
Fateful Desire
Gold Card
Dark Room of Love
Sexual Healing (Deutsche und Englische Version)
Erdbeerhimmel
Lost in Passion - Fabio
Lost in Passion - Adrian
Lost in Passion - Lucas
Wild Pleasure
Black Star Club
My perfect Player
Heart Race - Liebe auf der Überholspur
Single Red Rose
Devils Eyes - Ian und Amy
Loving Star
Sündenmond

Printed in Poland
by Amazon Fulfillment
Poland Sp. z o.o., Wrocław

37123445R00183